A garota e a noite

Guillaume MUSSO

A garota e a noite

Tradução de Julia da Rosa Simões

L&PM EDITORES

Texto de acordo com a nova ortografia.
Título original: *La jeune fille et la nuit*

Tradução: Julia da Rosa Simões
Capa: R. Pépin, 2018. *Ilustração*: Shutterstock
Preparação: Marianne Scholze
Revisão: Nanashara Behle

CIP-Brasil. Catalogação na publicação
Sindicato Nacional dos Editores de Livros, RJ.

M98g

    Musso, Guillaume, 1974-
    A garota e a noite / Guillaume Musso; tradução Julia da Rosa Simões. – 1. ed. – Porto Alegre [RS]: L&PM, 2021.
    296 p. ; 23 cm.

    Tradução de: *La jeune fille et la nuit*
    ISBN 978-65-5666-208-4

    1. Ficção francesa. I. Simões, Julia da Rosa. II. Título.

21-73422   CDD: 843
                     CDU: 82-3(44)

Camila Donis Hartmann - Bibliotecária - CRB-7/6472

Copyright © Calmann-Lévy, 2018. All rights reserved.

Todos os direitos desta edição reservados a L&PM Editores
Rua Comendador Coruja, 314, loja 9 – Floresta – 90.220-180
Porto Alegre – RS – Brasil / Fone: 51.3225.5777

Pedidos & Depto. Comercial: vendas@lpm.com.br
Fale conosco: info@lpm.com.br
www.lpm.com.br

Impresso no Brasil
Primavera de 2021

*Para Flora,
em lembrança de nossas
conversas naquele inverno,
durante a mamadeira
das quatro horas da manhã...*

*O problema da noite permanece intacto.
Como atravessá-la?*

Henri MICHAUX

Sumário

A trilha dos contrabandistas.................................15
Ontem e hoje...23

FOREVER YOUNG

1. Cherry Coke 29
2. O primeiro da turma e os bad boys.................35
3. O que fizemos...55
4. A porta da desgraça..63
5. Os últimos dias de Vinca Rockwell 79
6. Paisagem de neve..91

O GAROTO DIFERENTE DOS OUTROS

7. Pelas ruas de Antibes.....................................103
8. O verão de Imensidão azul 113
9. O que vivem as rosas......................................127
10. O machado de guerra....................................139
    O garoto diferente dos outros 151
11. Por trás de seu sorriso..................................155
12. As garotas de cabelo de fogo........................169

A MORTE E A DONZELA

13. A Praça da Catástrofe...................................187
    Fanny 199
14. A festa..209
    Annabelle..221

15. A mais bonita da escola..................................227
   Annabelle..237
16. A Noite continua à espera............................241
17. O Jardim dos Anjos.......................................247
   Richard..253
18. A garota e a noite..257

Depois da Noite..265
   A maldição dos fracos............................267
   Jean-Christophe......................................273
   A maternidade..275
   Um passo à frente do perigo..................279
   O privilégio do romancista.....................283

O verdadeiro do falso..287
Referências..289

A garota e a noite

ST EXUPE

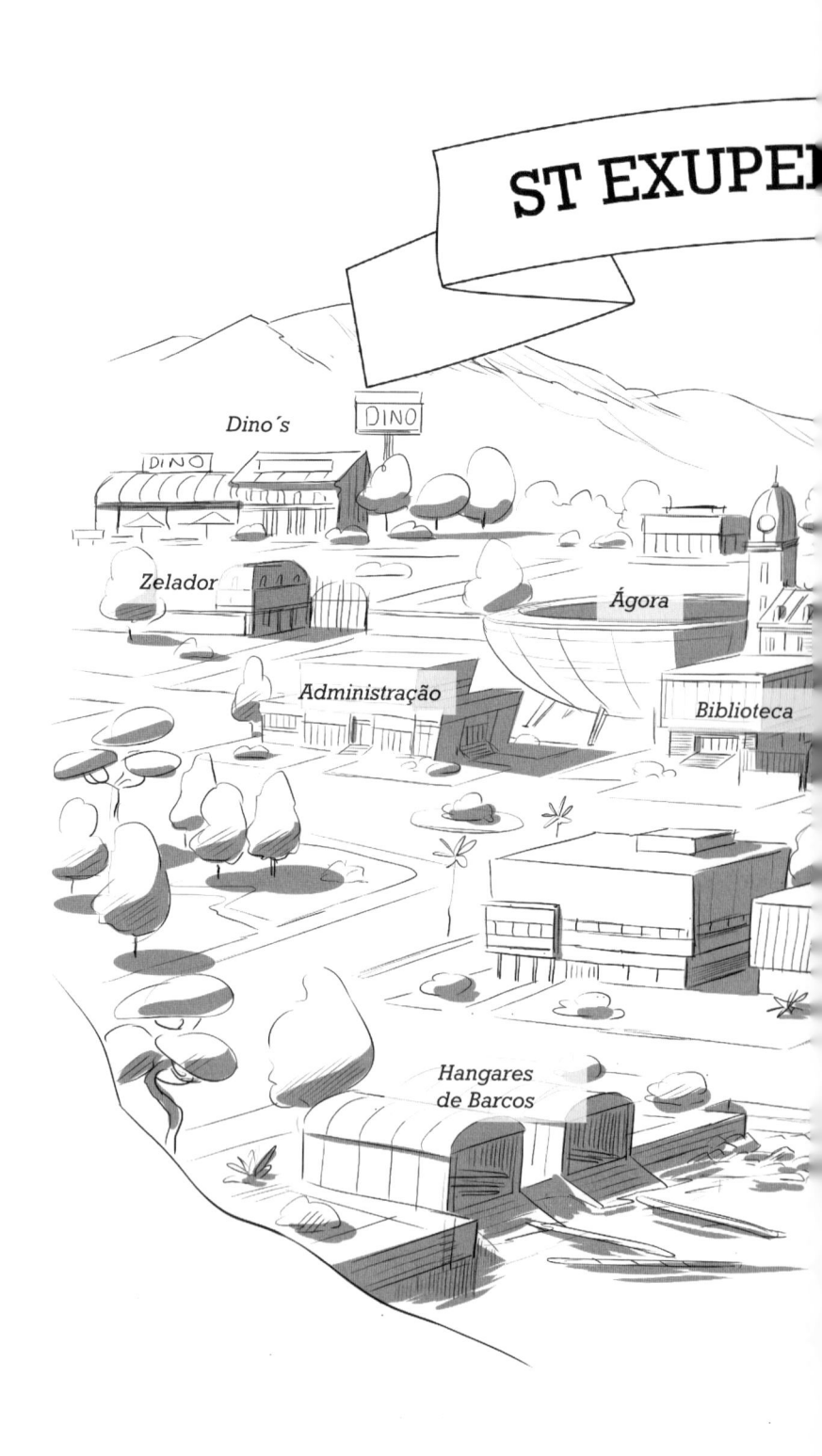

Dino's

Zelador

Administração

Ágora

Biblioteca

Hangares de Barcos

COLLEGE

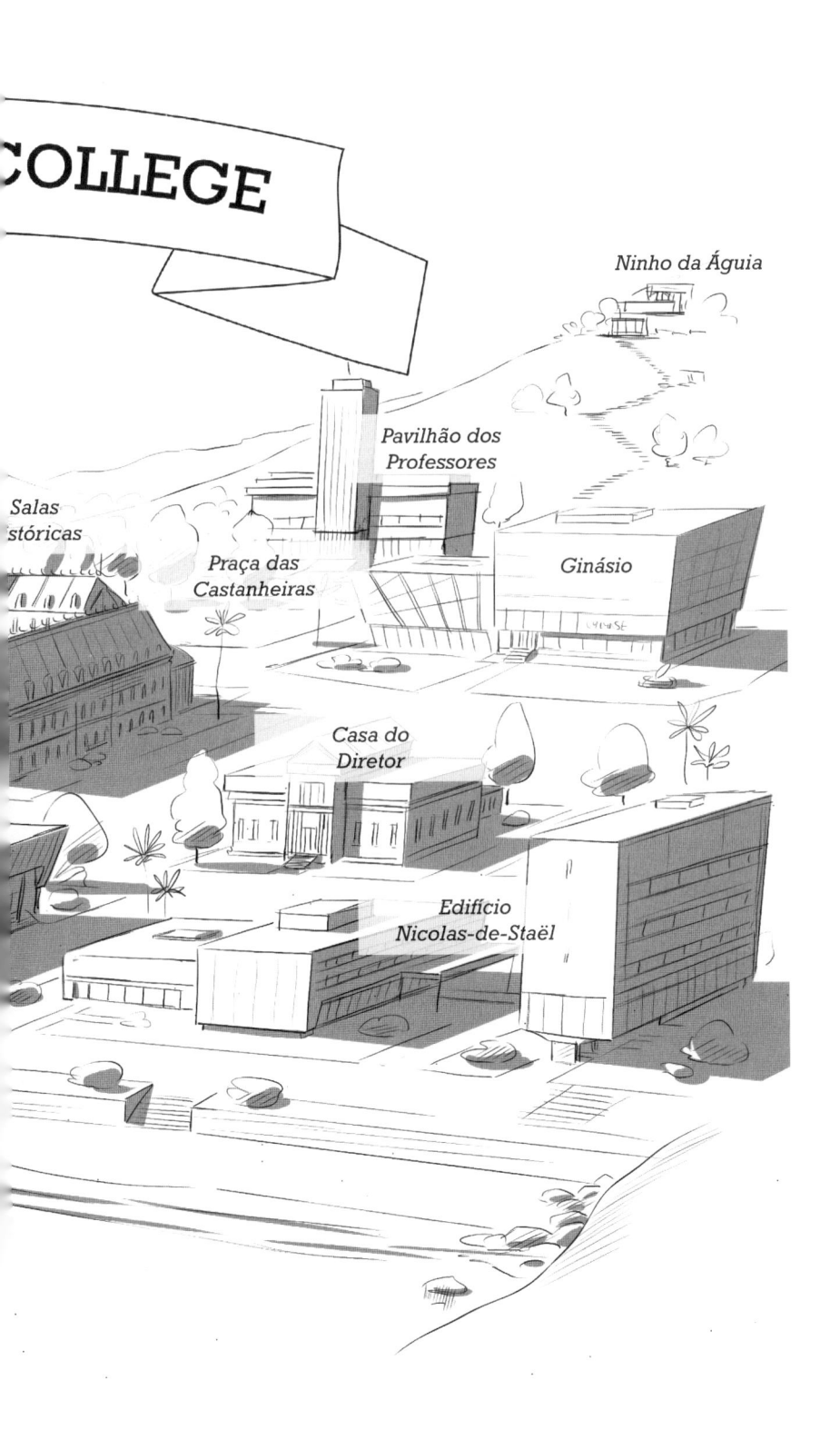

Ninho da Águia

Pavilhão dos Professores

Salas stóricas

Praça das Castanheiras

Ginásio

Casa do Diretor

Edifício Nicolas-de-Staël

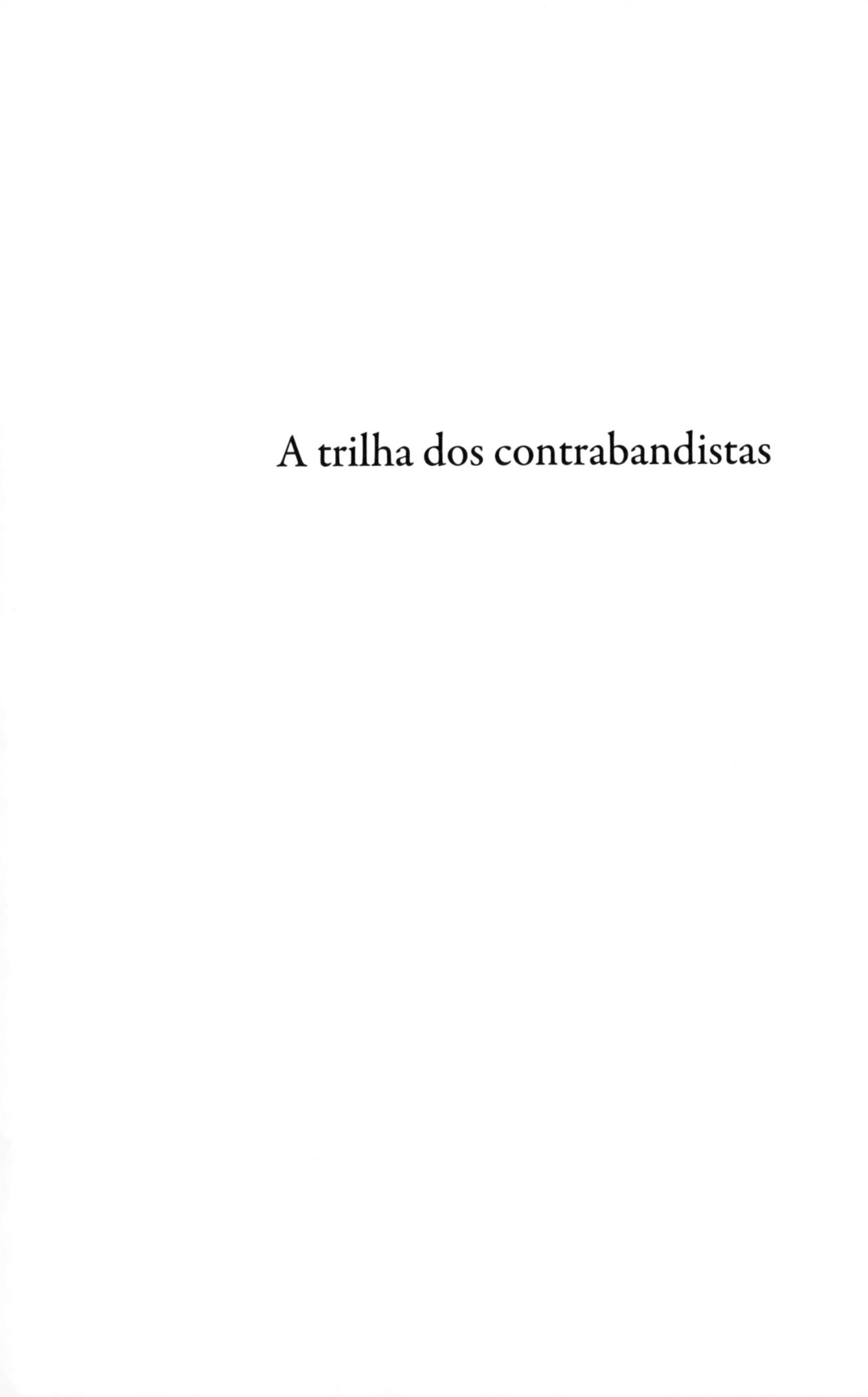

A trilha dos contrabandistas

> *A Jovem:*
> *Vai embora, ah, vai embora!*
> *Desaparece, odioso esqueleto!*
> *Ainda sou jovem, desaparece!*
> *E não me toques!*
>
> *A Morte:*
> *Dá-me tua mão, doce e bela criatura!*
> *Sou tua amiga, não tens nada*
> *a temer. Entrega-te!*
> *Não tenhas medo*
> *Vem suavemente dormir em meus braços.*
>
> Matthias Claudius (1740-1815)
> *A morte e a donzela*

2017

Ponta sul do Cabo de Antibes. 13 de maio.

Manon Agostini estacionou a viatura ao fim do Chemin de la Garoupe. A policial bateu à porta do velho Kangoo e amaldiçoou o encadeamento de fatos que a levava àquele lugar.

Por volta das nove horas da noite, o vigia de uma das casas mais luxuosas do Cabo telefonara ao comissariado de polícia de Antibes para informar que algum explosivo ou tiro com arma de fogo – um barulho estranho, em todo caso – teria sido disparado na trilha rochosa contígua ao jardim da propriedade. O comissariado não dera grande importância ao telefonema e o redirecionara ao posto policial da região, que não encontrara nada melhor a fazer do que recorrer a *ela*, que já havia encerrado seu turno.

Quando o chefe a chamou para pedir que fosse dar uma conferida na trilha costeira, Manon já estava de roupa civil, pronta para sair. Gostaria de ter respondido que nem morta, mas não pôde recusar a incumbência. Naquela manhã, ele a autorizara a usar o Kangoo depois do horário de trabalho. O carro de Manon havia estragado e, naquela noite de sábado, ela precisava absolutamente de um veículo para um encontro muito importante.

O liceu Saint-Exupéry, onde ela estudara, estava completando cinquenta anos e, para celebrar a ocasião, uma festa reuniria os antigos alunos de sua turma. Secretamente, Manon esperava rever um colega que na época a interessava. Um colega diferente dos outros, que ela, estupidamente, havia ignorado por preferir garotos mais velhos, que sempre se revelavam uns cretinos de merda. Sua expectativa não tinha nada de racional – ela não estava certa de que ele iria à festa, e ele sem dúvida teria esquecido de sua existência –, mas ela precisava acreditar que alguma coisa enfim aconteceria em sua vida. Manicure, cabeleireiro, compras: Manon havia passado a tarde em função da festa. Gastara trezentos euros num vestido azul-escuro rendado, de seda, pegara emprestado um colar de pérolas da irmã e um sapato da melhor amiga – um par de Stuart Weitzman de camurça que machucava seus pés.

Equilibrada no salto alto, Manon ligou a lanterna do celular e seguiu pela trilha estreita que, por mais de dois quilômetros, contornava a costa até a Villa Eilenroc. Ela conhecia bem o lugar. Quando criança, seu pai a levava para pescar nas pequenas enseadas que se formavam na costa. Antigamente, os moradores da região chamavam aquela área de trilha da alfândega, ou trilha dos contrabandistas. Mais tarde, o lugar apareceu em guias turísticos com o nome pitoresco de "trilha dos descabelados". Hoje, respondia pelo nome mais sem graça e asséptico de trilha do litoral.

Cinquenta metros trilha adentro, Manon se deparou com uma barreira e um aviso: "Zona Perigosa – Acesso Proibido". Uma forte tempestade caíra durante a semana. Ondas violentas haviam provocado desmoronamentos que tornavam a passagem impossível em certos trechos.

Manon hesitou por um segundo, mas decidiu passar por cima da barreira.

1992

Ponta sul do Cabo de Antibes. 1º de outubro.

Com o coração transbordando de alegria, Vinca Rockwell passou saltitando pela praia de La Joliette. Eram dez horas da noite. Para chegar até ali, saindo do liceu, ela havia convencido uma das colegas da classe preparatória para as grandes escolas*, que tinha uma scooter, a deixá-la no Chemin de la Garoupe.

Vinca pegou a trilha dos contrabandistas e sentiu borboletas no estômago. Ela veria Alexis. Ela veria seu amor!

O vento soprava com fúria, mas a noite estava tão bonita e o céu tão azul que parecia dia claro. Vinca sempre havia adorado aquele lugar, porque era selvagem e não lembrava a desgastada imagem estival da *French Riviera*. Sob o sol, todos ficavam impressionados com o brilho branco e ocre das rochas calcárias e com as infinitas variações do mar azul que banhava as pequenas enseadas. Uma vez, olhando para as ilhas Lérins, Vinca já havia até avistado golfinhos.

Com ventos intensos, como naquela noite, a paisagem mudava radicalmente. As rochas escarpadas se tornavam perigosas, as oliveiras e os pinheiros pareciam se contorcer de dor, como se tentassem arrancar-se do chão. Mas Vinca não estava nem aí. Ela veria Alexis. Ela veria seu amor!

2017

Puta que o pariu!

O salto de um dos sapatos de Manon havia se quebrado. Merda! Antes de ir para a festa, precisaria passar em casa de novo e, no

---
* Assim são chamadas as faculdades de maior prestígio na França. (N.E.)

dia seguinte, ouviria poucas e boas da amiga. Ela tirou os sapatos, colocou-os na bolsa e continuou de pés descalços.

Ela seguia o traçado estreito mas concretado do topo das falésias. O ar estava puro e revigorante. O mistral deixara a noite clara e o céu cheio de estrelas.

A vista espetacular se estendia das muralhas da velha Antibes até a baía de Nice, passando pelas montanhas do interior. Protegidas pelos pinheiros ficavam algumas das mais bonitas propriedades da Côte d'Azur. Ouvia-se a espuma do mar espirrando nas rochas e sentia-se toda a força e a potência das ondas.

No passado, o lugar havia sido palco de acidentes trágicos. O mar já carregara pescadores, turistas e casais que namoravam perto demais da água. Alvo de críticas, o governo se vira obrigado a tornar a trilha segura, construindo escadas na pedra, balizando a passagem e instalando barreiras para limitar a vontade dos passantes de se aproximar da água. Mas bastava o vento se enfurecer por algumas horas para que o local voltasse a ficar extremamente perigoso.

Manon chegou justamente ao lugar em que um pinheiro-de-alepo havia caído, derrubando o parapeito da rampa e obstruindo a passagem. Impossível seguir em frente. Pensou em voltar. Não havia vivalma ali. A força do mistral havia afugentado os caminhantes.

Vá embora, minha filha.

Ela ficou imóvel e ouviu o rugido do vento. Ele carregava uma espécie de lamento, próximo e distante ao mesmo tempo. Uma ameaça surda.

Embora estivesse de pés descalços, subiu numa rocha para contornar o obstáculo e seguiu em frente, com a lanterna do celular como única fonte de luz.

Uma massa escura se delineava na parte de baixo da falésia. Manon apertou os olhos. Não, estava longe demais para distinguir o que era. Ela começou a descer a rocha, com muito cuidado. Um farfalhar se fez ouvir. A barra de seu vestido de renda acabara de rasgar, mas ela não percebeu. Manon agora via a forma que a intrigara. Era um corpo. O cadáver de uma mulher, abandonado nas pedras. Quanto mais ela se aproximava, mais ficava horrorizada. Não se tratava de um acidente. O rosto da mulher havia sido desfigurado e se tornara uma pasta sanguinolenta. *Meu Deus.* As pernas de Manon fraquejaram e sentiu-se a ponto de cair. Ela desbloqueou o celular para chamar reforços. Não havia rede, a tela indicava: *somente emergência.* Começou a fazer a ligação quando percebeu que não estava sozinha. Um homem estava sentado um pouco adiante, chorando. Transtornado, ele soluçava com o rosto entre as mãos.

Manon ficou apavorada. Naquele momento, lamentou não estar armada. Com muita prudência, aproximou-se. O homem se endireitou. Quando levantou a cabeça, Manon o reconheceu.

– Fui eu que fiz isso – ele disse, apontando para o cadáver.

1992

Cheia de graça e leveza, Vinca Rockwell saltitava de rocha em rocha. O vento soprava cada vez mais forte. Mas Vinca gostava. O movimento das ondas, o perigo, o enlevo da brisa marinha, os penhascos vertiginosos. Nada em sua vida havia sido tão inebriante quanto conhecer Alexis. Um encantamento profundo e total. Uma fusão de corpos e almas. Mesmo que vivesse cem anos, nada jamais poderia rivalizar com aquele momento. A perspectiva de um reencontro secreto com Alexis, de fazer amor nas reentrâncias das rochas, a deixava eufórica.

Sentia o vento morno envolvê-la por inteiro, soprando suas pernas, levantando seu vestido, como um prelúdio ao esperado corpo a corpo. Seu corpo se impacientava, uma onda de calor a embalava e sacudia, seu sangue pulsava, palpitações faziam cada centímetro de seu corpo vibrar.

Ela veria Alexis. Ela veria seu amor!

Alexis era a tempestade, a noite, o presente. No fundo de si mesma, Vinca sabia que estava fazendo uma bobagem e que tudo acabaria mal. Mas por nada no mundo trocaria a excitação daquele momento. A espera, a loucura do amor, a dolorosa delícia de ser carregada pela noite.

– Vinca!

Subitamente, o vulto de Alexis delineou-se contra o céu claro onde brilhava a lua cheia. Vinca deu alguns passos na direção da sombra. Num piscar de olhos, quase sentiu o prazer iminente. Intenso, ardente, incontrolável. De corpos que se misturam e se dissolvem até se fundirem às ondas e ao vento. De gritos que se confundem com os das gaivotas. De convulsões, de uma explosão que prostra, de uma luz branca e ofuscante que irradia e dá a impressão de que todo o corpo se dissolve.

– Alexis!

Quando Vinca finalmente abraçou o objeto de seu amor, uma voz interior voltou a murmurar-lhe que tudo acabaria mal. Mas a jovem não estava nem aí para o futuro. O amor é tudo ou não é nada.

O momento presente era a única coisa que contava.

A ardente e venenosa sedução da Noite.

Ontem e hoje

(NICE-MATIN – segunda-feira, 8 de maio de 2017)

O Liceu Internacional Saint-Exupéry
festeja seu 50º aniversário

O estabelecimento-modelo do polo tecnológico de Sophia Antipolis soprará cinquenta velinhas no próximo final de semana. Criado em 1967 pela Missão Laica Francesa para escolarizar filhos de expatriados, o liceu internacional da Côte d'Azur é um atípico estabelecimento de ensino. Renomado por seu nível de excelência, o ensino se organiza em torno do estudo de línguas estrangeiras. As seções bilíngues permitem a obtenção de diplomas internacionais e hoje reúnem cerca de mil alunos franceses e estrangeiros. As comemorações terão início no dia 12 de maio, uma sexta-feira de portas abertas em que alunos e professores apresentarão obras artísticas – exposições fotográficas, filmes, esquetes teatrais – criadas por ocasião do cinquentenário.

A festa continuará no dia seguinte, ao meio-dia, com um coquetel para ex-alunos e funcionários da escola. Ao longo da cerimônia, será feito o lançamento da pedra fundamental de um novo prédio, a "Torre de Vidro", que erguerá seus cinco andares sobre as ruínas do atual ginásio de esportes, em vias de demolição. O edifício, ultramoderno, será destinado ao acolhimento dos alunos das classes preparatórias para as grandes escolas (CPGE). À noite, os formandos dos anos de 1990 a 1995 terão a honra de ser os últimos frequentadores do ginásio, por ocasião de uma "festa dos veteranos".

A diretora do liceu, Florence Guirard, espera que o maior número de pessoas se junte às comemorações de aniversário.

"Convido calorosamente todos os ex-alunos e funcionários a participar desse momento de sociabilidade. As trocas, os reencontros e as recordações nos permitem lembrar de onde viemos e são indispensáveis para sabermos para onde vamos", afirmou a diretora com um tanto de afetação, antes de comunicar que um grupo fora criado no Facebook especialmente para a ocasião.

Stéphane Pianelli

FOREVER YOUNG

1
Cherry Coke

*Se estivermos num avião
que vai cair, não adianta nada
apertar bem o cinto de segurança.*

Haruki MURAKAMI

1.

Sophia Antipolis
Sábado, 13 de maio de 2017.

Estacionei o carro alugado embaixo dos pinheiros, perto do posto de gasolina, a trezentos metros da entrada do liceu. Vim direto do aeroporto, depois de um voo Nova York–Nice em que não preguei o olho.

Na véspera, saí às pressas de Manhattan, depois de receber um artigo por e-mail sobre o quinquagésimo aniversário de meu antigo liceu. A mensagem havia sido encaminhada para minha editora por Maxime Biancardini, que na época de escola foi meu melhor amigo, mas que eu não via há 25 anos. Ele deixara um número de celular, para o qual hesitei em ligar, mas acabei reconhecendo que não podia fazer outra coisa.

– Leu o artigo, Thomas? – ele me perguntou, quase sem preâmbulos.

– Foi por isso que liguei.

– Sabe o que isso significa?

Sua voz tinha algo familiar do passado, mas estava alterada pela excitação, pela urgência e pelo medo.

Demorei para responder. Sim, eu sabia o que aquilo significava: o fim de tudo que tínhamos vivido até então. O início de nossas vidas atrás das grades.

– Você precisa vir para a Côte d'Azur, Thomas – disse Maxime após alguns segundos de silêncio. – Precisamos de um plano para evitar que isso aconteça. Precisamos fazer alguma coisa.

Fechei os olhos, avaliando as consequências do que teríamos pela frente se não fizéssemos nada: um escândalo de grandes proporções, com implicações judiciais, uma onda de choque que repercutiria sobre nossas famílias.

No fundo, eu sempre soubera que havia uma possibilidade de aquele dia chegar. Tinha vivido 25 anos – ou fingido viver – com essa espada de Dâmocles sobre a cabeça. Regularmente, no meio da noite, acordava suando, pensando nos acontecimentos do passado e na perspectiva de que um dia eles pudessem ser descobertos. Naquelas noites, tomava um Lexotan com um gole de Karuizawa, mas era raro voltar a dormir.

– Precisamos fazer alguma coisa – repetiu meu amigo.

Eu sabia que ele estava se iludindo. Pois a bomba que ameaçava destruir o curso de nossas vidas havia sido montada por nós mesmos, numa noite de dezembro de 1992.

E nós dois sabíamos que ela não poderia ser desarmada.

2.

Depois de trancar o carro, dei alguns passos até o posto de gasolina. Era uma espécie de *general store* à americana que todo mundo chamava de Dino's. Atrás das bombas de combustível erguia-se uma construção de madeira pintada, em estilo colonial, que abrigava uma loja de conveniências e um agradável café, com um grande terraço coberto.

Empurrei a porta basculante. O lugar pouco havia mudado e tinha um quê de parado no tempo. Ao fundo, bancos altos cercavam um balcão de madeira patinada, no qual campânulas de vidro protegiam bolos coloridos. No resto do ambiente, cadeiras e mesas se espalhavam até o terraço. As paredes exibiam placas esmaltadas de velhos anúncios de marcas hoje desaparecidas e cartazes da Riviera dos Anos Loucos. Para abrigar mais mesas, os donos haviam retirado a mesa de bilhar e os fliperamas que tanto acabavam com meus trocados: *Out Run, Arkanoid, Street Fighter II*. Só o pebolim havia sobrevivido, um velho Bonzini oficial com o feltro gasto.

Minhas mãos não puderam deixar de acariciar o pebolim de faia maciça. Naquele exato lugar, Maxime e eu encenamos todas as grandes partidas do Olympique de Marselha. As imagens voltavam em turbilhão: os três gols de Papin na final da Copa da França de 1989; a mão de Vata, contra o Benfica; o arremate de primeira de Chris Waddle contra o Milan, na célebre noite em que a iluminação do estádio Vélodrome caíra. Infelizmente, não festejamos juntos a tão esperada vitória – a sagração da Liga dos Campeões, em 1993. Na época, eu já havia deixado a Côte d'Azur para continuar meus estudos numa *business school* de Paris.

Deixei-me contaminar pela atmosfera do café. Maxime não era o único com quem eu frequentava o lugar. Minhas lembranças mais marcantes estavam associadas a Vinca Rockwell, a garota por quem eu estava apaixonado na época. A garota por quem todos estavam apaixonados na época. Parecia ter sido ontem. Parecia ter sido há uma eternidade.

Caminhando na direção do balcão, senti meus braços se arrepiarem à medida que novas memórias surgiam. Lembrei-me do riso aberto de Vinca, de seus dentes separados, de seus vestidos leves, de sua beleza paradoxal, do olhar distante que parecia pousar sobre as coisas. Lembrei que, no Dino's, Vinca bebia Cherry Coke no verão e, no inverno, chocolate quente com marshmallow.

– Deseja alguma coisa?

Não acreditei no que vi: o café continuava nas mãos do mesmo casal ítalo-polonês – os Valentini. Logo lembrei de seus nomes. Dino (obviamente) havia parado de limpar a máquina de expresso para me dirigir a palavra, enquanto Hannah folheava o jornal local. Ele ganhara peso e perdera os cabelos, ela perdera a cor dos cabelos e ganhara um monte de rugas. Mas o tempo fizera bem aos dois. Era o efeito padronizador da velhice: apagava as belezas fulgurantes e conferia pátina e brilho às aparências mais banais.

– Vou tomar um café, por favor. Um expresso duplo.

Deixei a frase ecoar por alguns segundos e provoquei o passado, invocando o fantasma de Vinca:

– E uma Cherry Coke com gelo e canudinho.

Por um momento, pensei que um dos Valentini me reconheceria. Meus pais foram diretores do Saint-Exupéry entre 1990 e 1998. Meu pai dirigia o liceu, e minha mãe as classes preparatórias. Por causa disso, tinham direito a um alojamento funcional dentro do campus. Em troca de algumas partidas gratuitas de *Street Fighter*, eu algumas vezes ajudara Dino a arrumar o porão ou a preparar os famosos *frozen custards* da receita herdada de seu pai. Enquanto Hannah continuava com os olhos fixos no jornal, o velho italiano guardou meu dinheiro no caixa e me entregou as bebidas, mas nenhuma centelha iluminou seu olhar cansado.

O local estava quase vazio, o que era surpreendente, mesmo para uma manhã de sábado. O Saint-Ex contava com vários internos e, na minha época, boa parte deles permanecia no liceu durante os finais de semana. Aproveitei para me dirigir à mesa de que Vinca e eu mais gostávamos: a última do terraço, sob os galhos perfumados dos pinheiros. Como as estrelas reconhecem umas às outras, Vinca sempre escolhia a cadeira que ficava de frente para o sol. Com a bandeja nas mãos, sentei-me no lugar de sempre, de costas para as árvores. Peguei a xícara de café e coloquei o copo de Cherry Coke na frente da cadeira vazia.

Os alto-falantes tocavam um velho hit do R.E.M, "Losing my Religion", que a maioria das pessoas pensava falar de fé, mas que apenas cantava os tormentos de um amor sofrido e unilateral. O desespero de um garoto que gritava para a garota que amava: "Ei, olhe, estou aqui! Por que não me vê?". Uma síntese da história da minha vida.

O vento fazia os galhos tremerem, o sol salpicava as tábuas do assoalho. Por alguns segundos, a magia do momento me transportou para o início dos anos 1990. À minha frente, sob a luz estival que passava pelos galhos, o fantasma de Vinca ganhou vida e o eco de nossas trocas animadas voltou a meus ouvidos. Ela falava com fervor de *O amante* e de *As ligações perigosas*. Eu respondia com *Martin Eden* e *Bela do Senhor*. Naquela mesma mesa, costumávamos conversar por horas a fio sobre os filmes que víamos nas tardes de quarta-feira no cinema Star, em Cannes, ou no Casino de Antibes. Ela se entusiasmava com *O piano* e *Thelma e Louise*, eu adorava *Um coração no inverno* e *A dupla vida de Véronique*.

A música chegou ao fim. Vinca colocou o Ray-Ban, pegou o canudinho para tomar um gole de Coca e piscou para mim atrás dos óculos espelhados. Sua imagem se desfez até desaparecer por completo, fechando nosso parêntese encantado.

Não estávamos mais no calor do verão de 1992. Eu estava sozinho, triste e cansado, correndo atrás das quimeras de minha juventude perdida. Fazia 25 anos que não via Vinca.

Vinte e cinco anos, aliás, que *ninguém* a via.

3.

No domingo, 20 de dezembro de 1992, Vinca Rockwell, 19 anos, fugiu para Paris com Alexis Clément, seu professor de filosofia de 27 anos, com quem mantinha um relacionamento secreto. Os dois foram vistos pela última vez na manhã do dia seguinte, num hotel do sétimo *arrondissement*, perto da basílica Sainte-Clotilde. Depois disso, perdeu-se o rastro da presença deles na capital. Eles nunca mais foram vistos, nunca mais entraram em contato com as famílias e os amigos. Literalmente, desapareceram.

Segundo a versão oficial.

Tirei do bolso o artigo do *Nice-Matin* que eu havia consultado uma centena de vezes. Aparentemente banal, continha uma informação de consequências dramáticas, que colocaria em xeque tudo o que se sabia sobre o caso. Hoje se fala muito em *verdade* e *transparência*, mas raramente a verdade é o que parece ser e, nesse caso específico, ela não traria nem paz, nem luto, nem justiça. A verdade só traria desgraça, perseguição e calúnia.

– Ah! Desculpe, senhor!

Um aluno desajeitado passou correndo por entre as mesas e derrubou a Coca com sua mochila. Um reflexo me fez pegar o copo no ar, evitando que ele se quebrasse. Limpei a mesa com vários guardanapos, mas o refrigerante sujou minhas calças. Atravessei o café na direção do banheiro. Levei cinco minutos para conseguir tirar as manchas, e mais cinco para secar completamente a roupa. Melhor não chamar a atenção na reunião de antigos alunos e evitar que todos pensassem que eu me mijara todo.

Voltei ao terraço para pegar o casaco pendurado no encosto da cadeira. Passei os olhos pela mesa e senti o coração bater mais rápido. Na minha ausência, alguém havia dobrado ao meio a fotocópia do artigo de jornal e colocado um par de óculos escuros em cima da folha. Óculos Ray-Ban Clubmaster, de lentes espelhadas. Quem havia feito aquela piada de mau gosto? Procurei ao redor. Dino conversava com alguém, perto das bombas de combustível. Hannah regava os gerânios do outro lado do terraço. Com exceção dos três garis que estavam na hora do intervalo, sentados ao balcão, os raros clientes presentes eram alunos que trabalhavam em seus MacBooks ou conversavam ao celular.

Merda...

Tive que pegar os óculos para admitir que não eram uma alucinação. Ao levantá-los, percebi que uma palavra havia sido escrita sobre o artigo de jornal. Uma única palavra, numa letra redonda e caprichada:

Vingança.

2

O primeiro da turma e os *bad boys*

> *Quem controla o passado
> controla o futuro.*
>
> George Orwell

1.

Paint it Black, No Surprises, One...
 Já na entrada do campus a orquestra da escola recebia os visitantes com arranjos de hits dos Stones, do Radiohead e do U2. A música – tão atroz quanto estimulante – acompanhava o recém-chegado até o coração do liceu, a Praça das Castanheiras, onde ocorreriam os festejos da manhã.
 A meio caminho entre várias cidades (dentre as quais Antibes e Valbonne) e muitas vezes chamada de Vale do Silício francês, Sophia Antipolis era um oásis verde no meio de uma Côte d'Azur concretada. Milhares de start-ups e de grandes conglomerados do setor de ponta haviam elegido os dois mil hectares de suas florestas de pinheiros para domicílio de suas sedes. O lugar era atrativo para empresários do mundo todo: sol intenso praticamente o ano todo, proximidade do mar e das estações de esqui dos Alpes, ginásios de esportes e colégios internacionais de qualidade, dentre os quais o liceu Saint-Exupéry era justamente a ponta de lança. O topo da pirâmide educacional do departamento dos Alpes Marítimos. O estabelecimento em que todo

pai esperava um dia conseguir matricular seus filhos, confiante no futuro prometido pelo lema da escola: *Scientia potestas est.**

Depois da guarita do zelador, passei pelo complexo administrativo e pela sala dos professores. Construídos em meados da década de 1960, os prédios começavam a envelhecer, mas o estabelecimento como um todo continuava imponente. O arquiteto que o concebeu tirara partido, com inteligência, da paisagem natural excepcional do planalto de Valbonne. Naquela manhã de sábado, o ar estava ameno, e o céu azul-acinzentado. Entre pinheiros e arbustos, entre paredes rochosas e relevos acidentados, os cubos e os paralelepípedos de aço, concreto e vidro se integravam com harmonia à paisagem ondulada. Mais abaixo, em torno de um grande lago semioculto pelas árvores, erguiam-se pequenas construções coloridas de dois andares. Os prédios do internato, cada um com o nome de um artista que viveu na Côte d'Azur: Pablo Picasso, Marc Chagall, Nicolas de Staël, Francis Scott Fitzgerald, Sidney Bechet, Graham Greene...

Dos quinze aos dezenove anos, vivi ali, no alojamento funcional que meus pais ocupavam. Minhas lembranças da época ainda eram vivas. Em particular, o maravilhamento que eu sentia todas as manhãs ao acordar diante da floresta de pinheiros. De meu quarto de adolescente, tinha a mesma vista incrível que contemplava naquele momento: a superfície brilhante do lago, o píer de madeira e os hangares para barcos. Depois de duas décadas em Nova York, acabei acreditando que preferia o céu azul neon de Manhattan ao canto do mistral e das cigarras, a energia do Brooklyn e do Harlem ao perfume dos eucaliptos e da lavanda. *Mas seria mesmo verdade?*, perguntei-me, contornando a Ágora (um prédio de vidro que abrigava vários anfiteatros e uma sala de cinema, construído no início dos anos 1990). Cheguei às salas de aula históricas, construções de tijolo vermelho de influência gótica que lembravam algumas universidades americanas. Elas eram totalmente anacrônicas e destoavam da coerência arquitetônica dos outros prédios, mas sempre tinham sido o orgulho de Saint-Ex, conferindo à escola

---

* Conhecimento é poder. (N.T.)

uma pátina Ivy League, e aos pais dos alunos a satisfação de enviar os filhos à Harvard local.

— Então, Thomas Degalais, procurando inspiração para o próximo romance?

2.

A voz às minhas costas me surpreendeu. Girei nos calcanhares e vi o rosto risonho de Stéphane Pianelli. Cabelos compridos, barbicha de mosqueteiro, óculos redondos à la John Lennon e bolsa de carteiro a tiracolo: o jornalista do *Nice-Matin* tinha a mesma cara de quando era estudante. Única concessão à época, a camiseta que usava sob o colete sem mangas, de repórter, tinha o famoso *Phi* do França Insubmissa, o partido de extrema-esquerda.

— Oi, Stéphane — respondi, apertando sua mão.

Demos alguns passos lado a lado. Pianelli tinha a mesma idade que eu e, como eu, havia nascido na região. Fomos colegas de turma até o último ano. Lembrava-me dele como um bom papo, um orador brilhante com uma capacidade de argumentação que costumava deixar os professores atordoados. Era um dos raros alunos do liceu com consciência política. Depois do *bac**, embora suas notas fossem suficientes para entrar numa das classes preparatórias para a Sciences Po em Saint-Ex, ele preferiu continuar os estudos na Faculdade de Letras de Nice. Uma faculdade que meu pai considerava uma "fábrica de desempregados" e minha mãe, ainda mais radical, um "aglomerado de esquerdistas inúteis". Mas Pianelli sempre assumira seu lado contestador. Em Carlone — o campus de Letras —, flertara com o movimento socialista e conquistara seus quinze minutos de fama numa noite da primavera de 1994, durante um programa da France 2, *Demains les jeunes*. O repórter que estava ao vivo no local havia passado a palavra, por mais de duas horas, a dezenas de estudantes contrários ao CIP, o famoso salário mínimo que o governo tentava impor. Revi o programa recentemente, na página do Arquivo

---

* *Baccalauréat*: diploma francês de conclusão do Ensino Médio, necessário para o ingresso ao ensino superior. (N.T.)

Nacional Audiovisual, e fiquei impressionado com a audácia de Pianelli. Passaram-lhe o microfone duas vezes, e ele o utilizou para denunciar e acabar com personalidades políticas experientes. Um verdadeiro obstinado que não se deixava impressionar por ninguém.

– O que achou da eleição de Macron? – ele perguntou de supetão. (Continuava obcecado por política, portanto.) – Foi uma boa notícia para gente como você, não?

– Os escritores?

– Não, os ricos de merda! – ele respondeu, com os olhos brilhando.

Pianelli era sarcástico, muitas vezes desleal, mas eu gostava dele. Era o único aluno de Saint-Ex que eu via com frequência, pois me entrevistava para o seu jornal sempre que eu lançava um romance. Que eu soubesse, ele nunca tivera a ambição de fazer carreira na imprensa nacional, preferindo ser um jornalista todo-terreno: no *Nice-Matin*, ele podia escrever sobre o que quisesse – política, cultura, vida da cidade – e prezava essa liberdade acima de tudo. Assumir-se como um caçador de furos de voz destemida não o impedia de manter a objetividade. Eu sempre lia com interesse as resenhas que escrevia de meus romances, pois ele sabia ler nas entrelinhas. Seus artigos não eram sistematicamente elogiosos, mas, quando tinha reservas, Pianelli não esquecia que por trás de um romance – e poderíamos dizer a mesma coisa de um filme ou de uma peça de teatro – costumava haver anos de trabalho, dúvidas e questionamentos que podiam ser criticados, mas que seria cruel e presunçoso devastar em poucas linhas. "O romance mais medíocre sem dúvida tem mais valor do que a crítica que o denuncia como tal", ele aliás um dia me confiara, adaptando para a literatura a célebre máxima de Anton Ego, o crítico gastronômico do filme *Ratatouille*.

– Piadas à parte, o que veio fazer aqui, artista?

Aparentando indiferença, o jornalista sondava o terreno, lançava sua isca e tentava me fazer falar. Ele conhecia fragmentos de meu passado. Talvez percebesse meu nervosismo enquanto eu remexia no bolso os óculos gêmeos dos que Vinca tinha e a ameaça recebida quinze minutos atrás.

– Sempre é bom voltar às raízes, não? Com a idade, começamos...

– Pare com isso – ele me interrompeu, zombeteiro. – Essa reunião de ex-alunos representa tudo o que você mais detesta, Thomas. Olhe para si mesmo, de camisa Charvet e relógio Patek Philippe. Não venha me dizer que pegou um avião de Nova York para cantar a trilha de *Goldorak* e mascar chiclete Malabar com gente que você despreza.

– Está enganado. Não desprezo ninguém.

E era verdade.

O jornalista me encarou, cético. Imperceptivelmente, seu olhar mudou. Seus olhos brilharam como se tivesse captado alguma coisa.

– Entendi – por fim ele disse, balançando a cabeça. – Você veio porque leu meu artigo!

Sua frase me fez perder o fôlego, como se tivesse me dado um soco no estômago. Como ele podia saber?

– Do que está falando, Stéphane?

– Não precisa bancar o inocente.

Afetei um tom despreocupado:

– Moro em TriBeCa. Leio o *The New York Times* no café da manhã. Não o jornaleco local. De que artigo está falando? O que anunciou os cinquenta anos do colégio?

Por sua careta e seu cenho franzido, não estávamos falando da mesma coisa. Mas meu alívio durou pouco, pois ele disse:

– Estou falando do artigo sobre Vinca Rockwell.

Dessa vez, a surpresa me paralisou.

– Então é verdade, você não está sabendo! – ele concluiu.

– Mas sabendo o quê, caralho?

Pianelli balançou a cabeça e tirou o bloco de anotações da bolsa.

– Preciso trabalhar – ele disse quando chegamos à praça central. – Tenho que escrever um artigo para o jornaleco local.

– Espere, Stéphane!

Satisfeito com o efeito produzido, o jornalista se despediu com um pequeno sinal de mão:

– Falamos mais tarde.

Dentro do peito, meu coração batia em disparada. Uma coisa era certa: as surpresas estavam recém começando.

3.

A Praça das Castanheiras vibrava ao ritmo da orquestra e das conversas entre os pequenos grupos que circulavam. Embora o lugar tivesse abrigado árvores majestosas no passado, fazia tempo que elas haviam sido dizimadas por um parasita. A praça preservara o mesmo nome, mas fora replantada com palmeiras-das-canárias de sombras graciosas que evocavam as férias e o *farniente*. Sob grandes barracas de tecido cru, um buffet havia sido montado, fileiras de cadeiras alinhadas e guirlandas floridas penduradas. Na esplanada, cheia de gente, um bando de garçons de chapéu-palheta e blusas listradas à la marinheiro abastecia os convidados de bebidas.

Peguei uma taça de uma bandeja, molhei os lábios e na mesma hora virei a mistura numa floreira. A direção não havia encontrado nada melhor a oferecer, à guisa de coquetel da casa, do que uma água de coco asquerosa misturada com *iced tea* sabor gengibre. Aproximei-me do buffet. Ali também optara-se por uma versão *light* de tudo. Dava para se sentir na Califórnia ou em alguns locais do Brooklyn invadidos pela mania *healthy*. Nada de carnes recheadas, flores de abobrinha empanadas e tortas provençais. Havia apenas uns tristes legumes fatiados, *verrines* desnatadas e canapés sem glúten.

Afastei-me dos cavaletes para sentar no topo dos grandes degraus de concreto polido que cercavam parte da praça, como um auditório. Coloquei meus óculos de sol e, protegido em meu posto de observação, assisti a meus colegas com curiosidade.

Eles se cumprimentavam com tapinhas nas costas, se abraçavam, mostravam as fotos mais bonitas dos filhos pequenos ou adolescentes, trocavam endereços de e-mail, números de celular, adicionavam-se a listas de "amigos" nas redes sociais. Pianelli não estava errado: eu não fazia parte de nada disso. Era incapaz até de fingi-lo. Primeiro, porque não sentia saudade alguma de meus anos de liceu. Depois, porque era basicamente um solitário: sempre levava um livro no bolso, não tinha conta no Facebook, era um desmancha-prazeres pouco adaptado às expectativas de uma época adepta dos botões de *like*. Por fim, porque a passagem do tempo nunca me angustiou. Não tive uma crise quando assoprei as quarenta velinhas nem quando fios prateados começaram a colorir minhas têmporas. Para ser sincero, até me sentira impaciente por envelhecer, porque me distanciaria de um passado que, longe de ser um paraíso perdido, me parecia o epicentro de um drama do qual eu fugira a vida inteira.

4.

Primeira constatação ao examinar os antigos alunos: a maioria dos que se deslocaram até ali vinha de círculos confortáveis onde todos se cuidavam para não engordar demais. A calvície, em contrapartida, era o flagelo número um dos homens. *Não é mesmo, Nicolas Dubois?* Seu implante tinha dado errado. Alexandre Musca tentava esconder a careca com uma longa mecha penteada por cima do crânio. Romain Roussel preferiu raspar toda a cabeça.

Fui agradavelmente surpreendido por minha memória: entre os convidados de minha geração, consegui dar nome a quase todos os rostos. De longe, era engraçado de se ver. Às vezes até fascinante, pois para alguns o evento parecia ter um gosto de revanche sobre o passado. Manon Agostini, por exemplo. A adolescente insossa e tímida se transformara numa mulher bonita que se expressava com segurança. Christophe Mirkovic havia sofrido a mesma metamorfose. O *nerd*, como ainda não se dizia à época, não parecia mais o saco de pancada espinhento e avoado que eu tinha em mente, e fiquei feliz por ele. Ao estilo americano, alardeava o próprio sucesso sem pudor, elogiava os méritos de seu Tesla e falava inglês com a namorada vinte anos mais nova, que atraía muitos olhares.

Éric Lafitte, em contrapartida, piorara bastante. Lembrava-me dele como a encarnação de um semideus. Uma espécie de anjo moreno: Alain Delon em *O sol por testemunha*. Éric, o Rei, se tornara um sujeito triste e barrigudo, de rosto inchado, mais parecido com Homer Simpson do que com o ator de *Rocco e seus irmãos*.

Kathy e Hervé Lesage chegaram de mãos dadas. Eles saíam juntos no segundo ano do ensino médio e se casaram ao fim dos estudos. Kathy (diminutivo dado por seu marido) se chamava na verdade Katherine Laneau. Lembrava-me de suas pernas sublimes

– que ela sem dúvida ainda tinha, embora tivesse trocado a minissaia xadrez por um terninho – e do inglês perfeito, muito literário, que ela falava à época. Muitas vezes me perguntara como uma garota daquelas podia ter se apaixonado por Hervé Lesage. Apelidado de Régis – era a época do programa humorístico *Les Nuls* e do mantra "Régis é um pateta" –, Hervé tinha uma aparência genérica, nada na cabeça, dizia coisas fora de hora, fazia perguntas totalmente equivocadas aos professores e, acima de tudo, parecia não perceber que a namorada era cem vezes mais estilosa do que ele jamais seria. Vinte e cinco anos depois, com sua jaqueta de camurça e seu rosto satisfeito, "Régis" parecia o mesmo pateta de sempre. Para piorar as coisas, estava usando um boné do PSG. *No comment.*

No quesito guarda-roupa, Fabrice Fauconnier detinha o primeiro lugar. Piloto da Air France, "Faucon" viera com seu uniforme de comandante. Ele desfilava no meio das cabeleiras loiras, dos saltos altos e dos peitos de silicone. O antigo garanhão não deixara a peteca cair: continuava atlético, mas seu cabelo grisalho, seu olhar insistente e sua evidente vaidade lhe valeriam o apelido de "vovô garoto". Alguns anos antes, eu cruzara com ele num voo. Como se eu ainda tivesse cinco anos, ele tentou me agradar me convidando para me juntar a ele no cockpit durante a aterrissagem...

5.

– Caramba, o "Faucon" pegou pesado!

Fanny Brahimi piscou para mim e me abraçou calorosamente. Ela também mudara muito. De origem cabila, era uma loirinha de olhos claros e cabelos curtos, empoleirada sobre bonitos escarpins, as pernas delineadas num jeans apertado. Os dois botões abertos da camisa revelavam o início dos seios, e o trench-coat acinturado alongava sua silhueta. Em outra vida, eu a conhecera como uma *grunge* que arrastava coturnos Doc Martens de couro gasto, perdida dentro de camisas de flanela sem forma, blusões remendados e jeans rasgados.

Mais desembaraçada do que eu, Fanny segurava uma taça de champanhe.

— Mas não consegui descolar nenhuma pipoca — ela disse, sentando-se a meu lado, como se fôssemos assistir à projeção de um filme.

Como quando era estudante, ela levava no pescoço uma máquina fotográfica — uma Leica M — e começou a fotografar todo mundo.

Eu conhecia Fanny desde sempre. Maxime, ela e eu tínhamos sido colegas na escola primária do bairro de La Fontonne, a qual chamávamos de "velha escola" por seus belos prédios Terceira República, que contrastavam com os pré-fabricados do colégio René-Cassin que a cidade de Antibes abrira mais tarde. Durante a adolescência, Fanny sempre fora uma amiga próxima. Foi a primeira garota com quem saí, no nono ano. Num sábado à tarde, fomos ver *Rain Man* no cinema e, na volta, no ônibus que nos levava para La Fontonne, cada um com um fone do meu Walkman na orelha, trocamos algumas carícias desajeitadas. Quatro ou cinco beijos de língua entre *Puisque tu pars* e *Pourvu qu'elles soient douces*. Saímos até o penúltimo ano do colégio, depois nos afastamos, mas continuamos amigos. Ela era uma daquelas garotas maduras e liberadas que, a partir do último ano, começaram a dormir com todo mundo sem se apegar a ninguém. O comportamento era raro em Saint-Ex, e muitos a condenavam. Eu sempre a respeitei, pois ela me parecia a encarnação de uma certa forma de liberdade. Era amiga de Vinca, era uma aluna brilhante e uma pessoa legal, três qualidades que a tornavam querida por mim. Depois de se formar em Medicina, trabalhou com medicina de guerra e em missões humanitárias. Voltei a vê-la por acaso alguns anos atrás, num hotel de Beirute, onde eu participava do Salão do Livro Francófono, e ela me contou sua intenção de voltar para a França.

— Já localizou algum ex-professor? — ela me perguntou.

Com o queixo, apontei para o sr. N'Dong, para o sr. Lehman e para a sra. Fontana, professores de matemática, ciências físicas e ciências naturais, respectivamente.

— Um belo conjunto de sádicos — disse Fanny, fotografando os três.

— Nesse ponto, não posso discordar. Está trabalhando em Antibes?

Ela fez que sim com a cabeça.

— Faz dois anos que trabalho no setor de cardiologia do hospital de La Fontonne. Cuido de sua mãe. Ela não contou?

Pelo meu silêncio, ela entendeu que eu não sabia de nada.

— Está sendo acompanhada desde o pequeno infarto, mas vai bem — afirmou Fanny.

Fiquei surpreso.

— Minha mãe e eu... é complicado — disse, para mudar de assunto.

— É o que dizem todos os homens, não é mesmo? — ela afirmou, sem tentar saber mais.

Depois, apontou para outra professora.

— Aquela era legal! — exclamou.

Demorei para reconhecê-la. Era a srta. DeVille, uma professora americana que dava aulas de literatura inglesa para as classes preparatórias de Letras.

— E ainda continua um avião! — assobiou Fanny. — Parece a Catherine Zeta-Jones!

A srta. DeVille devia ter um metro e oitenta. Usava salto alto, calça justa de couro e casaco sem gola, tinha os cabelos compridos e lisos caindo sobre os ombros como uma cortina. Com seu corpo esbelto e longilíneo, parecia mais jovem do que algumas de suas ex-alunas. Que idade devia ter quando chegou a Saint-Ex? Vinte e cinco anos? No máximo trinta. Como eu estava nas classes preparatórias científicas, nunca a tive como professora, mas lembro que era muito elogiada pelos alunos, sobretudo por alguns garotos que sentiam por ela uma espécie de devoção.

Por alguns minutos, Fanny e eu continuamos observando nossos antigos colegas, compartilhando lembranças. Ouvindo-a, lembrei por que sempre tinha gostado dela. Emanava uma energia positiva e vivaz. E tinha senso de humor, o que não era nada ruim. No entanto, não tivera um início fácil na vida. Sua mãe era uma mulher bonita, uma loira de pele morena, olhar doce e ao mesmo tempo matador, que trabalhava como vendedora em Cannes, numa loja de roupas da Promenade de la Croisette. Quando estávamos na primeira série do primário, ela largou marido e três filhos para viajar com o chefe à América do Sul. Antes de ser admitida no internato de Saint-Ex, Fanny viveu quase dez anos com o pai, paralisado depois de um acidente de trabalho num canteiro de obras, e com os dois irmãos mais velhos – que sinceramente não eram muito inteligentes –, num condomínio decrépito de um programa social. Não era o tipo de lugar que aparecia nos guias turísticos de Antibes-Juan-les-Pins.

A cardiologista soltou mais uns venenos, pequenos, mas divertidos ("Étienne Labitte continua com a mesma cabeça de glande"), depois me encarou com um estranho sorriso nos lábios.

– A vida redistribuiu alguns papéis, mas você continua o mesmo.

Apontou a Leica para mim e tirou uma foto, depois continuou:

– O primeiro da turma, bom partido, elegante, com seu lindo blazer esportivo e sua camisa azul-clara.

– Vindo de você, sei que não se trata de um elogio.

– Está enganado.

– As mulheres preferem os *bad boys*, não?

– Aos dezesseis anos, sim. Não aos quarenta!

Dei de ombros, apertei os olhos e usei a mão para me proteger do sol.

– Está procurando alguém?

– Maxime.

– Nosso futuro deputado? Fumei um cigarro com ele ao lado do ginásio, onde será a festa noturna. Ele não parecia com pressa de vir fazer campanha. Caramba, você viu a Aude Paradis? Completamente acabada, coitada! Tem certeza de que não trouxe pipoca, Thomas? Eu poderia ficar horas sentada aqui. É quase tão bom quanto *Game of Thrones*!

Mas seu entusiasmo arrefeceu subitamente quando ela viu dois funcionários instalando um pequeno estrado e um microfone.

– *Sorry*, vou me abster dos discursos oficiais – ela anunciou, levantando-se.

Do outro lado da arquibancada, Stéphane Pianelli tomava notas, em plena conversa com o subprefeito. Quando cruzou com o meu olhar, o jornalista do *Nice-Matin* me fez um sinal com a mão que significava algo como *"Não saia daí, estou chegando"*.

Fanny limpou o jeans e, num estilo todo seu, soltou uma última pérola:

– Sabe de uma coisa? Acho que você é um dos raros caras nessa praça com quem não fui pra cama.

Eu teria respondido alguma coisa espirituosa, mas nada apropriado me ocorreu porque suas palavras não tentavam ser engraçadas. Eram tristes e um tanto forçadas.

– Na época, você tinha adoração por Vinca – ela lembrou.

– Verdade – admiti. – Estava apaixonado por ela. Mais ou menos como todo mundo aqui, não?

– Sim, mas você sempre a idealizou.

Suspirei. Depois do desaparecimento de Vinca e da revelação de seu idílio com um dos professores do liceu, os rumores e mexericos haviam transformado a jovem numa espécie de Laura Palmer local. *Twin Peaks* provençal.

– Fanny, não me venha com essa você também.

– Tudo bem. É mais fácil bancar a avestruz. *Living is easy with eyes closed*, como cantou o outro.

Ela guardou a máquina na bolsa, olhou para o relógio e me estendeu a taça de champanhe ainda pela metade.

– Estou atrasada e não devia ter bebido. Estou de plantão esta tarde. Até a próxima, Thomas.

6.

A diretora começou o discurso, um suplício vazio no qual alguns funcionários da Educação Nacional se especializavam. Originária da região parisiense, a senhora Guirard trabalhava ali havia pouco tempo. Tinha um conhecimento exclusivamente teórico do estabelecimento e recitava banalidades de tecnocrata. Ouvindo-a, perguntei-me por que meus pais não estavam ali. Deviam ter sido convidados, enquanto antigos diretores. Procurei-os sem sucesso na multidão, e a ausência deles me deixou intrigado.

Depois de terminar a lenga-lenga sobre "os valores universais de tolerância, igualdade de oportunidades e diálogo entre as culturas, que nosso estabelecimento prega desde sempre", a diretora passou a enumerar as "personalidades eminentes" que haviam frequentado o liceu. Eu era uma delas, ao lado de uma dezena de outras, e quando meu nome foi citado e aplaudido alguns olhares se voltaram para mim. Esbocei um sorriso constrangido e um discreto "obrigado" com a cabeça.

— Pronto, agora está frito, artista – avisou Stéphane Pianelli, sentando-se a meu lado. – Em poucos minutos, terá que dar autógrafos. E dizer se o cachorro de Michel Drucker late entre os *takes* e se Anne-Sophie Lapix conserva a simpatia depois que as câmeras são desligadas.

Cuidei para não dar trela a Pianelli, mas ele continuou seu monólogo:

— Vai ter que responder por que matou o herói no fim de *Alguns dias com você*. E de onde vem sua inspiração e...

— Dá um tempo, Stéphane. O que queria me dizer? Que história de artigo é essa?

O jornalista limpou a voz:

— Não estava na Côte d'Azur no mês passado?

— Não, cheguei hoje de manhã.

— OK. Já ouviu falar dos "cavaleiros de maio"?

— Não, mas imagino que não seja um grupo do hipódromo de Cagnes-sur-Mer.

— Muito engraçado. Na verdade, é um fenômeno de resfriamento que às vezes acontece no meio da primavera e causa geadas tardias...

Enquanto falava, ele tirou um cigarro eletrônico do bolso do casaco.

— Essa primavera, na Côte, o tempo foi um nojo. Primeiro fez muito frio, depois tivemos chuvas torrenciais por vários dias.

Interrompi-o:

— Direto ao ponto, Stéphane. Não precisa repassar toda a previsão do tempo das últimas semanas!

Com o queixo, o jornalista apontou ao longe para os prédios coloridos do internato, que o sol fazia brilhar com mil reflexos.

– Houve inundações nos porões de vários dormitórios.

– Nenhuma novidade. Já viu a inclinação do terreno? Na nossa época, isso acontecia a cada dois anos.

– Sim, mas no final de semana de 8 de abril, a água subiu até os saguões de entrada. A direção precisou fazer obras de emergência e esvaziar completamente os subsolos.

Pianelli deu algumas tragadas em seu "cigarro" e soltou uma espécie de vapor com aroma de verbena e toranja. Na comparação com os charutos de Che Guevara, o revolucionário que aspirava uma infusão de ervas tinha algo de ridículo.

– O liceu precisou se livrar de dezenas de escaninhos metálicos enferrujados que estavam guardados nos porões desde meados dos anos 1990. Uma empresa especializada em recolher entulho foi contratada para descartá-los, mas antes que ela chegasse alguns alunos se divertiram abrindo os armários. Você nunca vai adivinhar o que eles encontraram.

– Diga lá.

O jornalista manteve o suspense o máximo possível.

– Uma mochila esportiva de couro com cem mil francos em notas de cem e duzentos! Uma pequena fortuna perdida aqui por mais de vinte anos...

– Então a polícia veio a Saint-Ex?

Imaginei os policiais chegando ao campus e toda a agitação que deviam ter provocado.

– Pode apostar! E, como contei no artigo, ficaram muito excitados. Um caso antigo, muita grana, um liceu prestigioso: não demorou muito para que passassem um pente fino por tudo.

– E qual foi o resultado?

– Ainda não divulgaram, mas sei que encontraram na mochila duas impressões digitais em perfeito estado.

– E?

– Uma delas estava fichada.

Prendi a respiração enquanto Pianelli armava a nova bomba. Pelo brilho de seus olhos, entendi que o estrago seria grande.

– Era a digital de Vinca Rockwell.

Pisquei várias vezes, digerindo a informação. Tentei calcular tudo o que aquilo representava, mas meu cérebro parecia vazio.

– Quais suas conclusões, Stéphane?

– Minhas conclusões? Que eu estava certo desde o início! – exaltou-se o jornalista.

Ao lado da política, o caso Vinca Rockwell era a segunda grande obsessão de Stéphane Pianelli. Quinze anos antes, ele havia escrito um livro sobre o caso, com um título schubertiano: *A morte e a donzela*. Um trabalho de pesquisa sério e exaustivo, mas sem nenhuma descoberta estrondosa sobre o desaparecimento de Vinca e de seu amante.

– Se Vinca tivesse mesmo fugido com Alexis Clément, teria levado o dinheiro! Ou ao menos teria voltado para buscá-lo!

Seu argumento me pareceu frágil.

– Nada garante que o dinheiro seja *dela* – repliquei. – Não é porque suas digitais estavam na mochila que o dinheiro era dela.

Ele concordou, mas contra-atacou:

– Mas admita que é muito estranho. De onde saiu essa bolada? Cem mil francos! Na época, era uma quantia enorme.

Nunca entendi direito qual era a tese exata de Pianelli sobre o caso Rockwell, mas, para ele, a versão da fuga não se sustentava. Apesar de não ter provas, Pianelli acreditava firmemente que Vinca nunca dera sinal de vida porque estava morta há muito tempo. E Alexis Clément provavelmente era seu assassino.

– O que a descoberta implica, judicialmente falando?

– Não faço ideia – ele respondeu, carrancudo.

– A investigação sobre o desaparecimento de Vinca foi arquivada há anos. Não importa o que encontrem, o caso estará prescrito, não?

Pensativo, ele alisou a barba com as costas da mão.

– Não necessariamente. Há toda uma complexa jurisprudência a esse respeito. Hoje, em alguns casos, o prazo de prescrição não depende mais de quando o ato foi cometido, mas da descoberta eventual de um corpo.

Ele me encarou e decidi sustentar seu olhar. Pianelli era um caçador de furos, é verdade, mas eu ainda me perguntava o motivo de sua obsessão com o caso. Pelo que lembrava, ele não era próximo de Vinca. Eles não conviviam e não tinham nada em comum.

Vinca era filha de Pauline Lambert, atriz nascida em Antibes. Uma ruiva bonita de cabelos curtos que, nos anos 1970, apareceu em pequenos papéis nos filmes de Yves Boisset e Henri Verneuil. O ponto alto de sua filmografia: uma cena de vinte segundos com os seios de fora, ao lado de Jean-Paul Belmondo em *Scoumoune, o tirano*. Em 1973, numa boate de Juan-les-Pins, Pauline conheceu Mark Rockwell, automobilista americano que por um breve período foi piloto de F1 na Lotus e correu várias vezes as 500 milhas de Indianápolis. Rockwell era o filho mais novo de uma família influente de Massachusetts, principal acionária de uma rede de supermercados muito presente na região nordeste do país. Vendo que sua carreira não deslanchava, Pauline seguiu o namorado aos Estados Unidos, onde se casaram. Vinca, a única filha que tiveram, nasceu logo depois, em Boston, onde passou os primeiros quinze anos de sua vida até se mudar para Saint-Ex, depois da morte trágica dos pais. O casal Rockwell estava entre os passageiros mortos numa catástrofe aérea ocorrida no verão de 1989, quando o voo sofreu uma descompressão explosiva ao deixar o aeroporto do Havaí. A tragédia causou comoção porque, com a abertura acidental do trem de pouso, as seis fileiras da classe executiva se soltaram e caíram do avião. O acidente fez doze vítimas e, pela primeira vez, os mais ricos pagaram o pato. Uma ironia que Pianelli devia ter apreciado.

Por suas origens familiares e por seu comportamento, portanto, Vinca *aparentemente* representava tudo o que Pianelli mais detestava: uma filhinha de papai da alta burguesia americana, uma herdeira elitista e intelectual, apaixonada por filosofia grega, pelo cinema de Tarkovski, pela poesia de Lautréamont. Uma garota um tanto pretensiosa, de beleza irreal, que não vivia no mundo, mas em seu próprio mundo. Uma garota que, inconscientemente, era um tanto nariz empinado em relação aos jovens de seu meio.

– Não tem mais nada a dizer, caralho? – perguntou de repente.

Suspirei, dei de ombros e fingi distanciamento.

– Faz tanto tempo, Stéphane.

– Tanto tempo? Mas Vinca era sua amiga. Você a tratava com adoração e...

– Eu tinha dezoito anos, era uma criança. Virei a página faz tempo.

– Não venha com essa para cima de mim, artista. Não virou coisa nenhuma. Eu li seus romances: Vinca aparece em todos. Encontro ela em quase todas as suas heroínas!

Ele começava a me irritar.

– Psicologia de bar. Digna da coluna de astrologia do seu jornaleco!

Agora que o tom da conversa havia subido, Stéphane Pianelli parecia eletrizado. Sua exaltação transparecia nos olhos. Vinca o havia enlouquecido, como sem dúvida havia feito com outros antes dele, embora não pelas mesmas razões.

– Pode dizer o que quiser, Thomas. Vou retomar a investigação, dessa vez a sério.

– Não conseguiu nada na primeira vez, há quinze anos – observei.

– A descoberta da grana muda tudo! Dinheiro vivo esconde o quê, para você? Vejo apenas três possibilidades: tráfico de drogas, corrupção ou chantagem.

Esfreguei os olhos.

– Você está vivendo num filme, Pianelli.

– Não existe um caso Rockwell, para você?

– Digamos que ele se resume à história banal de uma garota que fugiu com o sujeito que amava.

Ele fez uma careta.

– Nem por um segundo você acredita nessa hipótese, artista. Ouça bem o que estou dizendo: o desaparecimento de Vinca é como um novelo de lã. Um dia alguém puxa o fio certo e toda a história se desenreda.

– E o que descobriremos?

– Algo maior do que tudo o que tínhamos imaginado.

Levantei-me para dar um fim à conversa.

– Você é que deveria escrever romances. Posso ajudar, se precisar de um editor.

Olhei para o relógio. Era urgente que eu encontrasse Maxime. Subitamente mais calmo, o jornalista também se levantou e me deu uma batidinha no ombro.

– Até mais, artista. Tenho certeza de que vamos nos ver de novo.

Seu tom era como o de um policial que tivesse acabado de me liberar de uma revista. Abotoei o casaco e desci um degrau. Hesitei alguns segundos e me virei. Eu ainda não tinha dado nenhum passo em falso. Acima de tudo, não podia falar nada que despertasse sua curiosidade, mas uma pergunta me queimava os lábios. Tentei fazê-la com o máximo de indiferença possível.

– Você disse que o dinheiro foi encontrado num antigo escaninho?
– Sim.
– Qual, exatamente?
– Um escaninho pintado de amarelo canário. A cor da residência Henri-Matisse.
– Não era nesse dormitório que Vinca morava! – exclamei, triunfante. – Seu quarto de estudante ficava no pavilhão azul: a residência Nicolas-de-Staël.

Pianelli assentiu:

– Tem razão, já verifiquei isso. Que memória, hein, para alguém que virou a página.

Mais uma vez, ele me desafiou com seus olhos brilhantes, como se tivesse acabado de me pegar no flagra, mas sustentei seu olhar e avancei outro peão.

– E o escaninho não tinha nome?

Ele sacudiu a cabeça.

– Depois de tantos anos, tudo se apagou.
– Deve haver algum documento com o registro dos escaninhos?
– Na época, ninguém se preocupava com isso – ele disse, zombeteiro. – No início do ano, os alunos escolhiam o escaninho que quisessem, por ordem de chegada.
– E, nesse caso, qual era o escaninho?

– Por que quer saber?

– Curiosidade. Sabe, essa coisa que os jornalistas têm de montão.

– Publiquei a foto no meu artigo. Não tenho ela aqui, mas era o escaninho A1. O primeiro compartimento do alto, à esquerda. Soa familiar?

– Não. *So long*, Stéphane.

Girei nos calcanhares e apertei o passo para sair da praça antes do fim do discurso.

No estrado, a diretora chegava ao fim de sua fala e lembrava a destruição iminente do antigo ginásio para a colocação da pedra fundamental da "obra mais ambiciosa que nosso estabelecimento jamais conheceu". Ela agradeceu aos generosos doadores, graças a quem o projeto, que estava no papel havia mais de trinta anos, logo veria o dia: "A edificação de um prédio dedicado às classes preparatórias, a criação de um grande jardim paisagístico e a construção de um novo centro esportivo dotado de uma piscina olímpica".

Se eu ainda tivesse dúvidas do que teria pela frente, elas acabavam de se dissipar. Eu havia mentido para Pianelli. Sabia muito bem de quem era o escaninho onde o dinheiro havia sido encontrado.

Era o meu.

3
O que fizemos

*É quando as pessoas começam
a dizer a verdade que elas
mais precisam de um advogado.*

P.D. James

1.

O ginásio era uma caixa de concreto construída num platô incrustado na orla da floresta de pinheiros. Entrava-se nele por uma rampa descendente margeada por grandes pedras de calcário, brancas como o nácar, que refletiam a luz ofuscante do sol. Chegando ao estacionamento, avistei uma betoneira e um buldôzer estacionados ao lado de construções modulares, e meu desconforto subiu um grau. Os módulos abrigavam um verdadeiro maquinário: britadeiras e perfuradores, cisalhas hidráulicas, garras de demolição e escavadeiras. A diretora não havia mentido: o velho ginásio vivia suas últimas horas. O início das obras era iminente e, junto com ele, o início de nossa queda.

Contornei o pavilhão em busca de Maxime. Embora não tivéssemos mantido contato, eu havia seguido seu percurso de longe, com verdadeiro fascínio e certo orgulho. O caso Vinca Rockwell causara na trajetória de meu amigo um efeito contrário ao exercido sobre a minha. Os acontecimentos me abalaram e interromperam o meu impulso, mas várias portas pareceram se abrir para o meu amigo, emancipando-o e devolvendo-lhe a liberdade de escrever a própria história.

Depois *do que fizemos*, nunca mais fui o mesmo. Vivi em meio ao terror e a desordem mental, o que lamentavelmente me levou a rodar em matemática avançada. No verão de 1993, troquei a Côte d'Azur por Paris e, para desespero de meus pais, me transferi para uma escola de comércio de segundo nível. Na capital, vegetei por quatro anos. Eu matava metade das aulas e passava o resto dos dias em cafés, livrarias e cinemas em torno do Saint-Germain-des-Près.

No quarto ano, a faculdade obrigava os alunos a viajar para o exterior por seis meses. Enquanto a maior parte de meus colegas descolava estágios em grandes empresas, contentei-me com um cargo mais modesto: fui contratado como assistente de Evelyn Warren, uma intelectual feminista nova-iorquina. Na época, Warren, mesmo com oitenta anos, ainda proferia conferências em universidades pelos quatro cantos dos Estados Unidos. Era brilhante, mas também uma mulher tirânica e cheia de caprichos, que se irritava com todo mundo. Deus sabe por que, gostava de mim. Talvez porque eu fosse insensível a suas mudanças de humor e não me deixasse impressionar. Embora não se considerasse uma espécie de avó substituta, pediu-me para continuar trabalhando a seu lado depois do fim dos estudos e me ajudou a conseguir o *green card*. Mantive o cargo de assistente, morando numa ala de seu apartamento no Upper East Side, até sua morte.

Em meu tempo livre – que era considerável –, fazia a única coisa de que realmente gostava: escrever histórias. Como não conseguia tomar as rédeas de minha própria vida, inventava mundos luminosos, livres das angústias que me corroíam. Varinhas mágicas existiam. Para mim, tinham o formato de uma caneta Bic. Por um franco e cinquenta centavos, eu tinha acesso a um instrumento capaz de transfigurar, consertar e mesmo negar a realidade.

Em 2000, lancei meu primeiro romance, que, graças ao boca a boca, entrou para as listas de mais vendidos. Desde então, escrevi uma dezena de livros. A escrita e a promoção de meus livros ocupavam inteiramente meus dias. Meu sucesso era real, mas aos olhos de minha família escrever ficção não fazia parte das profissões *sérias*. "Quando penso que esperávamos que você se tornasse um engenheiro", meu pai me disse um dia, com sua habitual delicadeza. Pouco a pouco, minhas visitas à França se espaçaram. Limitavam-se, naquele momento, a uma semana por ano, para lançamentos e autógrafos. Eu tinha uma irmã e um irmão mais velhos que não via quase nunca. Marie se formara na Escola Superior de Minas e ocupava um cargo importante na Direção Nacional de Estatísticas do Comércio Exterior. Eu não sabia exatamente o que ela fazia, mas imaginava algo não muito *fun*. Jérôme, por sua vez, era o verdadeiro herói da família: cirurgião pediátrico, trabalhava no Haiti desde o terremoto de 2010, coordenando as ações da organização Médicos Sem Fronteiras.

2.

Então, havia Maxime.

Meu ex-melhor amigo, que eu nunca substituíra. Meu irmão de coração. Conhecia-o desde sempre: a família de seu pai e a família de minha mãe eram da mesma aldeia italiana, Montaldicio, no Piemonte. Antes de meus pais obterem o alojamento funcional em Saint-Ex, fomos vizinhos em Antibes, no Chemin de la Suquette. Nossas casas foram construídas lado a lado e tinham uma vista panorâmica para um bom pedaço de Mediterrâneo. Nossos gramados eram separados por uma simples mureta de pedras soltas e acolhiam nossas partidas de futebol e as *barbecue parties* que nossos pais organizavam.

No liceu, Maxime não foi um bom aluno, ao contrário de mim. Também não foi um péssimo aluno: apenas um garoto um pouco imaturo, mais interessado em esportes e *blockbusters* do que nas sutilezas de *A educação sentimental* e *Manon Lescaut*. No verão, trabalhava como salva-vidas no Cabo de Antibes, na Batterie du Graillon. Tinha uma aparência deslumbrante: torso esculpido, cabelos compridos de surfista, bermuda Rip Curl, Vans sem cadarço. Ele tinha uma candura sonhadora e cabelos loiros que prenunciavam os adolescentes de Gus Van Sant.

Maxime era o único filho de Francis Biancardini, um empreiteiro conhecido na região, que havia construído um império local numa época em que as regras que regiam os contratos públicos eram mais amenas. Como eu o conhecia bem, sabia que Francis era um personagem complexo, reservado e ambíguo. Aos olhos do mundo, porém, era um homem rude com mãos de pedreiro, quilos a mais, rosto de camponês e linguajar que reproduzia a retórica da extrema-direita. Por muito pouco ele dava com a língua nos dentes. Os responsáveis pela decadência do país se alinhavam em seu visor: "árabes, socialistas, vadias, veados". Ele era o homem branco dominante, versão brutamontes, que não percebia que seu mundo já havia acabado.

Oprimido por um pai que o envergonhava tanto quanto o orgulhava, Maxime por muito tempo penou para encontrar seu lugar. Foi depois da tragédia que conseguiu se emancipar de suas garras. A metamorfose levou vinte anos e aconteceu em etapas. Outrora aluno medíocre, Maxime começou a dar duro nos estudos e obteve um diploma de engenharia civil e obras públicas. Depois, assumiu a empresa de construção do pai e a transformou na líder local em engenharia sustentável. Mais tarde, participou da iniciativa Platform77, a maior incubadora de startups do sul da França. Paralelamente, Maxime assumiu sua homossexualidade. No verão de 2013, algumas semanas depois da lei Casamento para Todos, ele se uniu, na prefeitura de Antibes, a seu companheiro, Olivier Mons – outro ex-aluno de Saint-Ex –, que dirige a midiateca da cidade. O casal tinha duas filhas, nascidas de uma barriga de aluguel nos Estados Unidos.

Eu havia obtido todas essas informações dos sites do jornal *Nice-Matin* e da revista *Challenges*, e também de um artigo da revista *Monde* sobre a "Geração Macron". Até então simples vereador, com a criação do *En Marche!* Maxime se filiara ao partido do futuro presidente da República e fora um dos primeiros a apoiá-lo localmente durante a campanha. Ele agora disputava o cargo de deputado da sétima circunscrição dos Alpes Marítimos por esse partido. Tradicionalmente ligada à direita, a população elegia há vinte anos, no primeiro turno, um republicano moderado e humanista que fazia seu trabalho corretamente. Há apenas três meses, ninguém teria imaginado que a circunscrição pudesse mudar de cor política, mas naquela primavera de 2017 uma energia nova irrigava o país. A onda Macron ameaçava carregar tudo ao passar. A eleição seria disputada, mas Maxime parecia ter todas as chances sobre o deputado que saía.

3.

Quando avistei Maxime, ele estava diante da entrada do ginásio, conversando com as irmãs Dupré. Observei-o de longe. Vestia calças de algodão, camisa branca e casaco de linho. Tinha o rosto bronzeado, levemente sulcado, o olhar claro, os cabelos ainda descoloridos pelo sol. Léopoldine (Miss Tiara) e Jessica (Miss Barbie) bebiam suas palavras como se ele estivesse declamando o monólogo do *Cid*, de Corneille, embora Maxime apenas estivesse tentando convencê-las de que a próxima alta da contribuição social à previdência levaria a um aumento do poder de compra de todos os assalariados.

– Vejam só quem apareceu! – Jessica exclamou ao me ver.

Beijei as gêmeas – que me disseram estar encarregadas da organização da noite dançante que aconteceria ali mesmo – e dei um abraço em Maxime. Talvez meu cérebro tenha me pregado uma peça, mas tive a impressão de que o característico perfume de coco, da cera para cabelos que ele usava na juventude, ainda emanava de sua pessoa.

Tivemos que ouvir a conversa das manas por mais cinco minutos. Em dado momento, Léopoldine me repetiu que adorava os meus romances, "principalmente *A trilogia do mal*".

– Também gosto muito desse livro – respondi –, embora não o tenha escrito. Vou transmitir seus elogios a meu amigo Chattam.

Apesar de meu tom bem-humorado, a observação deixou Léopoldine para morrer. Houve um vácuo e, sob pretexto de um atraso na instalação das guirlandas luminosas, puxou a irmã na direção de uma espécie de depósito onde estavam guardadas as decorações da festa.

Enfim fiquei a sós com Maxime. Livre do olhar das gêmeas, seu rosto se decompôs antes mesmo de eu perguntar como iam as coisas.

– Estou acabado.

Sua preocupação aumentou quando mostrei os óculos e a mensagem que recebi no Dino's ao voltar do banheiro: *Vingança*.

– Recebi a mesma mensagem anteontem – ele confessou, massageando as têmporas. – Devia ter contado por telefone. Desculpe, pensei que isso o dissuadiria de vir.

– Tem ideia de quem pode ter enviado essas mensagens?

– Nenhuma. Mas, mesmo que soubéssemos, não mudaria grande coisa.

Ele apontou com a cabeça para o buldôzer e os pré-moldados onde o maquinário estava guardado.

– As obras começam segunda. Não importa o que se faça, estamos ferrados.

Ele pegou o celular para mostrar fotos das filhas: Louise, de quatro anos, e a irmã Emma, de dois. Apesar das circunstâncias, parabenizei-o. Maxime vencera onde eu fracassara: formara uma família, tivera uma trajetória que fazia sentido e era útil para a coletividade.

– Mas vou perder tudo, entende? – ele disse, angustiado.

– Espere, não vamos chorar antes da hora – mas minhas palavras não surtiram efeito.

Hesitei um pouco e acrescentei:

– Você foi até lá?

– Não – ele respondeu, balançando a cabeça –, estava esperando por você.

4.

Entramos juntos no ginásio.

Era tão grande como eu lembrava. Mais de dois mil metros quadrados divididos em duas partes bem distintas: uma sala poliesportiva com um muro de escalada e uma quadra de basquete com arquibancadas. Para preparar a noite – a horrível "festa dos veteranos" de que falava o artigo –, os tatames, os tapetes de ginástica, as goleiras e as redes tinham sido empurrados e empilhados, dando lugar a uma pista de dança e a um estrado no qual uma orquestra se apresentaria. Toalhas de papel cobriam as mesas de pingue-pongue.

Guirlandas e decorações artesanais completavam o quadro. Avançando pela sala principal, com piso sintético, eu não conseguia parar de pensar que naquela noite, enquanto a banda tocasse os hits do INXS e do Red Hot Chili Peppers, dezenas de casais dançariam nas proximidades de um cadáver.

Maxime me acompanhou até a parede que separava a sala poliesportiva da quadra de basquete e das arquibancadas. Gotas de suor brilhavam em suas têmporas e, nas axilas, duas auréolas escuras molhavam seu casaco de linho. Seus passos vacilaram, até que ele estancou como se não pudesse mais avançar. Como se o concreto o repelisse à maneira de um ímã de mesma polaridade. Coloquei a mão na parede, tentando conter minhas emoções. Não era uma simples divisória. Era uma parede com quase um metro de espessura, totalmente concretada, que atravessava o ginásio por cerca de vinte metros. Mais uma vez, crepitando em minha cabeça, flashes me desestabilizaram: fotografias de gerações e gerações de adolescentes que, há 25 anos, treinavam e transpiravam naquela sala, sem saber que um corpo estava emparedado ali.

– Enquanto vereador, consegui falar com o empreiteiro responsável pela demolição do ginásio – anunciou Maxime.

– Como vai ser?

– Segunda-feira, as pás mecânicas e as garras de demolição começam a trabalhar. Os caras são profissionais. Têm funcionários e máquinas eficientes. Vão levar menos de uma semana para derrubar o ginásio.

– Então, na prática, podem descobrir o corpo depois de amanhã.

– Sim – ele respondeu cochichando e fazendo um gesto com a mão para me encorajar a falar mais baixo.

– É possível que não o encontrem?

– Está brincando? Absolutamente impossível – suspirou.

Ele esfregou as pálpebras.

– O corpo estava enrolado numa lona. Mesmo depois de vinte e cinco anos, vários ossos serão encontrados. As obras serão suspensas na mesma hora, e buscas por outros indícios serão iniciadas.

– Quanto tempo para identificar o cadáver?

Maxime deu de ombros.

– Não sou policial, mas com o DNA e a arcada dentária eu diria que uma semana. O problema é que, nesse meio tempo, minha faca e sua barra de ferro serão encontradas! Outros objetos também, sem dúvida. Fizemos tudo com tanta pressa, caralho! Com os métodos de investigação de hoje, vão encontrar vestígios de nossos DNA, talvez até de nossas digitais. E, embora não estejam fichadas na polícia, vão levar até mim por causa do meu nome gravado na empunhadura...

– Presente do seu pai... – lembrei.

– Sim, um canivete suíço.

Maxime puxou nervosamente a pele do próprio pescoço.

– Preciso me adiantar! – ele se lamentou. – À tarde, anuncio a retirada de minha candidatura. O partido precisa de tempo para investir em outro candidato. Não quero ser o primeiro escândalo da era Macron.

Tentei acalmá-lo:

– Espere um pouco mais. Não digo que vamos resolver tudo num final de semana, mas precisamos tentar entender o que vai acontecer.

– O que vai acontecer? Matamos um cara, porra! Matamos um cara e o emparedamos nesse maldito ginásio.

4
A porta da desgraça

> *Então atirei mais quatro*
> *vezes num corpo inerte [...]*
> *Era como se desse quatro batidas*
> *secas na porta da desgraça.*
>
> Albert Camus

1.

Vinte e cinco anos antes.
Sábado, 19 de dezembro de 1992.

A neve caía desde o início da manhã. Intempéries tão incomuns quanto imprevistas criavam confusão naquele dia do recesso de Natal. Uma "bagunça monstruosa", como se dizia. Na Côte d'Azur, uma leve penugem branca em geral bastava para paralisar todas as atividades. Mas não eram alguns flocos de neve que caíam, era uma verdadeira tempestade. Que não se via desde janeiro de 1985 e fevereiro de 1986. A previsão era de quinze centímetros de neve em Ajaccio, dez centímetros em Antibes e oito centímetros em Nice. Os aviões decolavam a conta-gotas, a maioria dos trens havia sido cancelada e as estradas estavam quase intransitáveis. Sem falar dos súbitos cortes de energia, que desorganizavam a vida local.

Pela janela de meu quarto, observei o campus vitrificado pelo frio. A paisagem era surreal. A neve havia apagado a vegetação e a substituíra por um grande manto branco. As oliveiras e árvores de frutas cítricas dobravam-se sob o peso da neve. Os pinheiros-mansos pareciam ter sido transplantados para o cenário algodoado de um conto de Andersen.

A maioria dos internos felizmente havia deixado o liceu na noite da véspera. O recesso de Natal era tradicionalmente o único período do ano em que Saint-Ex ficava deserto. No campus, restavam apenas os raros alunos que haviam pedido autorização para continuar em seus quartos durante o recesso. Eram alunos das classes preparatórias, que fariam exames de admissão extremamente seletivos, bem como três ou quatro professores residentes que, por causa da tempestade de neve, haviam perdido o avião ou o trem da manhã.

Sentado há meia hora diante da escrivaninha, meus olhos não enxergavam mais nada, desesperadamente fixos no enunciado de um problema de álgebra.

Exercício nº 1

Sejam a e b dois números reais, tais que $0 < a < b$. Temos $u_0 = a$ e $v_0 = b$ e, para todo inteiro natural n,

$$u_{n+1} = \frac{u_n + V_n}{2} \text{ et } V_{n+1} = \sqrt{u_{n+1} V_n}$$

Mostrar que as sequências (u_n) e (v_n) são adjacentes e que seus limites comuns são iguais a

$$\frac{b \sin\left(\text{Arccos}\left(\frac{a}{b}\right)\right)}{\text{Arccos}\left(\frac{a}{b}\right)}$$

Aos dezenove anos, estava na classe preparatória científica. Desde o início do ano escolar, em setembro, levava uma vida infernal, com a constante impressão de estar me afogando, muitas vezes dormindo quatro horas por noite. O ritmo de estudos me exauria e desmoralizava. Em minha turma de quarenta alunos, quinze já haviam desistido. Eu tentava aguentar, mas era perda de tempo. Detestava matemática e física e, devido a minhas escolhas escolares, me via obrigado a dedicar a essas duas disciplinas a maior parte de meus dias. Embora meus interesses se voltassem para a arte e a literatura, para meus pais a via ilustre – que eles haviam seguido antes de mim, de meu irmão e de minha irmã – obrigatoriamente passava pela escola de engenharia ou de medicina.

Mas, se a classe preparatória me fazia sofrer, ela estava longe de ser a única causa de meus tormentos. O que realmente me dilacerava, e reduzira meu coração a um punhado de cinzas, era a indiferença de uma garota.

2.

Da manhã à noite, Vinca Rockwell ocupava meus pensamentos. Nós nos conhecíamos há mais de dois anos. Desde que seu avô, Alastair Rockwell, decidira enviá-la para estudar na França e afastá-la de Boston depois da morte de seus pais. Era uma garota atípica, culta, intensa, animada, de cabeleira ruiva, olhos de cores diferentes e traços delicados. Não era a garota mais bonita de Saint-Ex, mas tinha uma aura magnética e um certo mistério que nos deixavam apaixonados e, depois, doidos. Era uma coisa indefinível que nos fazia enfiar na cabeça a ideia ilusória de que, se conseguíssemos ter Vinca, teríamos o mundo.

Por um bom tempo, fomos amigos inseparáveis. Mostrei a ela todos os lugares de que gostava na região – os jardins de Menton, a Villa Kérylos, o parque da Fundação Maeght, as ruas de Tourrettes-sur-Loup... Passeávamos por tudo e podíamos ficar horas conversando. Atravessamos a *via ferrata* de La Colmiane, devoramos a *socca* do mercado provençal de Antibes, decidimos o futuro do mundo diante da torre genovesa da Plage des Ondes.

Líamos o pensamento um do outro, literalmente, e nossa sintonia não parava de me maravilhar. Vinca era a pessoa por quem eu esperara em vão desde que tinha idade para esperar por alguém.

Até onde consigo lembrar, sempre me senti sozinho, vagamente alheio ao mundo, a seu barulho, a sua mediocridade, que contamina a todos como uma doença contagiosa. Em certo momento, cheguei a acreditar que os livros poderiam me curar dessa sensação de abandono e apatia, mas não se deve pedir demais aos livros. Eles nos contam histórias, nos fazem viver fragmentos de outras vidas por procuração, mas nunca nos pegarão no colo para nos consolar quando tivermos medo.

Ao mesmo tempo que trouxera cor à minha vida, Vinca me instilara um temor: perdê-la. E foi o que acabou acontecendo.

Desde o início do ano escolar – ela estava na classe preparatória literária e eu, em matemática avançada – não tínhamos tempo de nos ver. Também tinha a impressão de que Vinca me evitava. Ela não respondia mais a meus telefonemas nem às minhas mensagens, e todos os meus convites para sair eram ignorados. Seus colegas de turma me avisaram que Vinca estava fascinada por Alexis Clément, o jovem professor de filosofia das classes literárias. Rumores diziam que as brincadeiras entre os dois tinham se aprofundado e que eles mantinham uma relação. No início, recusei-me a acreditar, mas depois fui devorado pelo ciúme e quis absolutamente saber o que estava acontecendo.

3.

Dez dias antes, numa tarde de quarta-feira, enquanto os alunos das classes literárias faziam um simulado, aproveitei a hora que tinha de intervalo para visitar Pavel Fabianski, o zelador do liceu. Pavel gostava de mim. Eu o visitava toda semana para deixar-lhe meu exemplar da *France Football* recém lido. Naquele dia, enquanto ele buscava uma latinha de refrigerante na geladeira para me agradecer, subtraí o molho de chaves que dava acesso aos quartos dos alunos.

Com a chave mestra em mãos, fui direto para o pavilhão Nicolas-de-Staël, o prédio azul onde Vinca morava, e vasculhei minuciosamente seu quarto.

Sei que estar apaixonado não me dá o direito de fazer qualquer coisa. Sei que sou um sujeito asqueroso e tudo o mais que disserem a meu respeito. Mas, como a maioria das pessoas que vivem seu primeiro amor, pensei que nunca mais sentiria algo tão profundo por alguém. E, nesse ponto, o futuro infelizmente me daria razão.

Outra circunstância atenuante era o fato de eu acreditar que conhecia o amor porque havia lido romances. Mas só quebrando a cara para realmente aprender o que é a vida. Naquele mês de dezembro de 1992, eu zarpara das margens do singelo sentimento amoroso e andava à deriva no território da paixão. E a paixão não tem nada a ver com o amor. A paixão é uma *no man's land*, uma zona de guerra bombardeada, situada em algum ponto entre a dor, a loucura e a morte.

Enquanto buscava por provas de uma relação entre Vinca e Alexis Clément, folheei um por um os livros da pequena biblioteca de minha amiga. Entre as páginas de um romance de Henry James, duas folhas dobradas em quatro caíram no chão. Juntei-as, trêmulo, e fiquei impressionado com seu perfume: uma mistura de aromas marcantes com notas frescas, amadeiradas e de especiarias. Abri as folhas. Eram as cartas de Clément. Eu queria provas e acabara de encontrá-las, irrefutáveis.

5 de dezembro

Vinca, meu amor,

Que divina surpresa você me fez ontem à noite, correndo todos os riscos para passar a noite comigo! Quando vi seu belo rosto abrindo a porta de meu apartamento, pensei que fosse derreter de felicidade.

Meu amor, essas poucas horas foram as mais ardentes de minha vida. A noite inteira meu coração bateu mais rápido, meu sexo se juntou à sua boca, meu sangue queimou em minhas veias.

Hoje, ao acordar, senti o gosto salgado de seus beijos na pele. Os lençóis ainda guardavam seu cheiro de baunilha, mas você não estava mais aqui. Quase chorei. Queria acordar em seus braços, queria me agarrar a seu corpo, sentir seu hálito no meu, adivinhar em sua voz o ardor de seus desejos. Queria que nenhuma parte de minha carne escapasse à doçura de sua língua.

Queria poder nunca mais voltar à realidade. Ficar para sempre num estado de embriaguez de você, de seus beijos, de suas carícias.

Te amo.

ALEXIS

8 de dezembro

Vinca, minha querida

Cada segundo desse dia teve todos os meus pensamentos voltados para você. Hoje, fingi todas as coisas: dar aulas, conversar com os colegas, me interessar pela peça de teatro dos meus alunos... Fingi, mas minha mente estava completamente absorvida pelas lembranças doces e ardentes de nossa última noite.

Ao meio-dia, não aguentei mais. Entre duas mudanças de sala de aula, precisei fumar um cigarro no terraço da sala dos professores e foi de lá que vi você ao longe, sentada num banco conversando com seus amigos. Ao me ver, você fez um sinal discreto que aqueceu meu pobre coração. Sempre que olho para você, todo o meu corpo treme e tudo a meu redor se dissolve. Por um segundo, ignorando a prudência, quase caminhei até você para pegá-la em meus braços e deixar meu amor explodir aos olhos de todos. Mas precisamos preservar nosso segredo mais um pouco. Felizmente, a liberdade está próxima. Logo poderemos romper nossos grilhões e recuperar a liberdade. Vinca, você fez as trevas a meu redor desaparecerem e me fez recuperar a confiança num futuro cheio de luz. Meu amor, cada um de meus beijos é eterno. A cada vez que minha língua roça sua pele, ela a marca com o ferro do amor e desenha os limites de um novo território. Uma terra de liberdade, fecunda e verdejante, na qual logo formaremos nossa própria família. Nosso filho selará nossos destinos para a eternidade. Ele terá seu sorriso angelical e seu olhar prateado.

Te amo.

ALEXIS.

4.

A descoberta das cartas me dilacerou. Parei de comer, de dormir. Fiquei acabado, mergulhado numa dor que me deixava louco. Minhas notas, em queda livre, preocupavam meus professores e minha família. Diante das perguntas de minha mãe, precisei contar-lhe o que me atormentava. Falei de meus sentimentos por Vinca e das cartas que tinha encontrado. Ela me respondeu, impassível, que nenhuma garota valia o desperdício de minha escolaridade, e mandou que eu me recuperasse imediatamente.

Tive uma premonição de que nunca sairia de fato do abismo no qual havia caído. Embora estivesse longe de imaginar o pesadelo que me aguardava.

Para ser sincero, entendia que Vinca se sentisse atraída por Clément. Ele havia sido meu professor no ano anterior. Sempre o achara superficial, mas reconhecia que ele sabia enfeitiçar. Naquela altura da minha vida, a luta era desleal. À direita, Alexis Clément, 27 anos, bonito de doer, ótimo jogador de tênis, dirigia um Alpine A310 e citava Schopenhauer no original. À esquerda, Thomas Degalais, dezoito anos, penava em matemática avançada, recebia da mãe setenta francos de mesada por semana, dirigia uma Mobilete 103 Peugeot (sem motor amaciado) e passava a maior parte de seu pouco tempo livre jogando *Kick Off* no Atari ST.

Nunca achei que Vinca fosse *minha*. Mas Vinca fora feita *para mim* do mesmo modo que eu fora feito para ela. Tinha certeza de que era a pessoa certa, embora não necessariamente fosse a hora certa. Pressentia que viria o dia em que teria minha revanche sobre caras como Alexis Clément, embora ainda faltassem muitos anos para o jogo virar. Enquanto esse dia não chegasse, imagens de minha amiga na cama com o professor me perseguiam. E eram insuportáveis.

Quando o telefone tocou naquela tarde, eu estava sozinho em casa. Na véspera, data do início oficial do recesso, meu pai viajara para Papeete com meu irmão e minha irmã. Meus avós paternos moravam no Taiti havia dez anos e passávamos o Natal com eles ano sim, ano não. Naquele ano, minhas notas medíocres me fizeram desistir da viagem. Minha mãe, por sua vez, decidira passar o fim de ano em Landes, na casa de sua irmã Giovana, que penava para se recuperar de uma cirurgia complicada. Sua viagem estava prevista para o dia seguinte e, até lá, desempenhava as funções de diretora da cidade escolar e segurava o leme do navio durante a tempestade.

Desde a manhã, meu telefone não parava de tocar por causa das nevascas. Em Sophia Antipolis, naquela época, não se podia contar com espalhadores de sal ou limpa-neves para desobstruir as estradas. Meia hora mais cedo, minha mãe fora chamada para resolver uma catástrofe. Um caminhão de entrega ficara atravessado na estrada coberta de gelo e impossibilitava o acesso ao estabelecimento na altura da guarita do zelador. Numa medida desesperada, ela havia pedido ajuda a Francis Biancardini, o pai de Maxime, que prometera ir até lá o mais rápido possível.

Atendi o telefone pensando numa enésima urgência ligada à neve ou numa chamada de Maxime para cancelar nosso encontro. No sábado à tarde, costumávamos nos reunir para jogar pebolim no Dino's, ver séries em VHS, trocar CDs, ir com nossas mobiletes para a frente do McDonald's, no estacionamento do hipermercado de Antibes, e depois voltar para ver os gols do campeonato francês no programa *Jour de foot*.

– Vem logo, Thomas, por favor!

Meu coração parou de bater. Não era a voz de Maxime. Era a voz de Vinca, levemente abafada. Pensei que estivesse com a família em Boston, mas ela explicou que ainda estava em Saint-Ex, que não se sentia bem e queria me ver.

Eu tinha consciência de que meu comportamento podia parecer patético, mas, sempre que Vinca me ligava, sempre que falava comigo, minhas esperanças se reacendiam e eu corria até ela. Claro que foi o que fiz, amaldiçoando minha fraqueza, minha falta de amor-próprio e lamentando não ter força moral para bancar o indiferente.

5.

Previsto para o fim da tarde, o aumento da temperatura se fazia esperar. O frio era intenso, reforçado pelas rajadas de vento que fustigavam os flocos que caíam. Na correria, esqueci de calçar as botas, e meus Air Max afundavam na neve. Todo encasacado, eu caminhava encurvado por causa do vento, como um Jeremiah Johnson atrás de um urso fantasmagórico. Apesar da pressa e dos míseros cem metros entre os prédios do internato e o alojamento funcional de meus pais, levei quase dez minutos para chegar à residência Nicolas-de-Staël. Sob a tempestade, o prédio havia perdido a cor cerúlea e se tornara uma massa cinzenta e espectral dentro de um nevoeiro branco.

O saguão estava deserto e congelante. As portas de correr que levavam à sala de convivência das alunas tinham sido fechadas. Limpei a neve dos sapatos e subi os degraus de quatro em quatro. No corredor, bati várias vezes à porta de Vinca. Como ninguém respondia, abri-a e entrei numa peça clara com cheiro de baunilha e benjoim, perfume característico do Papier d'Arménie.

De olhos fechados, Vinca estava deitada na cama. Sua longa cabeleira ruiva desaparecia quase que totalmente sob o edredom, salpicado com o brilho leitoso do céu enevoado. Aproximei-me, toquei sua bochecha e coloquei a mão em sua testa. Estava queimando. Sem abrir os olhos, Vinca murmurou algumas palavras em sua semiconsciência. Decidi deixá-la dormir e dei uma olhada no banheiro, em busca de um antitérmico. A caixa de remédios estava cheia de medicamentos pesados, soníferos, ansiolíticos, analgésicos, mas não encontrei nenhum paracetamol.

Saí e fui bater na porta do último quarto do corredor. O rosto de Fanny Brahimi apareceu. Eu sabia que podia confiar nela. Embora não nos víssemos com frequência desde o início do ano escolar, pois cada um estava mergulhado nos próprios estudos, era uma amiga fiel.

– Oi, Thomas – ela disse, tirando os óculos do nariz.

Estava usando jeans rasgados, tênis Converse detonados e um blusão de lã angorá extragrande. A leveza e o brilho de seu olhar tinham sido quase apagados pelo kajal preto que delineava seus olhos. Uma maquiagem condizente com o álbum do The Cure que tocava no aparelho de som.

– Oi, Fanny, preciso de ajuda.

Expliquei a situação e perguntei se tinha paracetamol. Enquanto ela buscava o remédio, liguei o fogareiro do quarto para esquentar uma água.

– Tenho Doliprane – ela disse.

– Obrigado. Poderia fazer um chá para ela?

– Sim, com bastante açúcar para ela não se desidratar demais. Pode deixar.

Voltei para o quarto de Vinca. Ela abriu os olhos e se endireitou no travesseiro.

– Tome isso – disse, estendendo-lhe dois comprimidos. – Você está fervendo.

Não estava delirando, mas não parecia nada bem. Quando perguntei por que me chamara, começou a chorar. Mesmo febril, mesmo com o rosto desfeito e banhado em lágrimas, ela ainda tinha um incrível poder de atração e exalava uma aura inexplicável, etérea, onírica. Como o som puro e cristalino de uma celesta num folk dos anos 1970.

– Thomas... – ela balbuciou.

– O que foi?

– Sou um monstro.

– Que bobagem. Por que diz isso?

Virou-se para a mesinha de cabeceira e pegou uma coisa que a princípio pensei ser uma caneta, mas que percebi ser um teste de gravidez.

– Estou grávida.

Ao ver o pequeno traço vertical que indicava que o teste dera positivo, lembrei-me de um fragmento da carta de Alexis, que me deixara horrorizado: "Logo formaremos nossa própria família. Nosso filho selará nossos destinos para a eternidade. Ele terá seu sorriso angelical e seu olhar prateado".

– Preciso de ajuda, Thomas.

Eu estava transtornado demais para entender que tipo de ajuda ela esperava de mim.

– Eu não queria, sabe... Eu não queria – ela murmurou.

Sentei-me a seu lado na cama e ela me fez uma confidência, soluçando:

– Não foi culpa minha! Alexis me forçou.

Estupefato, pedi que repetisse, e ela afirmou:

– Alexis me forçou. Eu não queria dormir com ele!

Foi exatamente isso que ela disse. Palavra por palavra. *Eu não queria dormir com ele.* O canalha do Alexis Clément havia obrigado Vinca a fazer algo que ela não queria.

Levantei-me, decidido a agir.

– Vou resolver isso – eu disse, dirigindo-me para a porta. – Volto mais tarde.

Saí atropelando Fanny, que entrava com uma bandeja de chá.

Eu ainda não sabia, mas minha última frase continha duas mentiras. Em primeiro lugar, não resolveria nada, pelo contrário. Em segundo, não voltaria para ver Vinca. Ou melhor, quando voltasse, ela teria desaparecido para sempre.

6.

Na rua, a neve havia parado de cair, mas nuvens metálicas escureciam o ambiente. O céu estava baixo, esmagador, um prelúdio à noite que logo chegaria.

Senti-me invadido por sentimentos contraditórios. Saíra do quarto furioso e revoltado com a revelação de Vinca, mas estava determinado. De repente, as coisas voltaram a fazer sentido: Alexis era um impostor e um estuprador. Eu ainda era importante para Vinca, e tinha sido a mim que ela pedira ajuda.

O prédio no qual os professores moravam não ficava longe. Alexis Clément tinha mãe alemã e pai francês. Ele se formara na universidade de Hamburgo e fora contratado diretamente pelo liceu Saint-Ex. Enquanto professor residente, tinha direito a um alojamento funcional num pequeno prédio acima do lago.

Para chegar até lá, cortei caminho pelas obras do ginásio. As placas de concreto, as fundações, as betoneiras e as paredes de tijolos tinham quase desaparecido sob uma espessa camada de neve ainda imaculada.

Tomei todo meu tempo para escolher uma arma e por fim optei por uma barra de ferro abandonada pelos operários num carrinho de mão perto de um amontoado de areia. Não poderia dizer que meu gesto não era premeditado. Alguma coisa havia despertado dentro de mim. Uma violência ancestral e primitiva, que me galvanizava. Um estado que conheci uma única vez na vida.

Ainda me lembro da atmosfera inebriante, ao mesmo tempo gelada e abrasadora, pura e exorbitante, que me eletrizava. Não era mais o aluno sem forças que suspirava diante de um problema de cálculo. Eu me tornara um lutador, um guerreiro que se apresentava para o combate sem pestanejar.

Quando cheguei ao pavilhão dos professores, a noite havia caído quase completamente. Ao longe, sobre as águas escuras do lago, o céu tremia em seus reflexos prateados.

Durante o dia – inclusive nos finais de semana –, era possível ter acesso ao saguão de entrada sem usar o interfone ou precisar de chave. Como o alojamento dos alunos, o prédio era frio, silencioso e sem vida. Subi as escadas num passo decidido. Sabia que o professor de filosofia estava em casa, pois tinha ouvido minha mãe falar com ele ao telefone naquela manhã, quando ele ligara para avisar que seu voo para Munique fora cancelado por causa do tempo.

Bati à porta, atrás da qual o som do rádio ecoava. Alexis Clément abriu sem receio.

– Ah, bom dia, Thomas!

Ele lembrava o tenista Cédric Pioline: moreno e alto, tinha cabelos cacheados que cresciam até a nuca. Era uns bons centímetros mais alto do que eu e muito mais forte, mas naquele momento não fiquei nem um pouco impressionado.

– Que tempinho! – ele exclamou. – E dizer que eu pretendia esquiar em Berchtesgaden. Tenho certeza de que deve haver menos neve lá do que aqui!

O quarto estava superaquecido. Uma grande mochila de viagem encontrava-se encostada perto da porta. Do aparelho de som elevava-se uma voz melosa: "*Les Imaginaires* chega ao fim por hoje, mas fiquem ligados na France Musique com Alain Gerber e seu Jazz...".

Assim que me convidou a entrar, Clément viu a barra de ferro em minha mão.

– O que está... – ele começou a dizer, arregalando os olhos.

Eu não estava para reflexões ou conversas.

O primeiro golpe saiu sozinho, como se outra pessoa o tivesse dado em meu lugar. Atingiu o professor bem no peito, deixou-o sem ar e o fez perder o equilíbrio. O segundo destruiu seu joelho, arrancando-lhe um grito.

– Isso é por tê-la estuprado, seu doente!

Alexis Clément tentou se segurar ao bar que servia de divisória entre a peça principal e a cozinha, mas levou-o consigo ao cair. Uma pilha de pratos e uma garrafa de San Pellegrino se quebraram no piso, sem deter meu impulso.

Eu havia perdido o controle. O professor estava no chão, mas eu continuava batendo sem parar. Encadeava as cacetadas metodicamente, guiado por uma força que me ultrapassava. Depois dos golpes com a barra vieram os chutes. Em minha mente, as imagens daquele canalha agredindo Vinca alimentavam minha fúria e minha raiva. Não via mais Clément. Não era mais eu mesmo. Tinha consciência de estar cometendo algo irreparável, mas era incapaz de me controlar. Prisioneiro de uma engrenagem fatal, eu me tornara um fantoche nas mãos de um demiurgo exterminador.

Não sou um assassino.

A voz ecoou dentro de mim. Baixinho. Um esboço de escapatória. O último recurso antes do ponto sem volta. Larguei de repente a barra de ferro e fiquei imóvel.

Clément tirou proveito de minha hesitação. Reunindo suas forças, me puxou pela panturrilha e, graças às minhas solas escorregadias, conseguiu me desequilibrar. Estatelei-me no chão. O professor estava bastante machucado, mas se atirou sobre mim na mesma hora, passando de vítima a agressor. Colocou todo o peso do corpo em cima do meu e seus joelhos me apertaram como um alicate, paralisando meus movimentos.

Abri a boca para gritar, mas Clément acabara de pegar uma garrafa quebrada. Impotente, vi-o levantar o braço para enfiar em mim o afiado pedaço de vidro. O tempo se dilatou e senti minha vida escapando de meu corpo. Foi um daqueles segundos que parecem durar vários minutos. Um daqueles segundos que fazem várias vidas mudar.

De repente, tudo se acelerou. Um jato amarronzado de sangue quente jorrou e molhou meu rosto. O corpo de Clément desmoronou e aproveitei para soltar meu braço e limpar as pálpebras. Quando abri os olhos, vi tudo desfocado, mas acima da massa escura do professor adivinhei os contornos imprecisos e enevoados de Maxime: os cabelos claros, o agasalho Challenger, a jaqueta de lã cinza e couro vermelho.

7.

Maxime dera uma única facada. Um gesto rápido, com uma lâmina afiada, pouco maior que um estilete, que aparentemente apenas roçara a jugular de Alexis Clément.

– Precisamos chamar os bombeiros! – gritei, levantando-me.

Mas eu sabia que era tarde demais. Clément estava morto. E eu tinha sangue por todo o corpo. No rosto, nos cabelos, no blusão, nos tênis. Até nos lábios e na ponta da língua.

Por um momento, Maxime permaneceu como eu: abatido, prostrado, consternado. Incapaz de emitir o menor som.

Não era nem para os bombeiros nem para uma ambulância que deveríamos ligar. Era para a polícia.

– Espere! Meu pai talvez ainda esteja aqui! – ele exclamou, saindo de sua letargia.

– Aqui onde?

– Perto da guarita do zelador!

Ele saiu do apartamento de Clément e desceu as escadas correndo, deixando-me com o cadáver do homem que tínhamos acabado de matar.

Quanto tempo fiquei sozinho ali? Cinco minutos? Quinze? Envolto por um manto de silêncio, mais uma vez tive a impressão de que o tempo parava. Para evitar olhar para o corpo sem vida, lembro que fiquei com o nariz colado à janela. A superfície ondulada do lago estava mergulhada na escuridão, como se alguém tivesse acionado um interruptor para apagá-lo. Tentei me agarrar a alguma coisa, mas me afoguei no reflexo da neve.

Seu branco abismal me remetia a nosso futuro dali para frente. Pois eu sabia que o equilíbrio de nossas vidas acabara de se romper para sempre. Nada parecido com o virar de uma página ou o fim de uma era. Era o fogo do inferno que se abria bruscamente sob a neve.

De repente, ouvi um barulho nas escadas, e a porta se abriu. Escoltado pelo filho e por seu mestre de obras, Francis Biancardini entrou no apartamento. O empreiteiro seguia fiel a si mesmo: cabelos grisalhos desalinhados, parka de couro manchado de tinta, tronco bojudo, aprisionado em vários quilos a mais.

– Tudo bem, rapaz? – ele me perguntou, procurando meu olhar.

Eu não estava em condições de responder.

Seu corpo pesado dava a impressão de preencher sozinho todo o apartamento, mas seus gestos felinos e decididos contrastavam com a densidade de sua aparência.

Francis se postou no meio da peça e tomou tempo para avaliar a situação. Seu rosto fechado não transparecia a menor emoção. Como se soubesse que aquele dia viria. Como se não fosse a primeira vez que precisasse lidar com aquele tipo de drama.

– A partir de agora, deixem tudo comigo – ele anunciou, olhando alternadamente para Maxime e para mim.

Acho que foi ouvindo sua voz, calma e ponderada, que entendi de uma vez por todas que a máscara de bronco reacionário que Francis Biancardini exibia em público não correspondia à sua verdadeira personalidade. Naquele momento sombrio, o homem que eu tinha diante dos olhos me fazia pensar num impiedoso líder de quadrilha. Francis parecia uma espécie de *Poderoso Chefão* e, se houvesse a menor chance de sairmos daquela situação, eu estaria disposto a jurar-lhe fidelidade.

– Vamos limpar tudo isso – ele disse, virando-se para Ahmed, o mestre de obras. – Mas primeiro vá buscar a lona na caminhonete.

O tunisiano tinha o rosto pálido e os olhos esbugalhados. Antes de obedecer, ele não pôde deixar de perguntar:

– Qual o plano, chefe?

– Vamos colocá-lo na parede – respondeu Francis, apontando para o cadáver com o queixo.

– Que parede? – perguntou Ahmed.

– A parede do ginásio.

5
Os últimos dias de Vinca Rockwell

*Nada revive o passado tão
plenamente quanto o cheiro
que já esteve associado a ele.*

Vladimir Nabokov

1.

Hoje.
13 de maio de 2017.

— Nunca voltei a mencionar o episódio com meu pai — garantiu-me Maxime, acendendo um cigarro.

Um raio de sol fez brilhar seu isqueiro, um Zippo com a reprodução de uma estampa japonesa: *A grande onda de Kanagawa*. Trocamos o ambiente sufocante do ginásio pelas alturas do Ninho da Águia, uma escarpa florida que corria ao longo de um contraforte rochoso acima do lago.

— Não sei nem em que lugar o cadáver foi emparedado — continuou meu amigo.

— Talvez esteja na hora de perguntar, não?

— Meu pai morreu no inverno, Thomas.

— Merda, sinto muito.

A sombra de Francis Biancardini anuviou nossa conversa. O pai de Maxime sempre me parecera indestrutível. Um rochedo contra o qual se despedaçavam todos os que tivessem a imprudência de se chocar. Mas a morte é uma adversária especial. No fim, ela sempre ganha.

– Ele morreu do quê?

Maxime deu uma longa tragada, que o fez piscar algumas vezes.

– É uma história horrível – ele avisou. – Nos últimos anos, ele passava boa parte do tempo na casa que tinha no Aurelia Park. Sabe onde fica?

Fiz que sim com a cabeça. Claro que eu conhecia o luxuoso condomínio de alta segurança na região mais elevada de Nice.

– No fim do ano, a região foi alvo de uma onda de assaltos, alguns muito violentos. Os bandidos não hesitavam em entrar nas casas, mesmo com os moradores dentro. Várias pessoas foram sequestradas, feitas reféns.

– E Francis foi uma das vítimas?

– Sim. No Natal. Ele tinha uma arma em casa, mas não teve tempo de usá-la. Foi amarrado e surrado pelos assaltantes. Morreu de uma crise cardíaca causada pela agressão.

Assaltos. Uma das pragas da Côte d'Azur, ao lado da concretagem do litoral, das estradas sempre engarrafadas, da superlotação do turismo em massa...

– Conseguiram prender os responsáveis?

– Sim, uma gangue de macedônios. Um pessoal muito organizado. Os tiras pegaram dois ou três, que estão na cadeia.

Apoiei-me no parapeito. O terraço rochoso em meia-lua oferecia uma vista espetacular do lago.

– Além de Francis, quem sabe do assassinato de Clément?

– Você e eu, e só – garantiu-me Maxime. – E você conhece meu pai: não era do tipo que se abria...

– Seu marido?

Ele balançou a cabeça.

– Caralho, essa é a última coisa que eu quero que Olivier descubra sobre mim. Nunca mencionei o crime a ninguém, a vida inteira.

– E Ahmed Ghazouani, o mestre de obras.

Maxime se mostrou cético:

– Não poderia haver alguém mais calado. Além disso, que interesse ele teria em falar de um crime do qual foi cúmplice?

– Ele ainda está vivo?

– Não. Foi devorado por um câncer no fim da vida e voltou a Bizerta para morrer.

Coloquei os óculos de sol. Era quase meio-dia. Alto no céu, o sol banhava o Ninho da Águia. Cercado por um simples balcão de madeira, o lugar era tão perigoso quanto atraente. Os alunos sempre estiveram proibidos de frequentá-lo, mas enquanto filho do diretor eu tinha privilégios e guardava lembranças mágicas de noites passadas com Vinca ali, fumando, bebericando Mandarinello e vendo a lua refletida no lago.

– A pessoa que nos enviou aquelas mensagens sabe o que fizemos! – exasperou-se Maxime.

Ele deu uma última tragada, que consumiu o cigarro até o filtro.

– O sujeito, Alexis Clément, tinha família?

Eu conhecia a árvore genealógica do professor de cor:

– Clément era filho único e seus pais já eram idosos na época. Também devem ter batido as botas. Em todo caso, não é desse lado que vem a ameaça.

– De onde, então? Stéphane Pianelli? Faz meses que ele anda na minha cola. Desde que me comprometi com Macron, ele investiga sobre mim em tudo quanto é frente. Reabriu os velhos processos sobre meu pai. Lembra que ele escreveu um livro sobre Vinca?

Talvez eu fosse ingênuo, mas não conseguia imaginar Stéphane Pianelli conseguindo nos levar a uma confissão.

– É um enxerido – concordei. – Mas não o vejo como um alcaguete, ele nos confrontaria mais diretamente se desconfiasse de nós. Por outro lado, ele mencionou uma coisa que me preocupou: dinheiro encontrado num velho escaninho.

– Do que está falando?

Maxime não sabia de nada. Resumi a situação: as inundações, a descoberta de cem mil francos numa mochila, as duas digitais, uma delas de Vinca.

– O problema é que o dinheiro foi encontrado dentro do meu escaninho à época.

Um pouco perdido, Maxime franziu o cenho. Aprofundei minhas explicações:

– Antes de meus pais serem nomeados para Saint-Ex, solicitei um quarto, que ocupei no primeiro ano do ensino médio.

– Lembro disso.

– Quando foram transferidos e receberam o alojamento funcional, meus pais me pediram para devolver o quarto, para que outro aluno pudesse usá-lo.

– Você fez isso?

– Sim, só que o aluno em questão não usava o escaninho e nunca me pediu a chave. Então fiquei com ele, embora também não o usasse muito, até que, algumas semanas antes de desaparecer, Vinca o pediu emprestado.

– Sem dizer que era para esconder a grana?

– Claro! Tinha me esquecido completamente dessa história de escaninho. Nem quando Vinca desapareceu lembrei do assunto.

– É realmente incompreensível que essa garota nunca tenha sido encontrada.

2.

Apoiado numa mureta de pedras soltas, Maxime avançou algum passos para pegar um pouco de sol a meu lado. Foi sua vez de repetir o refrão que eu ouvia desde o início da manhã.

– Nunca conhecemos Vinca *de verdade*.

– Claro que a conhecíamos bem. Ela era nossa amiga.

– Conhecíamos sem conhecer – ele insistiu.

– O que quer dizer com isso, exatamente?

– Tudo leva a crer que estava apaixonada por Alexis Clément: as cartas que você encontrou, as fotos dos dois juntos... Lembra-se da fotografia da festa de fim de ano, em que ela o devorava com os olhos?

– E daí?

– E daí? Por que ela disse, alguns dias depois, que o sujeito a estuprou?

– Acha que menti?

– Não, mas...

– Onde quer chegar?

– E se Vinca ainda estiver viva? E se for ela quem está nos mandando essas mensagens?

– Pensei nisso – admiti. – Mas por que faria isso?

– Para se vingar. Porque matamos o cara que ela amava.

Perdi o controle:

– Porra, ela estava com medo dele, Maxime! Juro. Ela disse isso. Foi inclusive a última coisa que me disse: *Alexis me forçou. Eu não queria dormir com ele!*

– Talvez não estivesse dizendo coisa com coisa. Na época, estava sempre meio chapada. Ela tomava ácido e qualquer porcaria que caísse em suas mãos.

Coloquei um fim na discussão:

– Não, ela repetiu a frase. O cara era um estuprador.

O rosto de Maxime se fechou. Por um momento, seu olhar se perdeu na contemplação do lago, depois se dirigiu a mim.

– Você me disse que, na época, ela estava grávida.

– Sim, foi o que ela me contou, tinha provas.

– Se era verdade e se teve o bebê, deve ter 25 anos hoje. Talvez um filho ou uma filha que queira vingar a morte do pai.

A ideia me passara pela cabeça. Era uma possibilidade, mas me parecia mais romanesca do que racional. Uma reviravolta digna de romance policial. Disse isso a Maxime, mas ele não se convenceu. Decidi abordar o assunto que me parecia mais importante no futuro imediato:

– Tenho outra coisa para contar, Max. No início de 2016, quando voltei para divulgar meu novo livro, tive uma altercação com um fiscal da receita, em Roissy. Um idiota que estava se divertindo humilhando uma transexual, chamando-a de "senhor". A coisa foi longe, fiquei detido por algumas horas e...

– Eles tiraram suas impressões digitais! – ele adivinhou.

– Sim, fui fichado. Ou seja, não teremos tempo para nada. Assim que descobrirem o corpo e a barra de ferro, se encontrarem uma única digital, chegarão a meu nome e serei detido e interrogado.

– E isso muda o quê?

Comuniquei-lhe a decisão que tomara no avião, na noite anterior:

– Não vou denunciar você. Nem você nem seu pai. Vou admitir toda a culpa. Direi que matei Clément sozinho e que pedi a Ahmed que me ajudasse a sumir com o corpo.

– Nunca vão acreditar em você. E por que faria isso? Por que se sacrificaria?

– Não tenho filhos, não tenho mulher, não tenho vida. Não tenho nada a perder.

– Não, não faz o menor sentido! – ele balançou a cabeça, piscando várias vezes.

Seus olhos estavam com olheiras profundas e seu rosto parecia o de alguém que não dormia há dois dias. Em vez de tranquilizá-lo, minha proposta o deixou ainda mais nervoso. De tanto insistir, acabei entendendo por quê.

– A polícia sabe alguma coisa, Thomas. Tenho certeza. Você não vai conseguir me livrar dessa. Ontem à noite, recebi uma ligação do comissariado de Antibes. Era o próprio comissário, Vincent Debruyne, que....

– Debruyne? Como o ex-procurador?

– Sim, seu filho.

Não era exatamente uma boa notícia. Nos anos 1990, o governo Jospin havia nomeado Yvan Debruyne como procurador da República do tribunal de grande instância de Nice, com a confessa ambição de dar um chute no formigueiro da especulação na região. Yvan, o terrível, como ele gostava de ser chamado, desembarcou com grande alarde na Côte, como um cavaleiro branco. Trabalhou mais de quinze anos combatendo as redes de favores e a corrupção dos privilegiados. O magistrado se aposentara recentemente, para alívio de alguns. Para ser honesto, muita gente na região detestava Debruyne e seu lado Dalla Chiesa*, mas até seus detratores admiravam sua tenacidade. Se o filho tiver herdado suas "qualidades", teríamos no nosso encalço um policial astuto, hostil aos privilegiados e a todos os que, de perto ou de longe, lembrassem algum privilégio.

---

* O general Dalla Chiesa, prefeito de Palermo que combatia a máfia, foi assassinado alguns meses depois de ser nomeado, junto com a esposa e o guarda-costas. Lino Ventura interpretou-o no filme *Morte a Dalla Chiesa*. (N.A.)

– O que Debruyne disse, exatamente?
– Ele me pediu para passar lá com urgência, pois queria me fazer umas perguntas. Respondi que passaria lá à tarde.
– Vá assim que puder, para sabermos o que esperar.
– Estou receoso – confessou.

Coloquei a mão em seu ombro e usei todo o meu poder de persuasão para tentar tranquilizá-lo:

– É uma simples convocação. Debruyne talvez tenha seguido uma pista falsa. Está apenas tentando se informar. Se tivesse algo concreto, não agiria assim.

Seu nervosismo exalava por todos os poros. Maxime abriu mais um botão da camisa e secou o rosto.

– Não posso mais viver com essa espada de Dâmocles sobre a cabeça. Talvez se contássemos tudo...

– Não, Max! Aguente firme, ao menos pelo final de semana. Sei que não é fácil, mas alguém quer nos assustar e desestabilizar. Não podemos cair nessa armadilha.

Ele respirou fundo e, com enorme esforço, pareceu recuperar a calma.

– Vou fazer minhas próprias investigações. As coisas se precipitaram, você bem viu. Me dê um pouco de tempo para entender o que aconteceu com Vinca.

– Está bem – ele concordou. – Vou passar no comissariado. Mantenho você informado.

Vi meu amigo descer a escada de pedra e seguir o caminho que serpenteava pelos campos de lavanda. Afastando-se, a silhueta de Maxime ficou cada vez menor e fora de foco, até desaparecer, engolida pelo tapete lilás a seu redor.

3.

Antes de sair do campus, parei na frente da Ágora, o prédio de vidro em forma de pires ao lado da biblioteca histórica. (Ninguém em Saint-Ex usava o nome oficial, Centro de Documentação e Informação, para se referir a um lugar tão emblemático.)

A sineta do meio-dia acabara de tocar, liberando uma boa parte dos alunos. Embora agora fosse exigido um crachá para se ter acesso às salas de leitura, eximi-me dessa necessidade pulando a cancela – um remake daquilo que os miseráveis, os estudantes sem dinheiro e os presidentes da República faziam no metrô de Paris.

Chegando ao balcão de empréstimos, reconheci Eline Bookmans, que todos chamavam de Zélie. De origem holandesa, ela era uma intelectual bastante pretensiosa, com opiniões definitivas e mais ou menos argumentadas sobre tudo. Na última vez em que a vira, era uma quarentona posuda e orgulhosa de seu corpo atlético. Com a idade, a bibliotecária lembrava uma espécie de vovó boêmia: óculos redondos, rosto quadrado, queixo duplo, coque grisalho, pulôver largo com gola Peter Pan.

– Bom dia, Zélie.

Além de reinar na biblioteca, ela por anos a fio fora responsável pela programação do cinema do campus, pela coordenação da rádio do liceu e da Sophia Shakespeare Company, nome pomposo do clube de teatro ao qual minha mãe se dedicara quando diretora das classes preparatórias.

– Olá, escrevinhador – ela me saudou, como se tivéssemos falado na véspera.

Era uma mulher que eu nunca conseguira decifrar direito. Desconfiava que tivesse sido amante de meu pai por um breve período, mas, pelo que me lembrava, minha mãe parecia estimá-la. Durante meus estudos em Saint-Ex, quase todos os alunos invocavam seu nome por qualquer coisa – Zélie isso, Zélie aquilo – e a consideravam uma espécie de confidente, assistente social e conselheira. E Zélie – diminutivo que eu achava ridículo – deitava e rolava nessa confiança. "Forte com os fracos, fraca com os fortes", ela tinha os seus preferidos, dando uma atenção desmesurada a certos alunos – quase sempre os mais privilegiados ou os mais extrovertidos – e negligenciando os outros. Ela adorava meu irmão e minha irmã, mas eu nunca lhe parecera digno de qualquer interesse. Ainda bem: a antipatia era recíproca.

– O que o traz aqui, Thomas?

Entre a última vez que nos faláramos e aquele momento, eu tinha escrito uma dezena de romances, traduzidos para vinte línguas e com milhões de exemplares vendidos mundo afora. Para uma bibliotecária que me vira crescer, deveria significar alguma coisa. Não esperava um elogio, mas ao menos algum interesse. Que nunca se manifestou.

– Gostaria de retirar um livro – respondi.

– Preciso verificar se sua ficha está em dia – ela disse, tomando o que eu disse ao pé da letra.

Levando a brincadeira um pouco longe demais, ela começou a procurar nos arquivos do computador uma hipotética ficha de 25 anos atrás.

– Pronto, aqui está! Foi o que pensei, você nunca devolveu dois livros: *A distinção*, de Pierre Bourdieu, e *A ética protestante e o espírito do capitalismo*, de Max Weber.

– Está brincando?

– Sim, estou. Diga o que está procurando.

– O livro escrito por Stéphane Pianelli.

– Ele participou de um *Manual de jornalismo*, publicado pela...

– Não esse, a investigação sobre o caso Vinca Rockwell, *A morte e a donzela*.

Ele digitou o título no computador.

– Não temos mais esse livro.

– Como assim?

– Ele foi lançado em 2002, por uma pequena editora. A tiragem se esgotou rapidamente e ele nunca mais foi reeditado.

Analisei-a com calma.

– Está zombando de mim, Zélie?

Ela fingiu que se ofendia e virou a tela do computador na minha direção. Olhei para o monitor e constatei que o livro não estava catalogado.

– Não faz sentido. Pianelli é um ex-aluno. Na época, vocês devem ter comprado vários exemplares do livro.

Ela deu de ombros.

– Se pensa que compramos vários exemplares dos seus...

– Responda à minha pergunta, por favor!

Um pouco incomodada, ela se remexeu dentro do blusão largo demais e tirou os óculos.

– A direção decidiu há pouco retirar o livro de Stéphane da biblioteca.

– Por que razão?

– Porque, 25 anos depois de seu desaparecimento, essa garota se tornou objeto de culto para alguns alunos do liceu.

– Essa garota? Está falando de Vinca?

Zélie sacudiu a cabeça.

– Há três ou quatro anos, percebemos que o livro de Stéphane era constantemente retirado. Tínhamos vários exemplares, mas a lista de espera era mais comprida que meu braço. A figura de Vinca com frequência virava assunto entre os alunos. No ano passado, as Heroditas chegaram a montar um espetáculo sobre ela.

– Heroditas?

– Um grupo de jovens brilhantes, elitistas, feministas. Uma sororidade que prega as teses de um grupo feminista nova-iorquino do início do século XX. Algumas moram no pavilhão Nicolas-de-Staël e tatuam o símbolo que Vinca tinha no tornozelo.

Eu lembrava dessa tatuagem. As letras GRL PWR discretamente gravadas na pele. *Girl Power*. O poder das mulheres. Continuando suas explicações, Zélie abriu um documento no computador. Era o cartaz de um espetáculo musical: *Os últimos dias de Vinca Rockwell*. O pôster me lembrou da capa de um álbum da banda Belle & Sebastian: foto em preto e branco, filtro rosa, *lettering* chique e artístico.

– Também houve noites de retiro no quarto ocupado por Vinca, cultos mórbidos em torno de algumas relíquias e comemorações no dia de seu desaparecimento.

– Como você explica o fascínio dos *millennials* por Vinca?

Zélie ergueu os olhos ao céu.

– Imagino que algumas garotas se identifiquem com ela, com sua história de amor com Clément. Ela representa um enganoso ideal de liberdade. E o fato de ter desaparecido aos dezenove anos a congelou num brilho eterno.

Enquanto falava, Zélie se levantara e começara a explorar as prateleiras metálicas que ficavam atrás do longo balcão da recepção. Acabou voltando com a obra de Pianelli.

– Guardei um exemplar. Se quiser folheá-lo... – suspirou.

Passei a mão na capa do livro.

– Não consigo acreditar que em pleno ano de 2017 vocês censuraram um livro.

– É para o bem dos alunos.

– Que bobagem! Censura em Saint-Exupéry: na época de meus pais não veríamos isso.

Zélie me encarou por um momento, com toda a tranquilidade, e contra-atacou:

– A "época de seus pais" não acabou muito bem, se me recordo direito.

Senti a raiva subindo, mas consegui manter a calma.

– O que quer dizer com isso?

– Nada – ela respondeu, prudente.

Eu sabia a que ela se referia. O magistério de meus pais no liceu havia chegado ao fim bruscamente, em 1998, de maneira muito injusta, quando os dois foram investigados num caso obscuro de desrespeito às regras de licitação pública.

Eles foram o exemplo perfeito do conceito de "vítimas colaterais". Yvan Debruyne, procurador da República na época (e pai do policial que estava prestes a interrogar Maxime), colocara na cabeça que precisava derrubar os privilegiados da região suspeitos de receber suborno, especialmente de Francis Biancardini. Fazia tempo que o procurador tinha o empreiteiro na mira. Embora grande parte dos rumores sobre Francis fosse absurda – diziam que ele lavava dinheiro para a máfia calabresa –, outros pareciam mais verossímeis. Ele com certeza havia molhado a mão de alguns políticos para vencer algumas licitações. Foi na tentativa de derrubar Francis que o procurador se deparou com o nome dos meus pais, no fim de uma investigação. Francis fizera várias obras no liceu, sem exatamente respeitar as regras licitatórias. No âmbito da investigação, minha mãe passou 24 horas sob custódia policial, sentada num banco da sórdida delegacia de Auvare, no noroeste de Nice. No dia seguinte, uma foto de meus pais estampou a capa do jornal local. A típica montagem em preto e branco que faria sentido num documentário sobre casais de assassinos em série – algo entre os amantes sanguinários de Utah e os fazendeiros homicidas de Kentucky.

Desestabilizados por essa provação, para a qual não estavam preparados, os dois pediram demissão dos quadros da Educação Nacional.

Embora à época eu não vivesse mais na Côte d'Azur, o caso me afetou. Meus pais tinham seus defeitos, mas não eram desonestos. Sempre exerceram a profissão baseados no interesse dos alunos e não mereciam aquele fim de carreira infame, que lançava suspeitas sobre tudo o que haviam realizado. Um ano e meio depois da abertura das investigações, o inquérito não resultou em nada e foi declarado improcedente. Mas o mal estava feito. Cretinos ou dissimulados como Eline "Zélie" Bookmans gostavam de aludir àquela merda como quem não queria nada, no meio de uma frase.

Desafiei-a com o olhar até ela baixar os olhos para o teclado do computador. Apesar da idade, apesar dos ares de vovozinha simpática, eu facilmente quebraria sua cara a golpes de teclado. (Afinal, eu era um verdadeiro criminoso.) Mas não fiz nada. Engoli a raiva e poupei minhas forças para avançar na investigação.

– Posso levar? – perguntei, mostrando o livro de Pianelli.

– Não.

– Devolvo antes de segunda-feira, prometo.

– Não – replicou Zélie, inflexível. – Ele pertence à biblioteca.

Sem levar sua observação em conta, coloquei o livro embaixo do braço e girei nos calcanhares, dizendo:

– Acho que está enganada. Verifique a base de dados. Verá que o livro não está catalogado!

Saí da biblioteca e contornei a Ágora. Deixei o campus pelo atalho que atravessava os campos. A lavanda estava particularmente bonita naquele ano, mas suas flores não condiziam com minhas lembranças, como se algo não combinasse. Levados pelo vento, os eflúvios metálicos e canforados que subiam até mim tinham um insistente cheiro de sangue.

6
Paisagem de neve

> *A velocidade, o mar, a meia-noite, tudo o que é deslumbrante, tudo o que é escuro, tudo o que se perde, e portanto permite se encontrar.*
>
> Françoise SAGAN

1.

Domingo, 20 de dezembro de 1992.
Acordei tarde no dia seguinte ao assassinato. Na véspera, para apagar, tomei dois soníferos que encontrei no banheiro familiar. A casa estava vazia e gelada naquela manhã. Minha mãe viajara para Landes muito antes de o dia nascer, e os fusíveis haviam queimado, cortando os radiadores. Ainda entorpecido, passei quinze minutos mexendo no contador de luz até conseguir restabelecer a corrente.

Na cozinha, encontrei na porta da geladeira uma mensagem gentil de minha mãe, que havia feito rabanada para mim. Pela janela, o sol que brilhava sobre a neve me dava a impressão de estar em Isola 2000, a estação de esqui onde Francis tinha um chalé, para o qual nos convidava quase todos os invernos.

Mecanicamente, liguei o rádio na *France Info*. Na véspera, eu me tornara um assassino, mas o mundo continuava girando: horrores em Sarajevo, crianças somalis morrendo de fome, o escândalo do sangue contaminado, o confronto PSG-OM que havia degenerado em confusão. Fiz um café preto e devorei a rabanada. Eu era um assassino, mas estava morrendo de fome. No banheiro, fiquei meia hora embaixo da ducha, onde vomitei o que tinha acabado de comer. Esfreguei o corpo com o sabão de Marselha, como havia feito na véspera, mas tinha a sensação de que o sangue de Alexis Clément estava incrustado em meu rosto, em meus lábios e em minha pele. E que assim ficaria para sempre.

Depois de um algum tempo, o vapor quente me subiu à cabeça e quase me fez desmaiar. Eu estava agitado, tinha a nuca rígida, as pernas bambas, o estômago queimando de acidez. Minha mente estava aflita. Incapaz de encarar e enfrentar a situação, meus pensamentos escapavam para todos os lados. Eu precisava que aquilo tudo passasse. Nunca conseguiria viver como se nada tivesse acontecido. Saí da ducha tendo tomado a decisão de me entregar ao comissariado, mas mudei de ideia um segundo depois: se confessasse alguma coisa, precipitaria a queda de Maxime e de sua família. Pessoas que haviam me ajudado e corrido riscos por mim. Por fim, para não me deixar submergir pela angústia, vesti um abrigo e saí para correr.

2.

Dei três voltas no lago, acelerando até a exaustão. Tudo estava branco e coberto de gelo. Fiquei fascinado com a paisagem. Enquanto cortava o ar, tive a impressão de ser um com a natureza, como se as árvores, a neve e o vento me absorvessem em seu córtex de cristal. A meu redor, tudo era luz e absoluto. Um parêntese de gelo, uma terra virgem, quase irreal. A página branca em que, voltei a acreditar, escreveria os próximos capítulos de minha vida.

Ao voltar para casa, com o corpo ainda entorpecido pela corrida, fiz um desvio pelo prédio Nicolas-de-Staël. A residência deserta parecia um navio fantasma. Bati várias vezes, mas nem Fanny nem Vinca estavam em seus quartos. A porta de uma estava fechada, e a da outra tinha ficado aberta, levando-me a pensar numa ausência passageira. Entrei e fiquei um bom tempo naquele casulo aconchegante onde reinava um calor ameno. A peça estava cheia da presença de Vinca, emanava uma atmosfera melancólica, íntima, quase parada no tempo. A cama estava desfeita, os lençóis ainda tinham um leve aroma de água-de-colônia e grama recém-cortada.

Todo o universo da jovem cabia naqueles quinze metros quadrados. Presos na parede, cartazes de *Hiroshima, meu amor* e *Gata em teto de zinco quente*. Retratos em preto e branco de escritores – Colette, Virginia Woolf, Rimbaud, Tennessee Williams. Uma página de revista com uma foto erótica de Lee Miller por Man Ray. Uma citação de Françoise Sagan, copiada num cartão-postal que evocava a velocidade, o mar e a escuridão deslumbrante. No parapeito interior da janela, uma orquídea Vanda e a reprodução de uma estátua de Brancusi, *Srta. Pogany*, que eu lhe dera de aniversário. Em cima da escrivaninha, alguns CDs empilhados ao acaso. Clássicos – Satie, Chopin, Schubert –, o bom e velho pop – Roxy Music, Kate Bush, Procol Harum –, e algumas gravações mais herméticas que ela me fizera escutar, mas que eu achava incompreensíveis: Pierre Schaeffer, Pierre Henry, Olivier Messiaen...

Na mesinha de cabeceira, o livro que eu vira na véspera: uma coletânea da poetisa russa Marina Tsvetáieva. Na página de rosto, a dedicatória até que bem escrita de Alexis Clément me mergulhou numa profunda prostração.

> *Para Vinca,*
> *Eu queria ser uma alma sem corpo*
> *para não te deixar jamais.*
> *Amar-te é viver.*
> *Alexis*

Esperei minha amiga por mais alguns minutos. Fisgadas de preocupação percorriam meu ventre. Para ajudar na espera, liguei o aparelho de som e iniciei o CD. *Sunday Morning*, a primeira música do mítico álbum do Velvet Underground. Uma canção que combinava com a situação. Diáfana, etérea, intoxicante. Esperei e esperei, até de algum modo entender que Vinca não voltaria mais. Nunca mais. Como um drogado, fiquei mais um pouco no quarto, aspirando e mendigando sombras de sua presença.

Ao longo dos anos, várias vezes me perguntei sobre a natureza da ascendência que Vinca exercia sobre mim, da vertigem fascinante e dolorosa que ela causava em mim. E sempre a relaciono às drogas. Mesmo quando passávamos algum tempo junto, mesmo quando eu tinha Vinca todinha para mim, a sensação de falta já se deixava adivinhar. Tivemos momentos mágicos: sequências melódicas e harmoniosas com a mesma perfeição de algumas canções pop. Mas aquela leveza nunca durava muito. Mesmo enquanto eram vividos, eu sabia que o encanto daqueles momentos era como uma bolha de sabão. Sempre prestes a desaparecer.

Vinca me escapava.

3.

Voltei para casa para não perder o telefonema de meu pai, que prometera ligar logo antes das 13 horas, assim que desembarcasse da longa viagem entre a metrópole e o Taiti. Como as ligações eram caras e Richard não era muito loquaz, nossa conversa foi breve e um pouco fria, como nossa relação sempre fora.

A seguir, consegui comer sem vomitar o prato de frango ao curry deixado por minha mãe. À tarde, tentei o máximo possível repelir os pensamentos que me atormentavam fazendo o que tinha para fazer: exercícios de matemática e física. Consegui resolver algumas equações diferenciais, mas logo larguei tudo, desistindo de tentar me concentrar. Tive um início de crise de pânico. Meu cérebro não parava de repassar as imagens do assassinato. No início da noite, estava completamente à deriva quando minha mãe ligou. Estava decidido a contar-lhe tudo, mas ela não me deu tempo. Convidou-me a ir para Landes no dia seguinte. Depois de muito refletir, ela havia decidido que não seria uma boa ideia eu ficar sozinho por quinze dias. Meus estudos seriam menos penosos junto com a família, ela argumentou.

Para não naufragar completamente, aceitei o convite. Peguei o trem da segunda-feira de manhã, numa escuridão ainda cheia de neve. O primeiro trecho foi de Antibes a Marselha, depois peguei um trem local lotado que chegou a Bordeaux com duas horas de atraso. Por causa disso, o último expresso regional já havia partido, e a SNCF foi obrigada a fretar um ônibus até Dax. O dia foi infernal e me viu chegar à Gasconha depois da meia-noite.

Minha tia Giovana morava num antigo pombal perdido no meio de um campo. Coberta de hera, a construção tinha o telhado extremamente danificado e goteiras por toda parte. Naquele final de 1992, choveu quase sem parar em Landes. A noite chegava às cinco horas da tarde, e o dia dava a impressão de nunca realmente nascer.

Não tenho lembranças muito claras dessas duas semanas em que compartilhei o dia a dia com minha tia e minha mãe. Uma atmosfera estranha reinava dentro de casa. Os dias se sucediam, curtos, frios, tristes. Tinha a impressão de que nós três convalescíamos. Minha mãe e minha tia ficavam de olho em mim tanto quanto eu ficava de olho nelas. Às vezes, durante as tardes langorosas, minha mãe fazia crepes que comíamos atirados no sofá vendo velhos episódios de *Columbo*, *The Persuaders!* ou uma enésima reprise de *Quem matou o Papai Noel?*.

Não abri o caderno de matemática ou o de física uma vez sequer. Para fugir de minhas angústias, para fugir do presente, fiz o que sempre fazia: li romances. Não tenho uma lembrança muito clara daquelas duas semanas, mas me lembro perfeitamente de todos os livros que li. Naquele final de ano de 1992, sofri com os gêmeos de *O caderno grande*, que tentavam sobreviver à crueldade dos homens num território devastado pela guerra. Na capital da Martinica, percorri o bairro *créole* de *Texaco*, atravessei a floresta amazônica com *O velho que lia romances de amor*. Fiquei entre os tanques, durante a Primavera de Praga, meditando sobre *A insustentável leveza do ser*. Os romances não me curaram, mas me aliviaram do peso de ser eu mesmo. Eles me proporcionaram uma câmara de descompressão. Eles foram um dique contra o terror que rebentava sobre mim.

Durante esse período em que o sol nunca se levantou, vivi a certeza de que cada manhã seria o início de meu último dia de liberdade. Sempre que um carro passava na estrada, podia jurar que a polícia estava chegando para me prender. Na única vez em que alguém bateu à porta, decidi que nunca iria para a prisão e subi para o alto do pombal para ter tempo, caso necessário, de pular lá de cima.

4.

Mas ninguém veio me prender. Nem em Landes, nem na Côte d'Azur.

No Saint-Exupéry, quando as aulas recomeçaram, em janeiro, a vida retomou seu curso. Ou quase. O nome de Alexis Clément esteve em todas as bocas, não para deplorar sua morte, mas para comentar os rumores que se espalhavam: Vinca e o professor mantinham uma ligação secreta e tinham fugido juntos. Como todas as histórias picantes, esta encantou a comunidade escolar. Todo mundo tinha algum comentário a fazer, alguma confidência ou anedota a compartilhar. O espírito de matilha se comprazia em manchar reputações. As línguas se soltavam e se refestelavam em maledicências. Até alguns professores que eu admirava pela capacidade de visão se deixaram levar pelas fofocas. Com avidez, usavam um belo palavreado para dizer coisas que me davam náuseas. Alguns souberam manter a dignidade. Entre eles, Jean-Christophe Graff, meu professor de francês, e a srta. DeVille, a professora de literatura inglesa das classes literárias. Eu não assistia às suas aulas, mas ouvi-a dizer o seguinte no gabinete de minha mãe: "Não nos rebaixemos a frequentar a mediocridade, ela é uma doença contagiosa".

Senti-me reconfortado por sua frase, que por muito tempo me serviu de referência na hora de tomar algumas decisões.

A primeira pessoa que realmente se preocupou com o desaparecimento de Vinca foi seu avô e tutor, o velho Alastair Rockwell. Vinca o havia descrito a mim como um patriarca autoritário e taciturno. O arquétipo do industrial *self-made man* que via no sumiço da neta um sequestro em potencial e, portanto, uma agressão a seu clã. Os pais de Alexis Clément também começaram a se questionar. O filho havia combinado de passar uma semana na estação de esqui de Berchtesgaden com amigos com quem nunca se encontrou, e não visitou os pais para os festejos de ano novo, como costumava fazer.

Embora os dois desaparecimentos tenham deixado as famílias muito preocupadas, as forças da ordem levam um tempo insano para mobilizar efetivos para uma investigação oficial. Primeiro porque Vinca era maior de idade, depois porque a justiça hesitou muito antes de abrir um inquérito. O caso apresentava complicações no âmbito da jurisdição competente. Vinca era franco-americana, Alexis Clément tinha nacionalidade alemã. O lugar do desaparecimento não fora definido com clareza. Algum dos dois seria o agressor? Ou os dois eram vítimas?

Depois do reinício das aulas, passou-se uma semana inteira antes que os policiais se deslocassem até Saint-Ex. E as investigações se limitaram a algumas perguntas ao círculo imediato de Vinca e do professor de filosofia. Eles vasculharam os dois quartos, que foram lacrados, mas a perícia não foi chamada.

Um bom tempo depois, no fim do mês de fevereiro, depois da vinda de Alastair Rockwell à França, é que as coisas se aceleraram. O empresário mobilizou suas relações e anunciou na mídia a contratação de um detetive particular para encontrar a neta. Houve outra visita dos policiais ao liceu – desta vez, do Serviço Regional da Polícia Judiciária de Nice. Eles interrogaram mais pessoas – a mim, inclusive, e também Maxime e Fanny – e retiraram várias amostras de DNA do quarto de Vinca.

Aos poucos, os testemunhos e os documentos coletados permitiram um melhor entendimento do domingo, 20 de dezembro, e da segunda-feira, 21 de dezembro. Os dias em que Vinca e Alexis desapareceram.

Naquele fatídico domingo, por volta das oito horas da manhã, Pavel Fabianski, o zelador do liceu, afirmou ter levantado a barreira de acesso ao estabelecimento para a saída do Alpine A310 dirigido por Clément. Fabianski foi categórico: Vinca Rockwell, sentada no banco do passageiro, abriu o vidro e abanou em sinal de agradecimento. A mesma cena se repetiu alguns minutos depois, na rotatória de Haut-Sartoux, onde dois funcionários municipais que limpavam a neve viram o carro de Clément derrapar no cruzamento antes de pegar a estrada para Antibes. Na avenida Libération, perto da estação de trem de Antibes, o Alpine do professor foi encontrado estacionado na frente de uma lavanderia *self-service*. No trem para Paris, muitos viajantes se lembravam de uma jovem ruiva acompanhada de um homem com um boné do Mönchengladbach – o time de futebol preferido de Clément. No domingo à noite, o recepcionista noturno do hotel Saint-Clotilde – situado na rua Saint-Simon, no sétimo *arrondissement* de Paris – também afirmou que a srta. Vinca Rockwell e o sr. Alexis Clément se hospedaram por uma noite no estabelecimento. Ele fez cópias de seus passaportes. A reserva do quarto havia sido feita na véspera, por telefone, e fora paga no local. A conta do frigobar incluiu uma cerveja, dois pacotes de Pringles e um suco de abacaxi. O recepcionista lembrou inclusive que a senhorita fora à recepção para perguntar se havia Cherry Coke, mas a resposta foi negativa.

A hipótese da fuga por amor se sustentava. Mas os investigadores logo perderam a pista do casal. Vinca e Alexis não tomaram café da manhã no quarto nem no refeitório. Uma faxineira os viu no corredor, bem cedo, mas ninguém lembrava da partida deles. Uma *nécessaire* – contendo maquiagem, uma escova Mason Pearson e um vidro de perfume – foi encontrada no banheiro do quarto e levada para a sala onde o hotel guardava os objetos esquecidos pelos hóspedes.

A investigação parava nesse ponto. Nenhum testemunho verossímil jamais relatou a presença de Vinca e Clément em algum outro lugar. Na época, as pessoas esperavam que eles reaparecessem depois que o fogo da paixão se apagasse. Mas os advogados de Alastair Rockwell não desistiram. Em 1994, obtiveram da justiça uma análise genética da escova de dentes e da escova de cabelos encontradas no quarto do hotel. Os resultados confirmaram o DNA de Vinca, o que não fez a investigação progredir em nada. Talvez um policial obstinado ou obcecado tivesse tomado o cuidado de retomar uma investigação simbólica, para evitar que o caso prescrevesse, mas, que eu soubesse, aquele tinha sido o último procedimento do inquérito.

Alastair Rockwell ficou muito doente e morreu em 2002. Lembro de tê-lo visto algumas semanas antes do 11 de setembro de 2001, no 49º andar do World Trade Center, onde ficava a sede nova-iorquina de sua empresa. Ele me contou que Vinca havia falado de mim para ele várias vezes e que me descrevera como um garoto gentil, elegante e delicado. Três adjetivos que, na boca do velho, não soaram elogiosos. Tive vontade de responder que era tão delicado que havia quebrado a cara de um sujeito, uma cabeça maior do que eu com uma barra de ferro, mas claro que não abri a boca. Eu solicitara aquele encontro para saber se o detetive que ele havia contratado encontrara elementos novos sobre o desaparecimento de sua neta. Ele me disse que não, mas eu nunca soube se falou a verdade.

Depois disso, o tempo passou. Com os anos, as pessoas pararam de se perguntar o que de fato havia acontecido com Vinca Rockwell. Eu era um dos únicos que não tinha virado aquela página. Porque sabia que a versão oficial era falsa. E porque uma pergunta me obcecava desde então. A fuga de Vinca estava ligada ao assassinato de Alexis Clément? Eu tinha sido responsável pelo desaparecimento da garota que tanto amara? Fazia mais de vinte anos que eu tentava elucidar aquele mistério. E ainda não tinha encontrado nenhum esboço de resposta.

O GAROTO DIFERENTE DOS OUTROS

7
Pelas ruas de Antibes

Este livro talvez seja um romance
policial, mas eu não sou um policial.

Jesse Kellerman

1.

Chegando a Antibes, deixei o carro no estacionamento do porto Vauban, como costumava fazer nos velhos tempos. No ponto onde ficavam atracados alguns dos iates mais bonitos do mundo. Foi ali, no mês de julho de 1990 – eu faria dezesseis anos –, que tive meu primeiro emprego de verão. Um trabalho burro, que consistia em levantar a cancela do estacionamento depois de cobrar trinta francos dos turistas para que pudessem deixar seus carros sob um sol escaldante. Foi o verão em que li *No caminho de Swann* – a edição de bolso, com a catedral de Rouen pintada por Claude Monet na capa – e em que me apaixonei por uma jovem parisiense de cabelos loiros ondulados e corte chanel, que tinha o lindo nome de Bérénice. No caminho para a praia, ela sempre parava na frente da guarita do estacionamento para trocar algumas palavras comigo, embora eu logo tenha entendido que estava mais interessada em Glenn Medeiros e nos New Kids on the Block do que nos tormentos de Charles Swann e Odette de Crécy.

Agora, uma cancela automática substituía meu emprego de verão. Peguei o tíquete, encontrei um lugar perto da capitania do porto e percorri o cais. Muitas coisas haviam mudado nos últimos vinte anos: o acesso ao porto havia sido completamente redesenhado, o calçamento fora ampliado, com boa parte destinada aos pedestres. Mas a vista continuava a mesma. Para mim, uma das mais esplêndidas da Côte: o azul do mar em primeiro plano, o contorno imponente e tranquilizador do Fort Carré, que surgia atrás da floresta de mastros, o céu claro triunfante e as montanhas discretas ao longe.

Era dia de mistral, e eu adorava o vento. Tudo me levava a uma reconexão com o passado e a um novo enraizamento naquele lugar que eu adorava e que havia abandonado pelos motivos errados. Eu não tinha ilusões: a cidade não era mais a mesma de minha adolescência, mas, como no caso de Nova York, eu continuava gostando da imagem que fazia de Antibes. Uma cidade à parte, preservada da pompa de outros cantos da Côte. A cidade do jazz, dos americanos da *Lost Generation*, a cidade que eu apresentara a Vinca, a cidade que, de maneira extraordinária, acolhera quase todos os artistas importantes que contavam em minha vida. Maupassant ali atracara seu barco, *Le Bel Ami*, Scott Fitzgerald e Zelda haviam dormido no hotel Belles Rives durante o pós-guerra, Picasso instalara seu ateliê no castelo Grimaldi, a dois passos do apartamento onde Nicolas de Staël pintara seus mais belos quadros. Keith Jarret – autor da trilha sonora de todos os meus livros – regularmente passava pelos palcos de La Pinède.

Passei pela Porte Marine, a linha de demarcação entre o porto e a cidade velha fortificada. Era um final de semana primaveril, bastante animado, mas a onda turística que desvirtuava a essência da cidade ainda não havia chegado. Na rua Aubernon, era possível colocar um pé na frente do outro sem ser empurrado. No Cours Masséna, os vendedores de verduras, flores, queijos e artesanato provençal começavam a fechar suas bancas, mas o mercado coberto ainda vibrava suas milhares de cores. Ouvia-se o dialeto local, percorria-se o mundo por meio de uma sinfonia de aromas: azeitonas pretas, cítricos cristalizados, menta, tomates secos. Na praça da prefeitura, o último casamento da manhã era celebrado. Um casal radiante descia a escadaria do prédio sob os vivas dos convidados e sob uma chuva de pétalas de rosas. Eu estava a léguas de distância de todo aquele rebuliço – o casamento não fazia sentido algum para mim –, mas deixei-me contaminar pelos gritos de alegria e pelos sorrisos que iluminavam os rostos dos presentes.

Desci a estreita rua Sade – onde meu pai havia morado na juventude – rumo à Place Nationale e caminhei ao acaso até o Michelangelo, um dos restaurantes mais emblemáticos da cidade, que todo mundo chamava de "Mamô", nome de seu proprietário. Restavam alguns lugares no terraço. Escolhi uma mesa e pedi a especialidade da casa: limonada com Pastis e manjericão.

2.

Nunca tive uma mesa de trabalho. Desde a época dos deveres de casa do primário, sempre gostei de lugares abertos. A cozinha de meus pais, as salas de estudo das bibliotecas, os cafés do Quartier Latin. Em Nova York, escrevia em Starbucks, em bares de hotel, em parques, em restaurantes. Tinha a impressão de que conseguia pensar melhor em ambientes movimentados, levado pelo fluxo das conversas e pelo burburinho da vida. Coloquei o livro de Stéphane Pianelli em cima da mesa e, enquanto esperava o drinque, peguei o telefone para consultar as mensagens. Havia uma, contrariada, de minha mãe, que não perdia tempo com fórmulas de boa educação: "Zélie me disse que você veio para os cinquenta anos do Saint-Exupéry. O que deu em você, Thomas? Nem me avisou que estava na França. Venha jantar aqui hoje. Convidamos os Pellegrino. Eles vão gostar de vê-lo". "Ligo mais tarde, mãe", respondi, lacônico. Aproveitei que estava com o iPhone na mão para baixar o aplicativo do *Nice-Matin* e comprei as edições on-line de 9 a 15 de abril.

Passando os olhos por elas, logo encontrei o artigo que buscava – assinado por Stéphane Pianelli, que descrevia a descoberta, pelos alunos do liceu, de uma mochila cheia de dinheiro num escaninho abandonado. A leitura não me informou nada de novo. Fiquei decepcionado com a falta de imagens da mochila esportiva. A matéria era ilustrada por uma foto aérea do campus e outra do escaninho enferrujado, mas dizia que "alguns alunos haviam compartilhado nas redes sociais fotos do conteúdo da mochila, até que a polícia solicitou o apagamento definitivo das mesmas para não prejudicar o andamento das investigações".

Pensei comigo mesmo. Deviam restar vestígios das imagens em algum lugar, mas eu não tinha experiência suficiente para encontrá-las sem perder um tempo grande demais. A agência de Antibes do *Nice-Matin* ficava a dois passos, na Place Nationale, ao lado da rodoviária. Depois de hesitar um pouco, decidi ligar diretamente para o jornalista.

– Oi, Stéphane, aqui é Thomas.

– Não consegue ficar longe de mim, artista?

– Estou no Mamô. Se estiver pelas redondezas, venha dividir uma paleta de cordeiro comigo.

– Pode fazer o pedido! Acabo meu artigo e chego aí.

– Está escrevendo sobre o quê?

– Sobre o Salão dos Aposentados, que acaba de ser encerrado no centro de convenções. Não vai ser com isso que vou ganhar o Prêmio Albert Londres, admito.

Enquanto esperava Pianelli, peguei seu livro e, como sempre acontecia quando olhava para a famosa foto da capa, fiquei hipnotizado. Ela mostrava Vinca e Alexis Clément numa pista de dança. A foto havia sido tirada durante a festa de fim de ano, em meados de dezembro, uma semana antes do assassinato do professor e do sumiço de Vinca. Aquela foto sempre me fazia mal. No auge de sua juventude e beleza, Vinca devorava o parceiro com os olhos. Seu olhar extravasava amor, admiração e desejo de agradar. A dança era uma espécie de twist, que o fotógrafo imortalizara numa pose graciosa e sensual. *Grease* com um toque de Robert Doisneau.

Quem havia tirado aquela foto, aliás? Eu nunca me fizera essa pergunta. Um aluno? Um professor? Procurei o crédito da imagem ao fim do livro, mas só encontrei "*Nice-Matin*, todos os direitos reservados". Tirei uma foto da capa com o celular e enviei a imagem por SMS para Rafael Bartoletti. Rafael era um conceituado fotógrafo de moda que vivia na mesma rua que eu em TriBeCa. Um verdadeiro artista. Ele tinha uma grande cultura imagética, um olhar que escaneava todos os detalhes e era capaz de uma análise singular e pertinente das coisas. Fazia anos que ele tirava todas as fotografias de divulgação e das orelhas de meus livros. Eu adorava seu trabalho, que às vezes conseguia tirar de mim a luz que tivera havia muito tempo mas que sem dúvida eu perdera. Seus retratos eram uma versão *melhorada* de mim, mais solar, menos atormentada. O homem que eu poderia ter sido se minha vida tivesse sido mais amena.

Rafael me ligou na mesma hora. Ele falava francês com um leve sotaque italiano que muitos achavam irresistível.

– *Ciao* Thomas. Estou em Milão. Trabalhando para a campanha da Fendi. Quem é a beldade que você me enviou?

– Uma garota que amei há muito tempo. Vinca Rockwell.

– Lembro de ouvir você falando sobre ela.

– O que achou da foto?

– Foi você que tirou?

– Não.

– Tecnicamente, está um pouco borrada, mas o fotógrafo soube capturar o momento. Isso é que conta. *O momento decisivo*. Como Cartier-Bresson dizia: "A fotografia deve captar, no movimento, o equilíbrio expressivo". Bom, foi isso que essa imagem fez. Captou um momento fugaz e transformou-o em eternidade.

– Você sempre diz que não há nada mais enganador que uma foto.

– E é verdade! – ele exclamou. – Não é uma contradição.

Ouvi uma música alta do outro lado da ligação. Uma voz de mulher pressionava o fotógrafo a encerrar a ligação.

– Preciso ir – ele se desculpou. – Ligo mais tarde.

Abri o livro e comecei a folheá-lo. Estava cheio de informações. Pianelli tivera acesso aos relatórios policiais. Ele analisava os testemunhos obtidos pelos investigadores. Li o texto quando foi publicado e fiz minhas próprias investigações quando morei em Paris, interrogando todas as testemunhas possíveis e imagináveis. Por vinte minutos, reli a obra em diagonal. Lado a lado, as lembranças de todas as testemunhas contavam a mesma história, que, com o passar do tempo, se tornou a versão oficial: o casal que deixava Saint-Ex no Alpine, a "jovem ruiva de cabelos de fogo" no trem para Paris, o professor que a acompanhava, "com um boné de um time de futebol alemão de nome impronunciável", a chegada ao hotel da rua Saint-Simon, "a moça que pedia Cherry Coke", o casal que era avistado no corredor e desaparecia na manhã seguinte: "Ao substituir o recepcionista da noite, o recepcionista da manhã encontrou as chaves do quarto no balcão da recepção". O livro fazia perguntas e revelava algumas zonas de sombra, mas não trazia elementos convincentes a sugerir alguma hipótese alternativa que realmente se sustentasse. Eu tinha uma vantagem sobre o jornalista: Pianelli intuía que aquela história não era verídica, eu tinha certeza de que não era. Clément estava morto, não havia acompanhado Vinca naqueles dois dias. Minha amiga fugira com outro homem. Um fantasma que eu perseguia sem sucesso havia 25 anos.

3.

– Mergulhou numa leitura boa, pelo que estou vendo! – exclamou Pianelli, sentando-se à minha frente.

Ergui os olhos do livro, ainda um pouco atordoado pela imersão nos meandros do passado.

– Sabia que sua obra entrou para a lista negra da biblioteca de Saint-Ex?

O jornalista pegou uma azeitona preta da tábua de aperitivos.

– Sim, coisas da velha bruxa Zélie! O que não impede os que queiram ler o livro de encontrá-lo em PDF na internet e fazê-lo circular livremente!

– Como explica o fascínio dos alunos de hoje por Vinca?

– Olhe para ela – ele disse, abrindo ao acaso o caderno de fotos do livro.

Nem precisei olhar. Não precisava daquelas fotos para ver o rosto de Vinca. Olhos amendoados, olhar absinto, cabelos penteados--despenteados, boca séria, suas poses marcantes, ora comportadas, ora provocantes.

– Vinca construiu para si uma imagem bem particular – resumiu Pianelli. – Ela personificava uma espécie de chique francês, algo entre Brigitte Bardot e Laetitia Casta. Acima de tudo, encarnava um certo tipo de liberdade.

O jornalista se serviu de água antes de soltar uma pérola:

— Se Vinca tivesse vinte anos hoje, seria uma *it-girl* com seis milhões de seguidores no Instagram.

O próprio dono do restaurante nos trouxe a carne e cortou-a na nossa frente. Depois de algumas garfadas, Pianelli seguiu com seu pequeno número.

— Ela não sabia de nada disso, é claro. Não digo que a conheci melhor do que você, mas, sinceramente, por trás de toda aquela imagem havia uma garota bastante banal, não é mesmo?

Como não respondi, ele me provocou:

— Você a idealiza porque ela se escafedeu há dezenove anos. Mas imagine por um momento que vocês tivessem se casado na época. Consegue visualizar como seria hoje? Vocês teriam três filhos, ela teria engordado vinte quilos, teria o peito caído e...

— Cale a boca, Stéphane!

Falei grosso. Ele parou, pediu desculpas e, pelos próximos cinco minutos, nos dedicamos a terminar com a paleta de cordeiro e com a salada que a acompanhava. Por fim, acabei retomando o assunto.

— Você sabe quem tirou essa foto? — perguntei, apontando para a capa.

Pianelli franziu o cenho e seu rosto ficou sem expressão, como se eu tivesse acabado de pegá-lo em flagrante.

— Hã... — ele disse, examinando o *copyright*. — Imagino que esteja nos arquivos do jornal desde sempre.

— Poderia verificar?

Ele tirou o celular do bolso do colete e enviou um SMS.

— Vou perguntar para Claude Angevin, o jornalista que seguiu o caso em 1992.

— Ele ainda trabalha no jornal?

— Está brincando? Tem setenta anos! Vive tranquilo em Portugal. A propósito, por que quer saber quem tirou a foto?

Mudei de assunto:

— Falando em foto, li no artigo que os garotos que encontraram a mochila com os cem mil francos nos escaninhos enferrujados postaram algumas fotos nas redes sociais.

— Sim, mas os policiais limparam tudo.

— Mas você guardou tudo...

— Você me conhece.

— Pode me enviar uma cópia das imagens?

Ele procurou as fotos no celular.

— Pensei que essa história não o interessasse — ironizou.

— Claro que me interessa, Stéphane.

— Mando para qual e-mail?

Enquanto ditava meu endereço, me dei conta de uma obviedade. Eu não tinha redes de amigos ou contatos na região, enquanto Pianelli vivia ali desde sempre. Se quisesse ter uma chance de descobrir o que acontecera com Vinca, e o que nos ameaçava, minha única opção seria propor uma parceria ao jornalista.

— Interessado numa colaboração, Stéphane?

— O que tem em mente, artista?

— Cada um faz sua própria investigação sobre o desaparecimento de Vinca e compartilhamos informações.

Ele sacudiu a cabeça.

— Você nunca vai fazer isso.

Eu havia antecipado sua resposta. Para convencê-lo, decidi correr um risco.

— Para provar minha boa-fé, posso revelar uma coisa que ninguém sabia.

Senti seu corpo inteiro se retesando. Eu estava caminhando numa corda bamba, mas não tinha desde sempre a impressão de viver como um equilibrista?

— Vinca estava grávida de Alexis quando desapareceu.

Pianelli me encarou, meio inquieto, meio incrédulo.

— Caralho, como sabe?

— Vinca me disse. Ela me mostrou o teste de gravidez.

— Por que não falou nada na época?

— Porque era sua vida privada. E porque não teria alterado o rumo da investigação.

— Claro que teria, diabos! — ele se irritou. — As investigações não teriam sido as mesmas. Haveria três vidas a serem salvas, e não duas. O caso teria recebido muito mais atenção da mídia com um bebê no meio.

Talvez ele tivesse razão. Para dizer a verdade, nunca havia pensado naquele traço vertical sobre um pedaço de plástico como um "bebê". Eu tinha dezoito anos...

Eu o via fazendo contas, agitado. Ele abriu um bloco de notas para rabiscar hipóteses e levou um bom tempo para voltar ao normal.

— Por que se interessa tanto por Vinca, se a achava tão banal?

Pianelli era um homem obstinado.

— Não é Vinca que me interessa, mas aquele ou aqueles que a mataram.

— Acha mesmo que ela está morta?

— Ninguém desaparece desse jeito. Aos dezenove anos, sozinha, ou quase, e sem recursos.

— O que pensa, ao certo?

— Depois que o dinheiro foi encontrado, fiquei convencido de que Vinca estava chantageando alguém. Alguém que provavelmente não aguentou ser ameaçado e começou a ameaçá-la de volta. Talvez o pai de seu filho. Clément, ou outro...

Quando fechou o bloco, vários ingressos caíram de uma das páginas. Um sorriso iluminou o rosto do jornalista.

— Tenho ingressos para o show do Depeche Mode hoje à noite!

— Onde vai ser?

— Em Nice, no estádio Charles-Ehrmann. Vamos?

— Hum, não gosto muito de sintetizadores.

— Sintetizadores? Dá para ver que não ouviu os últimos álbuns.

— Nunca gostei muito.

Ele apertou os olhos para convocar suas lembranças.

— No fim dos anos 1980, durante o Tour 101, o Depeche Mode era a melhor banda de rock do mundo. Em 1988, fui ao show no Zénith de Montpellier. O som era poderoso!

Suas pupilas brilhavam. Provoquei-o:

– No fim dos anos 1980, o Queen era a melhor banda de rock do mundo.

– Socorro. E você está falando sério, o que é pior! Se tivesse dito U2, tudo bem, mas Queen...

Baixamos a guarda por alguns minutos. Foi como se tivéssemos dezessete anos de novo. Stéphane tentou me convencer de que Dave Gahan foi o melhor cantor de sua geração e eu defendi que não havia nada superior a *Bohemian Rhapsody*.

Até que o feitiço se desfez, tão bruscamente como havia começado.

Pianelli olhou para o relógio e deu um pulo.

– Merda, estou atrasado. Preciso ir para Mônaco.

– Para um artigo?

– Sim, testes do GP de Fórmula E. O campeonato mundial de carangas elétricas.

Ele pegou a bolsa de carteiro e fez um sinal com a mão.

– A gente se liga.

Sozinho, pedi um café. Estava me sentindo confuso e com a sensação de não ter me saído muito bem naquela primeira rodada. No fim das contas, eu havia fornecido munição ao jornalista e não descobrira nada em troca.

Merda...

Levantei a mão para pedir a conta. Enquanto esperava, consultei o telefone para dar uma olhada nas imagens enviadas por Stéphane. Pedira as fotos por desencargo de consciência, sem esperar nada de especial.

Enganara-me. Em poucos segundos, minha mão começou a tremer tanto que precisei deixar o telefone em cima da mesa.

Eu tinha visto aquela mochila de couro macio várias vezes em minha casa.

O pesadelo continuava.

8
O verão de *Imensidão azul*

Tudo é lembrança, menos
o instante que estamos vivendo.
Tennessee WILLIAMS

1.

À frente do palco, a esplanada do Pré-des-Pêcheurs estava lotada. Em clima de carnaval, os carros alegóricos multicoloridos se colocavam em marcha para a tradicional batalha das flores. A multidão densa e alegre se acotovelava atrás das grades de ferro: crianças com seus pais, adolescentes fantasiados, idosos que haviam abandonado as quadras de bocha.

Quando eu era criança, a batalha das flores passava por toda a cidade. Agora, por motivos de segurança, havia um policial a cada dez metros e os carros alegóricos andavam em círculos pela avenida Verdun. O ambiente tinha uma mistura de alegria e tensão. Todos queriam se divertir e se soltar, mas a lembrança do atentado de 14 de julho, em Nice, estava em todas as mentes. Senti pena e raiva olhando para as crianças que agitavam buquês de cravos atrás das barricadas. A ameaça de um novo atentado havia matado em nós a espontaneidade e a despreocupação. Por mais que fingíssemos o contrário, o medo nunca nos abandonava e fazia uma sombra pesada pairar sobre todas as alegrias.

Atravessei a multidão para voltar ao estacionamento do porto Vauban. O Mini Cooper estava no lugar onde eu o havia deixado, mas alguém havia prendido um espesso envelope de papel pardo no limpador de para-brisa. Sem nome, sem endereço. Esperei entrar no carro para tomar conhecimento do conteúdo. Minha dor de estômago acordou quando abri o envelope. Boas novas raramente chegam por carta anônima. Estava ansioso, mas longe de imaginar o terremoto que me esperava.

O envelope continha uma dezena de fotos levemente amareladas e desbotadas pelo tempo. Olhei para a primeira e um abismo se abriu dentro de mim. Meu pai beijava Vinca na boca. Minhas têmporas começaram a latejar e um espasmo fez meu coração parar. Entreabri a porta do carro para vomitar um pouco de bile.

Filho da puta...

Em estado de choque, examinei as imagens com mais detalhe. Todas vinham do mesmo filme. Em nenhum momento pensei numa montagem. No fundo de mim mesmo, sabia que todas as situações imortalizadas por aquelas fotografias aconteceram de fato. Talvez uma parte de mim nem tivesse ficado tão surpresa. Como um segredo do qual nunca fui depositário, mas que estava escondido dentro de mim, nas profundezas de meu inconsciente.

Meu pai aparecia em todas as fotos. Richard Degalais, "Richard Coração de Leão" ou "Rick" para os íntimos. No início dos anos 1990, ele tinha a mesma idade que eu agora. Mas eu não me parecia com ele. Era bonito, elegante, distinto. Tinha um corpo esguio, cabelos até os ombros, usava a camisa desabotoada no peito. Rosto bonito, fala agradável, esbanjador e hedonista, Rick no fundo não era muito diferente de Alexis Clément. Com quinze anos a mais. Ele gostava de mulheres bonitas, carros esportivos, isqueiros laqueados e blazers Smalto. Era triste admitir, mas ele e Vinca combinavam. Os dois vinham da mesma "raça de senhores". Pessoas que sempre ocupavam os papéis principais na vida e que, quando estávamos com eles, nos relegavam imediatamente à condição de figurantes.

As imagens constituíam uma espécie de *paparazzada* em dois lugares diferentes. Logo reconheci o primeiro. Saint-Paul-de-Vence fora de temporada: o Café de la Place, o antigo moinho de óleo, as muralhas acima dos campos, o velho cemitério onde Marc Chagall estava enterrado. Vinca e meu pai passeavam de mãos dadas numa proximidade amorosa que não deixava dúvidas. Demorei um pouco mais para identificar a segunda série de fotos. Reconheci o Audi 80 conversível de meu pai, estacionado ao acaso no meio de uma floresta de rochedos brancos. Degraus escavados na rocha. Ao longe, uma ilha abrupta de reflexos graníticos. Até que reconheci o lugar. As *calanques* de Marselha. A pequena praia de areia protegida por um dique era a praia da Baía dos Macacos. Um fim de mundo ao qual meu pai nos levara uma ou duas vezes em família, mas que visivelmente também lhe servira de cenário para aquele amor clandestino.

Minha garganta estava seca. Apesar da repulsa, olhei para aquelas fotos com o máximo de atenção possível. Elas tinham algo de artístico, de muito esmerado. Quem enviara aquelas fotografias? Quem as tirara? Na época, os zooms eram muito menos potentes. Para capturar tantos detalhes, o fotógrafo não devia estar muito distante de seus alvos, a ponto de eu me perguntar se as imagens teriam sido feitas sem o conhecimento dos protagonistas. Sem o de meu pai, com certeza, mas sem o de Vinca?

Fechei os olhos e imaginei um enredo. As fotos deviam ter sido utilizadas para chantagear meu pai. Isso explicaria minha descoberta anterior. Ao tomar conhecimento das capturas de tela enviadas por Pianelli, de fato reconheci uma mochila de couro de crocodilo sintético que – eu colocaria a mão no fogo – pertencera a Richard. Se meu pai havia dado a Vinca uma mochila com cem mil francos, devia ser porque ela ameaçava tornar pública a relação dos dois.

Talvez até a gravidez...

Senti falta de ar fresco. Girei a chave, abri a capota e segui para a beira-mar. Não podia mais adiar o cara a cara com meu pai. Dirigindo, tive dificuldade de me concentrar no caminho. As fotografias de Vinca ficaram impressas em minha mente. Pela primeira vez, percebi uma espécie de tristeza e insegurança em seu olhar. Seria de meu pai que ela teria medo? Vinca era uma vítima ou uma manipuladora diabólica? Ou quem sabe as duas coisas...

Na altura de La Siesta – a mais conhecida discoteca de Antibes –, parei no semáforo que regulava o acesso à estrada de Nice. Não havia mudado: continuava demorado. Aos quinze anos, com minha velha mobilete, eu o havia ultrapassado *uma única vez*. Por falta de sorte, naquele dia os policiais estavam nos arredores e me pararam. Levei uma multa de 750 francos que foi assunto por meses em nossa casa. A eterna maldição dos fracos. Dispensei aquela lembrança humilhante e outra imagem me veio à mente naturalmente. *Clic-clic.* A garota da Leica. *Clic-clic.* A garota que fotografava mentalmente, mesmo quando não estava com a máquina no pescoço. Alguém buzinou. O semáforo passara para o verde. Eu sabia quem havia tirado as fotos de meu pai e Vinca. Engatei a marcha e me dirigi ao hospital de La Fontonne.

2.

Situado nas antigas fazendas hortícolas que outrora fizeram a fama de Antibes, La Fontonne era um bairro da região leste da cidade. No mapa, o lugar dava a impressão de se estender ao lado da praia, mas a realidade era menos idílica. Embora houvesse uma praia, era de cascalho e ficava na beira de uma estrada, separada das casas pela rodovia nacional e pela ferrovia. Em meados dos anos 1980, frequentei o Jacques-Prévert, o colégio do bairro, mas não fiz boas recordações lá dentro: o ensino era fraco, o ambiente era insalubre, as violências eram frequentes. Os bons alunos eram infelizes lá dentro. Um punhado de professores heroicos segurava as pontas do jeito que dava. Sem eles, e sem a amizade de Maxime e Fanny, acho que teria perdido o rumo. Quando fomos aceitos em Saint-Ex, nossa vida mudou radicalmente. Descobrimos que podíamos ir para a escola sem medo nas entranhas.

Com o tempo, a reputação do colégio melhorara e o bairro se transformara completamente. Para os lados de Les Bréguières – um dos acessos ao hospital –, todas as antigas estufas haviam desaparecido para dar lugar a loteamentos e pequenos edifícios de luxo. Não havia nada de turístico na região, apenas um bairro residencial com comércio local onde moravam os setores ativos da população.

Deixei o carro no estacionamento ao ar livre do hospital. Não era a primeira vez desde a manhã que um lugar logo me despertava lembranças. Eu tinha duas com o hospital. Uma ruim e uma boa.

Inverno de 1982. Estou com oito anos. Corro atrás de minha irmã no jardim – ela pegara meu Big Jim para transformá-lo em escravo de sua Barbie – e sem querer derrubo um dos bancos de metal do terraço. Na queda, o banquinho secciona a ponta de um dedo do meu pé. No hospital, depois de me dar alguns pontos, um interno incompetente esquece de usar gaze e cola o esparadrapo diretamente sobre minha pele. A ferida infecciona e, por vários meses, não posso praticar esportes.

Eu ainda carregava a cicatriz daquele corte.

A segunda lembrança era mais alegre, embora começasse mal. Verão de 1988. Um garoto dos bairros violentos de Vallauris me agride num campo de futebol depois que marco um gol de falta digno de um Klaus Allofs. Ele quebra meu braço esquerdo e fico dois dias em observação porque desmaio com o choque. Lembro da visita de Maxime e Fanny. Eles são os primeiros a assinar meu gesso. Maxime escreve apenas "Olympique de Marselha" e o lema do clube, "Direto ao gol!", porque naquele momento não há nada mais importante na vida. Fanny capricha mais. Lembro claramente da cena. Estamos no final do ano escolar, ou quem sabe no início das férias. Julho de 1988. O verão de *Imensidão azul*. Ainda vejo o vulto de Fanny à contraluz, debruçada sobre minha cama, os raios do sol salpicando suas mechas loiras. Ela transcreve um pequeno diálogo do filme, que víramos juntos quinze dias antes. A resposta de Johanna a Jacques Mayol, ao fim da história, logo depois que o mergulhador lhe diz: "Preciso ver". Nesse momento, entendemos que ele vai mergulhar para nunca mais voltar.

"Ver o quê? Não há nada para ver, Jacques, é escuro e frio, mais nada! Não há ninguém. E eu estou aqui, estou viva, e existo!"

Embora eu esteja com mais de quarenta anos, meu coração sempre se parte quando penso nessa cena. E hoje mais do que nunca.

3.

Composto de um mosaico de construções heteróclitas, o centro hospitalar era um verdadeiro labirinto. Consegui me orientar razoavelmente bem em meio a suas milhares de placas. Ao pavilhão principal, edificado em pedra de cantaria nos anos 1930, juntavam-se unidades construídas nas décadas seguintes. Cada uma oferecia uma amostra arquitetônica daquilo que os últimos cinquenta anos haviam produzido de melhor e de pior: caixa de sapato de tijolo escuro, bloco de concreto armado sobre vão livre, cubo com estruturas metálicas, espaço verde...

O setor de cardiologia ficava no edifício mais recente, um imóvel de formato ovoide cuja fachada habilmente mesclava vidro e bambu.

Atravessei o saguão iluminado até chegar à recepção.

– Como posso ajudar, senhor?

De cabeleira oxigenada, saia jeans desfiada, camiseta PPP e meia-calça de oncinha, a atendente parecia um clone de Debbie Harry.

– Gostaria de falar com a dra. Fanny Brahimi, chefe do setor de cardiologia.

Blondie pegou o telefone.

– Da parte de quem?

– Thomas Degalais. Diga que é urgente.

Ela me pediu para esperar no pequeno pátio interno. Tomei três copos de água gelada do bebedouro e desabei num dos sofás que flutuavam sobre o assoalho. Fechei os olhos. As imagens de meu pai e Vinca estavam incrustadas em minhas pálpebras. O pesadelo me pegara desprevenido, complexificando e desbotando ainda mais a lembrança que eu guardava de Vinca. Lembrei do refrão que todos me repetiam desde aquela manhã: "Você não conhecia Vinca de verdade". Estavam enganados. Nunca afirmei conhecer ninguém de verdade. Era um adepto do axioma de García Márquez: "Todo mundo tem três vidas: uma vida pública, uma vida privada e uma vida secreta". Em Vinca, eu só podia constatar que essa terceira vida se estendia por territórios insuspeitados.

Não era ingênuo. Tinha consciência de que guardava no coração uma imagem construída no fervor apaixonado da adolescência. Sabia muito bem que aquela imagem correspondia a meu desejo à época: viver um amor puro com uma heroína romântica saída de O grande Meaulnes ou de O morro dos ventos uivantes. Eu inventara uma Vinca que eu queria que existisse, e não a que existia de fato. Projetara nela coisas que só existiam em minha imaginação. Mas não conseguia admitir que estivesse enganado em todos os âmbitos.

– Merda, esqueci o cigarro. Pode pegar minha bolsa no meu armário?

A voz de Fanny me tirou de meus devaneios. Ela atirou um molho de chaves para Debbie, que o pegou no ar.

– Então, Thomas, não nos dirigimos a palavra por anos a fio e, de repente, você não consegue mais ficar longe de mim? – ela disse, dirigindo-se para a máquina de bebidas.

Era a primeira vez que eu via Fanny em seu papel de médica. Usava uma calça de algodão azul-claro, uma bata de mangas compridas da mesma cor e uma touca nos cabelos. Seu rosto estava claramente mais fechado do que pela manhã. Por trás dos fios loiros, seu olhar claro tinha um brilho sombrio e impetuoso. Uma verdadeira guerreira da luz combatendo a doença.

Quem era Fanny? Uma aliada ou o braço direito do diabo? E se Vinca não fosse a única pessoa de meu passado sobre quem eu tivesse um julgamento equivocado?

– Preciso te mostrar uma coisa, Fanny.

– Não tenho muito tempo.

Ela colocou algumas moedas na máquina. Irritada, amaldiçoou a geringonça porque a Perrier que havia selecionado não descia rápido o suficiente. Com um gesto, incitou-me a segui-la até o estacionamento dos funcionários. Lá, soltou os cabelos, tirou a bata e sentou-se no capô de um carro que supus ser o seu: um Dodge Charger vermelho-sangue que parecia saído de um velho disco de Clapton ou Springsteen.

– Alguém deixou isso no meu para-brisa – disse, estendendo o envelope em papel pardo. – Foi você?

Fanny fez que não com a cabeça, pegou o envelope, avaliou seu peso, sem pressa de abri-lo, como se já conhecesse seu conteúdo. Um minuto antes, seu olhar puxava para o verde; agora, estava cinzento e triste.

– Fanny, me diga se tirou essas fotos.

Pressionada por minha pergunta, ela se resignou a puxar as imagens. Baixou os olhos, deu uma olhada nas primeiras fotos e me devolveu o envelope.

– Você sabe o que deveria fazer, Thomas: pegar um avião e voltar para Nova York.

– Não conte com isso. Foi você que tirou essas fotos, não?

– Sim, fui eu. Vinte e cinco anos atrás.

– Por quê?

– Porque Vinca me pediu.

Ela puxou a alça da regata e esfregou os olhos com o antebraço.

– Sei que tudo isso aconteceu há muito tempo – ela suspirou –, mas suas lembranças desse período não correspondem às minhas.

– Onde está querendo chegar?

– Admita, Thomas. No final de 1992, Vinca pirou. Ela estava incontrolável, completamente desgovernada. Lembro que foi o início das *raves*, a droga rolava solta pelo liceu. E Vinca não era a última a ficar chapada.

Lembrei dos calmantes, dos soníferos, do ecstasy e da benzedrina que vira em sua caixa de remédios.

– Uma noite, em outubro ou novembro, Vinca apareceu no meu quarto. Ela me contou que estava dormindo com seu pai e me pediu para segui-los e tirar umas fotos. Ela...

Os passos da recepcionista interromperam sua confissão.

– Sua bolsa, doutora! – Debbie disse.

Fanny agradeceu. Pegou o maço de cigarros, o isqueiro e colocou a bolsa a seu lado, em cima do capô. Um modelo de couro trançado, branco e bege, com um fecho em forma de cabeça de serpente com olhos de ônix que pareciam portadores de uma ameaça velada.

– O que Vinca queria fazer com essas fotos?

Ela acendeu o cigarro e deu de ombros.

— Imagino que quisesse chantagear seu pai. Você já falou com ele?

— Ainda não.

Senti a raiva e a decepção crescerem dentro de mim.

— Como pôde aceitar fazer uma coisa dessas, Fanny?

Sacudiu a cabeça e deu uma longa tragada. Seu olhar se velou. Apertou os olhos, como se segurasse as lágrimas, mas insisti:

— Por que fez isso comigo?

Falei alto, mas ela gritou mais alto do que eu, pulando do capô para me desafiar:

— Caramba! Porque eu amava você!

Sua bolsa caiu no chão. Com os olhos vermelhos de raiva, Fanny me empurrou:

— Sempre amei você, Thomas, *sempre*! E você também me amava, antes de Vinca estragar tudo.

Furiosa, ela me batia no peito.

— Você sempre abriu mão de tudo por ela. Para agradá-la, renunciou a tudo o que constituía sua singularidade. A tudo o que fazia de você um garoto diferente dos outros.

Era a primeira vez que eu via Fanny perder o controle. Será que era porque eu sabia que havia um fundo de verdade no que ela dizia que aceitei seus golpes como uma punição?

Quando calculei que a penitência havia durando o suficiente, segurei-a delicadamente pelos punhos.

— Acalme-se, Fanny.

Ela se soltou e escondeu o rosto entre as mãos. Cambaleava, abatida.

— Aceitei tirar as fotos porque queria mostrá-las a você e manchar a imagem que você tinha de Vinca.

— Por que desistiu de fazer isso?

— Porque você teria surtado. Fiquei com medo que fizesse uma besteira. Com você mesmo, com ela ou com seu pai. Não quis correr esse risco.

Ela se encostou na porta do carro. Abaixei-me para juntar sua bolsa, evitando ser mordido pela serpente. Estava aberta e alguns objetos tinham caído no chão: uma agenda, um molho de chaves, um batom. Ao recolocá-los na bolsa, meus olhos se depararam com um papel dobrado em dois. A fotocópia do mesmo artigo do *Nice--Matin* que Maxime me enviara. A mesma palavra estava escrita à mão, clamando *Vingança*!

– Fanny, o que é isso? – perguntei, me levantando.

Ela pegou o papel de minhas mãos.

– Uma carta anônima. Encontrei na minha caixa de correio.

Subitamente, o ar se tornou mais denso, como se cheio de ondas negativas. Tomei consciência de que o perigo que nos ameaçava, a Maxime e a mim, era ainda mais sorrateiro do que imaginávamos.

– Sabe por que recebeu isso?

Fanny estava exaurida, encurvada, a ponto de desabar. Eu não entendia por que ela recebera aquela mensagem. Ela não tinha nada a ver com a morte de Alexis Clément. Por que a pessoa que nos perseguia também estava atrás dela?

Com toda a calma, pousei a mão em seu ombro.

– Fanny, me diga uma coisa, por favor: você sabe por que recebeu essa ameaça?

Ela ergueu a cabeça e vi seu rosto cansado, amarrotado, lívido. Um incêndio ardia dentro de suas pupilas.

– Caramba, claro que sei! – respondeu.

Agora era eu quem perdia o chão.

– E... por quê?

– Porque há um cadáver na parede do ginásio.

4.

Fiquei um bom tempo sem conseguir articular som algum.

A situação acabava de me escapar por entre os dedos. Fiquei paralisado.

– Desde quando você sabe?

Parecia nocauteada, como se tivesse desistido de lutar e se deixasse naufragar. Cansada, conseguiu murmurar:

– Desde o primeiro dia.

Depois desabou. Literalmente. Deixou-se escorregar pela lateral do carro e caiu em prantos em cima do asfalto. Lancei-me sobre ela para ajudá-la a se levantar.

– Você não tem nada a ver com a morte de Clément, Fanny. Eu e Maxime somos os únicos responsáveis.

Ela ergueu os olhos para mim, desnorteada. Depois, novamente sacudida por soluços, sentou-se diretamente no asfalto e escondeu o rosto entre as mãos. Agachei-me a seu lado e esperei que secasse as lágrimas contemplando as sombras enormes de nossos corpos no chão. Ela enxugou os olhos com o dorso da mão.

– Como foi que aconteceu? – ela perguntou. – Como ele morreu?

No ponto em que estávamos, decidi contar tudo em detalhes, compartilhando nosso terrível segredo. Revivi o trauma daquele terrível episódio, que para sempre me transformara num assassino.

Quando terminei, ela parecia ter recuperado a calma. A confissão apaziguou a nós dois.

– E você, Fanny, como ficou sabendo?

Levantou-se, respirou fundo e acendeu outro cigarro, que tragou várias vezes, como se o tabaco lhe permitisse invocar as lembranças distantes.

– No dia da tempestade de neve, o fatídico sábado, 19 de dezembro, estudei até tarde. Na época, me preparava para o curso de medicina e me acostumara a dormir apenas quatro horas por noite. Acho que essa rotina me enlouquecia, principalmente quando ficava sem um tostão para comprar comida. Naquela noite, fiquei com tanta fome que não consegui dormir. Três semanas antes, a sra. Fabianski, mulher do zelador, ficara com pena de mim e me dera uma cópia da chave da cozinha, no refeitório.

O bipe de Fanny tocou em seu bolso, mas ela fingiu não ouvi-lo.

– Fui para a rua. Eram três horas da manhã. Atravessei o campus até o refeitório. Naquela hora, estava tudo fechado, mas eu sabia o código da porta corta-fogo que levava ao interior do prédio. Estava tão frio que não me demorei. Devorei ali mesmo uma caixa de biscoitos e peguei metade de um pacote de pão de sanduíche e uma barra de chocolate.

Ela falava num tom monocórdio, como se estivesse hipnotizada e outra pessoa falasse por ela.

— Na volta para o alojamento é que tomei consciência do esplendor da paisagem. Havia parado de nevar. O vento havia empurrado as nuvens, revelando as estrelas e a lua cheia. Tudo era tão feérico que voltei sem tirar os olhos do lago. Ainda lembro do barulho de meus passos sobre a neve e do reflexo azul da lua na superfície da água.

Suas palavras reavivaram as minhas próprias lembranças da Côte d'Azur silenciada pelo gelo. Fanny continuou:

— O encanto se rompeu quando avistei uma luz estranha acima de mim. Um brilho que vinha da área onde o ginásio estava sendo construído. Quanto mais eu me aproximava, mais entendia que não era um simples brilho. O canteiro de obras inteiro estava iluminado. Havia até um barulho de motor. O ronco de uma máquina. Uma intuição me dizia para eu não me aproximar, mas não resisti à curiosidade e...

— O que viu?

— Vi uma betoneira girando no meio da noite. Fiquei estupefata. Alguém estava fazendo cimento às três horas da manhã num frio insuportável! Senti uma presença e levei um susto. Virei-me e vi Ahmed Ghazouani, funcionário de Francis Biancardini. Ele me encarou quase tão assustado como eu. Dei um grito, depois saí correndo para me esconder em meu quarto, mas sempre soube que, naquela noite, vi algo que não deveria ter visto.

— Como adivinhou que Ahmed estava emparedando o cadáver de Alexis Clément?

— Eu não adivinhei, foi o próprio Ahmed quem me confessou... quase vinte e cinco anos depois.

— Em que ocasião?

Fanny se virou e apontou para o prédio atrás de nós.

— No ano passado, ele foi hospitalizado aqui, no terceiro andar, para tratar um câncer de estômago. Não era meu paciente, mas às vezes, à noite, eu o visitava antes de ir embora. Em 1979, meu pai havia trabalhado com ele nas obras do porto comercial de Nice e eles mantinham o contato. Ahmed sabia que tinha a doença num grau avançado. Antes de morrer, quis aliviar o peso da consciência e foi por isso que me contou tudo. Exatamente como você acabou de fazer.

Minha angústia chegou ao auge.

– Se contou a você, pode ter contado a outra pessoa. Lembra-se de quem o visitava?

– Ninguém, justamente. Ninguém o visitava e ele se queixava disso. Só queria uma coisa: voltar para Bizerta.

Lembrei-me do que Maxime havia dito: Ahmed morrera em casa.

– Foi o que ele fez – afirmei. – Saiu do hospital e voltou à Tunísia...

– ...onde morreu algumas semanas depois.

O bipe de Fanny ecoou de novo pelo estacionamento deserto.

– Preciso realmente voltar ao trabalho.

– Claro, vá.

– Me mantenha informada depois de falar com seu pai.

Assenti com a cabeça e me dirigi para o estacionamento reservado aos visitantes. Quando cheguei ao carro, não pude deixar de me virar. Eu percorrera vinte metros, mas Fanny não saíra do lugar e me encarava fixamente. À contraluz, suas mechas loiras brilhavam como os filamentos de uma lâmpada mágica. Não era possível distinguir seus traços, ela poderia ter qualquer idade.

Por alguns segundos, em minha mente, ela se transformou na Fanny do verão de *Imensidão azul*. E eu também voltei a ser o "garoto diferente dos outros".

A única versão de Thomas Degalais de que um dia gostei.

9
O que vivem as rosas

*Onde podemos estar melhor
do que no seio da família?
Em qualquer outro lugar!*

Hervé Bazin

1.

Com suas ruas sinuosas, seus bosques de oliveiras e suas sebes bem podadas, o bairro de La Constance sempre me fazia pensar nos arabescos de algumas canções de jazz. Ornamentos elegantes que, na volta de uma curva, se repetiam, enriqueciam e respondiam uns aos outros num diálogo bucólico e indolente.

O Chemin de la Suquette – onde meus pais moravam – recebera o nome de um termo occitano para designar um monte ou, mais amplamente falando, uma elevação de terreno. Essa colina que encimava Antibes outrora abrigara o castelo de La Constance, uma gigantesca propriedade agrícola à leste da cidade. Com o passar do tempo, o castelo fora transformado em clínica, depois em apartamentos privados. Nos terrenos adjacentes, casas e condomínios se multiplicavam. Meus pais – e os de Maxime – se estabeleceram ali depois que nasci, numa época em que a avenida não passava de uma pequena rua florida e pouco frequentada. Eu lembrava, por exemplo, de ali ter aprendido a andar de bicicleta com meu irmão e, nos finais de semana, ver os moradores organizarem partidas de bocha. Agora, a estrada havia sido ampliada e o movimento se tornara intenso. Não era uma rodovia nacional, mas quase.

Chegando ao número 74, o endereço da Villa Violette, abri o vidro e apertei no interfone. Ninguém respondeu, mas o portão eletrônico se abriu. Pisei no acelerador e segui pelo estreito caminho de cimento que serpenteava até a casa de minha infância.

Fiel à marca Audi, meu pai estacionara seu A4 Break na entrada do acesso. Uma maneira de poder sair de fininho assim que quisesse sem precisar depender dos outros (Richard Degalais era esse tipo de pessoa). Estacionei um pouco mais adiante, numa área com cascalho, ao lado de um Mercedes Roadster que devia pertencer à minha mãe.

Dei alguns passos sob o sol, tentando organizar mentalmente o que viera fazer ali naquele início de tarde. A casa ficava no topo da colina e a vista sempre me hipnotizava: o contorno fino das palmeiras, a pureza do céu e do mar, a imensidão do horizonte. Ofuscado pelo sol, coloquei a mão sobre os olhos e, virando a cabeça, percebi minha mãe, imóvel, de braços cruzados, me esperando na varanda.

Fazia quase dois anos que não a via. Enquanto eu subia o lance de escadas, examinei-a e sustentei seu olhar. Na presença dela, sempre me sentia um pouco intimidado. Minha infância a seu lado havia sido tranquila e feliz, mas a adolescência e a idade adulta nos afastaram. Annabelle Degalais – nascida Annabella Antonioli – era uma beldade glacial. Uma loira hitchcockiana, porém desprovida da luz de uma Grace Kelly ou da extravagância de uma Eva Marie Saint. Angulosa e longilínea, seu tipo físico combinava perfeitamente com o de meu pai. Usava uma calça de corte moderno e um casaco de zíper no mesmo estilo. Seus cabelos loiros estavam quase grisalhos, mas não brancos. Envelhecera um pouco desde a última vez que a visitara. Fiquei com a impressão de que havia perdido o brilho, mas ainda aparentava ter dez anos a menos que sua idade.

– Oi, mãe.

– Olá, Thomas.

Acho que seu olhar gélido nunca fora tão claro e cortante. Sempre hesitava em beijá-la. Sempre tinha a impressão de que ela daria um passo para trás. Dessa vez, decidi nem arriscar.

A austríaca. O apelido que recebera na escola, na Itália, quando criança, me voltou à memória. A história familiar de Annabelle não tinha sido fácil, e era a única desculpa que eu encontrara para sua frieza. Durante a guerra, meu avô, Angelo Antonioli, um camponês piemontês, foi alistado à força no Corpo Expedicionário Italiano. Entre o verão de 1941 e o inverno de 1943, 230 mil soldados da Península foram levados para o front leste: de Odessa e das margens do Dom até Stalingrado. Mais da metade nunca voltou. Como Angelo, que foi feito prisioneiro pelos soviéticos depois da ofensiva Ostrogojsk-Rossoch. Condenado a um campo de prisioneiros, morreu a caminho do gulag. Um filho radiante do norte da Itália, morreu no frio glacial da estepe russa, vítima de uma guerra que não era sua. Para aumentar a dor da família, sua mulher se descobriu grávida durante sua ausência, sem que a gravidez pudesse ser explicada de outra forma que por um adultério. Fruto do amor proibido de minha avó e de um trabalhador sazonal austríaco, minha mãe nasceu em meio ao escândalo. Esse delicado batismo de fogo lhe deixou de herança uma força e um desprendimento pouco comuns. Sempre me dava a impressão de que nada a afetava ou abalava de fato. Uma atitude que contrastava com minha sensibilidade.

– Por que não me disse que estava doente?

A pergunta saiu de minha boca quase sem querer.

– Que diferença faria? – ela perguntou.

– Teria gostado de saber, só isso.

Ela nem sempre fora tão distante de mim. Buscando em minhas recordações de infância, eu encontrava verdadeiros momentos de cumplicidade e comunicação, principalmente em torno de romances e peças de teatro. E não era uma reconstituição de meu espírito ferido: nos álbuns de fotos, até minha adolescência vi várias imagens em que ela aparecia sorridente, visivelmente feliz de me ter como filho. Depois, as coisas desandaram sem que eu compreendesse realmente por quê. Agora, ela continuava se dando muito bem com meu irmão e minha irmã, mas visivelmente menos comigo. Eu via nisso uma espécie de perversa peculiaridade. Ao menos eu tinha algo que eles não tinham.

– Então participou dos cinquenta anos do liceu? Mas por que perder tempo com essas coisas?

– Foi legal rever os amigos.

– Você não tinha amigos, Thomas. Seus únicos amigos eram os livros.

Era verdade, claro, mas, dito assim, achei-a violenta e triste.

– Maxime é meu amigo.

Ela permaneceu imóvel e me olhou sem piscar. No halo ondulante do sol, sua silhueta lembrava as madonas de mármore das igrejas italianas.

– Por que voltou, Thomas? – ela retomou. – Não está lançando nenhum livro.

– Poderia ao menos fingir que está contente, não?

– Você está fingindo estar, por acaso?

Suspirei. Estávamos andando em círculos. Tínhamos acumulado rancores de ambos os lados. Por um instante, estive prestes a dizer-lhe a verdade. Eu havia matado alguém cujo corpo estava emparedado no ginásio do liceu e, segunda-feira, poderia ser jogado na prisão por esse assassinato. *Na próxima vez que falar comigo, mãe, estarei entre dois policiais ou atrás da divisória de vidro de um parlatório.*

Eu nunca faria isso, sem dúvida, mas de todo modo ela não me deu tempo para tanto. Sem me convidar a segui-la, subiu a escada que levava ao térreo. Visivelmente, já havia falado o suficiente, e eu também.

Fiquei sozinho por um momento no terraço revestido com grandes lajes de terracota. Vozes altas chegaram até mim e me levaram até a balaustrada de ferro fundido tomada pela hera. Meu pai estava num papo animado com Alexandre, o velho jardineiro que também cuidava da piscina. A piscina estava com algum vazamento. Meu pai achava que era na altura dos *skimmers*, mas Alexandre estava mais pessimista e já pensava em escavar a grama para desenterrar um cano.

– Oi, pai.

Erguendo a cabeça, Richard me fez um pequeno sinal, como se tivesse me visto na véspera. Não esqueci que era com ele que eu queria falar, mas, enquanto esperava que Alexandre fosse embora, decidi dar uma olhada no porão.

2.

Enfim, maneira de falar. A casa não tinha um porão, mas um subsolo gigantesco, acessível por fora, que nunca fora arrumado e que, por mais de cem metros quadrados, era usado como depósito.

Embora dentro de casa cada peça estivesse perfeitamente arrumada, limpa e mobiliada com gosto, o subsolo era uma bagunça inominável com iluminação fraca e tremulante. A memória reprimida da Villa Violette. Abri caminho no meio daquela desordem. Na primeira parte da peça, havia bicicletas velhas, um patinete e *rollers* que deviam pertencer aos filhos de minha irmã. Perto de uma caixa de ferramentas, meio escondida por uma lona, encontrei minha antiga mobilete. Meu pai, que era louco por mecânica, não se aguentara e consertara o velho ciclomotor. Carroceria decapada, pintura brilhante, aros modernos nas rodas, pneus intocados: a 103 MVL estava bonita e brilhava como nova. Richard tinha até encontrado adesivos Peugeot originais! Mais adiante, brinquedos, baús, malas, roupas em desordem. No quesito vestuário, meu pai e minha mãe nunca se preocuparam com gastos. Um pouco mais longe, toneladas de livros. Os que realmente eram lidos, mas que não eram literários o suficiente para as prateleiras de nogueira da biblioteca da sala. As histórias policiais ou de amor que minha mãe devorava, os textos e os ensaios pouco intelectuais com que meu pai se deliciava. Vestidos em encadernações de couro, Saint--John Perse e Malraux tinham direito ao andar de cima, enquanto Dan Brown e *Cinquenta tons de cinza* pegavam pó no quarto de despejo, onde ficavam os verdadeiros "bastidores da vida".

Encontrei o que buscava nos fundos do depósito. Em cima da mesa de pingue-pongue, duas caixas de papelão com meu nome, cheias de recordações. Em duas viagens, subi as caixas até o andar de cima e abri-as para fazer uma triagem.

Coloquei em cima da mesa da cozinha tudo o que, de perto ou de longe, tivesse relação com o ano de 1992 e pudesse ser útil para minha investigação. Um mochila Eastpak turquesa massacrada na fita adesiva, arquivos cheios de anotações de aulas em folhas quadriculadas. Boletins escolares que revelavam o aluno modelo e dócil que eu havia sido: "atitude muito positiva em aula", "aluno cortês e motivado", "participação sempre pertinente", "vivacidade mental".

Mergulhei em alguns trabalhos que me marcaram: uma análise crítica de *O adormecido do vale*, outra sobre a abertura de *Bela do senhor*. Encontrei várias provas de filosofia com comentários de Alexis Clément, de quando fui seu aluno no último ano. "Interessantes habilidades de reflexão. 14/20" numa dissertação sobre "A arte pode dispensar regras?". Num trabalho sobre "Pode-se compreender a paixão?" – todo um programa... –, o professor se tornava pomposo: "Um trabalho de qualidade que, apesar de algumas desatenções, se baseia num bom domínio dos conceitos e é ilustrado por exemplos que atestam uma verdadeira cultura literária e filosófica. 16/20".

Entre os outros tesouros da caixa, a fotografia de turma do último ano, bem como uma série de fitas K7 que eu havia minuciosamente gravado para Vinca, mas que, por algum motivo, nunca ousara enviar-lhe. Abri uma fita ao acaso e me deparei com a lista da trilha sonora de minha vida. O Thomas Degalais da época cabia por inteiro em palavras e música. Ele ainda era o garoto diferente dos outros, um pouco à margem, gentil, insensível a modismos, em sintonia com seus sentimentos profundos: Samson François tocando Chopin, Jean Ferrat cantando *Les Yeux d'Elsa*, Léo Ferré recitando *Uma estação no inferno*. Mas também *Moondance*, de Van Morrison, e *Love Kills*, de Freddie Mercury, como uma premonição...

Havia livros também. Velhas edições de bolso de páginas amareladas que me acompanhavam à época. Os títulos que eu citava nas entrevistas quando dizia que "muito jovem, graças aos livros, entendi que nunca estaria sozinho".

Se fosse tão simples...

Um desses livros não me pertencia. A coletânea de poemas de Marina Tsvetáieva com dedicatória de Alexis, que eu havia pegado do quarto de Vinca um dia depois do assassinato.

Para Vinca
Eu queria ser uma alma sem corpo
para não te deixar jamais.
Amar-te é viver.
Alexis

Não pude conter um riso forçado. Na época, a dedicatória me enganara. Agora, eu sabia que o malandro havia roubado a imagem das cartas de Victor Hugo para Juliette Drouet. Impostor até o fim.

– Então, Thomas, o que está fazendo aqui?

Virei-me. Com uma tesoura de poda na mão, meu pai entrava na cozinha.

Falando em impostor...

3.

Embora pouco afetuoso, meu pai era bastante tátil e pouco avaro em abraços, mas dessa vez senti vontade de recuar quando ele ergueu os braços.

– Como vai a vida em Nova York? Muito difícil, por causa do Trump? – ele perguntou, lavando as mãos na pia.

– Podemos conversar no escritório? – respondi, ignorando a pergunta. – Quero mostrar uma coisa.

Minha mãe rondava por ali e eu ainda não queria envolvê-la no assunto.

Richard secou as mãos, resmungando sobre minha maneira de aparecer ali cheio de mistérios, depois me levou para seu refúgio no andar de cima. Era um grande escritório-biblioteca, mobiliado como uma sala de fumo inglesa: sofá Chesterfield, estatuetas africanas e coleção de velhas espingardas de caça. Com seus dois janelões envidraçados, a peça tinha a melhor vista da casa.

Assim que entramos, estendi-lhe o celular, onde estava aberta a matéria do *Nice-Matin* sobre a descoberta da mochila com cem mil francos.

– Leu esse artigo?

Richard pegou os óculos e, sem colocá-los, passou os olhos pela tela por trás das lentes, depois pousou-os em cima da mesa.

– Sim, que história maluca.

Com os braços cruzados, ele se postou na frente de uma das janelas e, com o queixo, apontou para os buracos na grama em torno da piscina.

– Esses malditos esquilos asiáticos estão por toda parte. Eles comeram os fios da instalação elétrica, consegue acreditar?

Eu o trouxe de volta ao artigo:

– O dinheiro deve ter sido colocado lá na época em que você era diretor, não?

– Talvez, não sei – ele disse, fazendo uma careta, sem virar o rosto. – Viu que tivemos que cortar uma das palmeiras? A praga do gorgulho vermelho.

– Não sabe de quem era essa mochila?

– Que mochila?

– A mochila na qual o dinheiro foi encontrado.

Richard se irritou:

– Como eu poderia saber? Por que veio me encher o saco com isso?

– A polícia identificou duas impressões digitais, me disse um jornalista. Uma delas pertencia a Vinca Rockwell. Lembra dela?

Ao ouvir o nome de Vinca, Richard virou-se para mim e sentou-se numa poltrona de couro craquelado.

– Claro que sim, a garota que desapareceu. Ela tinha... o frescor das rosas.

Ele fechou os olhos e, para minha grande surpresa, o professor de francês que ele havia sido começou a recitar François de Malherbe:

> ...*Mas ela era do mundo, onde as coisas mais belas*
> *Têm o pior destino,*
> *E, rosa, ela viveu o que vivem as rosas,*
> *O tempo de uma manhã...*

Richard esperou alguns segundos e, pela primeira vez, me perguntou:

— Você disse duas impressões digitais, é isso?

— A polícia ainda não sabe a quem pertence a outra, pois não está fichada. Mas eu colocaria a mão no fogo que é sua, pai.

— Que ideia – espantou-se.

Sentei-me à frente dele e mostrei as capturas de tela das redes sociais, enviadas por Pianelli.

— Lembra dessa mochila? Era a que você usava quando jogávamos tênis juntos. Você adorava seu couro macio e seu tom verde escuro, quase preto.

Ele precisou dos óculos para conseguir ver as imagens no celular.

— Não enxergo quase nada. Essa tela é minúscula!

Ele pegou o controle remoto em cima da mesinha à sua frente e ligou a televisão, como se nossa conversa tivesse acabado. Passou por todos os canais de esportes – L'Équipe, Canal+ Sport, Eurosport, beIN –, parou na reprise do tour de ciclismo da Itália, depois zapeou para a semifinal do Masters de Madri, entre Nadal e Djokovic.

— Federer faz muita falta.

Mas não desisti:

— Gostaria que você desse uma olhada em outra coisa. Fique tranquilo, são imagens em close.

Entreguei a ele o envelope de papel pardo. Pegou as fotos, inspecionou-as, com um olho na partida de tênis. Pensei que fosse se desestabilizar, mas limitou-se a sacudir a cabeça, suspirando:

— Onde conseguiu isso?

— Não importa! O que isso significa?

— Você viu as fotos. Precisa que faça um desenho, também?

Aumentou o som da televisão, mas arranquei o controle de sua mão e desliguei o aparelho.

— Não pense que vai se livrar dessa assim!

Ele suspirou de novo e procurou no bolso do blazer o charuto que sempre levava consigo.

— OK, caí na armadilha – admitiu, rolando o Havana entre os dedos. – A vagabunda não parava de borboletear a meu redor. Ela me provocou e eu caí. Depois, me chantageou. E fui idiota o suficiente para pagar cem mil francos!

– Como pôde fazer isso?

– Fazer o quê? Ela tinha dezenove anos. Transava a torto e a direito. Não forcei ninguém a nada. Ela que se atirou em meus braços!

Levantei-me e apontei o dedo para ele.

– Você sabia que ela era minha amiga!

– Que diferença você queria que isso fizesse? – respondeu. – Nesse terreno, é cada um por si. Além disso, cá entre nós, você não perdeu grande coisa. Vinca era chata e ruim de cama. Só queria dinheiro.

Eu não sabia o que detestava mais, sua arrogância ou sua maldade.

– Consegue ouvir o que está dizendo?

Richard riu, longe de se sentir acuado ou desconfortável. Eu adivinhava que uma parte dele até sentia prazer naquela conversa. A imagem do pai que reafirma seu poder sobre o filho fazendo-o sofrer e humilhando-o devia ser prazerosa para ele.

– Você é ignóbil. Sinto nojo de você.

Minhas injúrias finalmente o acordaram. Levantou-se e avançou na minha direção até ficar a menos de vinte centímetros de meu rosto.

– Você não conhecia essa garota! O inimigo era ela! Ela que ameaçava destruir nossa família!

Ele apontou para as fotos espalhadas em cima da mesa.

– Imagine o que teria acontecido se sua mãe ou os pais dos alunos tivessem visto isso! Você vive num mundo literário e romântico, mas a vida real não é assim. A vida é violenta.

Fiquei tentado a meter a mão na cara dele para mostrar que a vida de fato podia ser violenta, mas não adiantaria nada. E eu ainda queria que ele me passasse algumas informações.

– Então você deu esse dinheiro a Vinca – falei, baixando o tom de voz. – E o que aconteceu depois?

– O que sempre acontece com os chantagistas: ela quis mais, eu não cedi.

Enquanto degustava o charuto, fechou os olhos para convocar as lembranças.

– A última vez que ela apareceu foi na véspera do recesso de Natal. Veio me ver com um teste de gravidez para aumentar a pressão.

– O filho que carregava era seu!

Ele se irritou:
— Mas é claro que não!
— Como você pode saber?
— Não fechava com seu ciclo menstrual.

Desculpa furada. Como se ele soubesse. De todo modo, Richard sempre soube mentir descaradamente. O que o tornava perigoso era que, com o passar do tempo, ele mesmo passava a acreditar nas próprias mentiras.

— Se o filho não era seu, de quem era?

Ele respondeu como se fosse óbvio:

— Daquele merdinha que a comia escondido, imagino. Como ele se chamava mesmo, o filósofo de meia-tigela?

— Alexis Clément.

— Sim, isso mesmo, Clément.

Fiz uma pergunta com ar solene:

— Você sabe mais alguma coisa sobre o desaparecimento de Vinca Rockwell?

— O que mais eu poderia saber? Não está pensando que estou envolvido nisso, está? Quando ela desapareceu, eu estava em Papeete com seu irmão e sua irmã.

O argumento era irrefutável e, nesse ponto, eu acreditava nele.

— Em sua opinião, por que ela não levou os cem mil francos ao fugir?

— Não faço ideia e não estou nem aí.

Ele acendeu o charuto, que espalhou um aroma forte, e pegou o controle remoto. O volume foi aumentado. Djokovic penava diante de Nadal. O maiorquino ganhava por 6-2, 5-4 e sacava para chegar à final.

O ar tornou-se irrespirável. Senti urgência de sair dali, mas Richard não me deixou ir embora sem uma última lição de vida:

— Está na hora de começar a endurecer, Thomas. E compreender que a vida é uma batalha. Já que ama os livros, releia Roger Martin du Gard: "Existir é um combate. A vida é uma vitória que perdura".

10
O machado de guerra

Qualquer pessoa pode matar, é uma simples questão de circunstâncias, não tem nada a ver com caráter. Qualquer pessoa, a qualquer momento. Mesmo sua avó. Eu sei.

Patricia Highsmith

1.

A conversa com meu pai me deixou nauseado, mas não me revelou nada de novo. Quando voltei para a cozinha, minha mãe empurrara minhas caixas para o lado e começara a cozinhar.

– Vou fazer uma torta de damasco para você, ainda gosta?

Essa era uma coisa nela que eu nunca entendia, mas que fazia parte de sua personalidade. A capacidade de ir de um extremo a outro. Às vezes, Annabelle baixava a guarda e alguma coisa se soltava dentro dela. Tornava-se mais doce, mais suave, mais mediterrânea, como se de repente a Itália prevalecesse sobre a Áustria. Algo semelhante ao amor se acendia em seu olhar. Por muito tempo fui dependente dessa centelha, fiquei à espreita dela, à espera dela, pensando que seria o prelúdio de um fogo mais constante, mas a fagulha nunca ia além do estado de brasa. Com o tempo, aprendi a não me deixar levar. Respondi com um lacônico:

– Não precisa se incomodar, mãe.

– Tudo bem, é um prazer, Thomas.

Meu olhar se fixou no seu e perguntou: "Por que está fazendo isso?". Ela soltara o coque. Seus cabelos tinham a cor da areia das praias de Antibes. Seus olhos brilhavam com a claridade e a transparência da água-marinha. Insisti: "Por que está assim?". Mas em dias como aquele, seu olhar era tão fascinante quanto indecifrável. Minha mãe, aquela estranha, se deixou até mesmo levar a sorrir. Examinei-a enquanto tirava a farinha e uma forma de torta dos armários. Annabelle nunca fora o tipo de mulher com que os homens se autorizavam a flertar. Tudo nela prenunciava uma rejeição imediata. Dava a impressão de estar em outro lugar, outro planeta, inacessível. Eu mesmo, enquanto crescia a seu lado, sempre a achara *demais*. Sofisticada demais para a vidinha que tínhamos, brilhante demais para compartilhar a vida com um sujeito como Richard Degalais. Como se seu lugar fosse entre as estrelas.

A campainha do portão me deu um sobressalto.

– É Maxime! – disse Annabelle, apertando o botão para abrir.

De onde vinha aquele tom subitamente alegre? Ela foi ao encontro do meu amigo enquanto eu saía para o terraço. Coloquei os óculos de sol e vi um Citroën bordô passando pelo portão automático. Segui com os olhos o automóvel tamanho família que subiu o caminho concretado e estacionou atrás do Roadster de minha mãe. Quando as portas se abriram, vi que Maxime estava com as filhas. Duas minúsculas garotinhas de cabelos castanhos, muito bonitinhas, que pareciam muito próximas de minha mãe e lhe estenderam os braços com encantadora espontaneidade. Maxime devia ter passado no comissariado para responder à convocação informal de Vincent Debruyne. Se já estava de volta e viera com as filhas, é porque a conversa não devia ter sido muito ruim. Quando ele saiu do carro, tentei decifrar as emoções em seu rosto. Estava abanando para eles quando meu celular vibrou no bolso. Dei uma olhada na tela. Rafael Bartoletti, meu "fotógrafo oficial".

– *Ciao*, Rafa – atendi.

– *Ciao*, Thomas. Estou ligando para falar da foto de sua amiga Vinca.

– Sabia que você ia gostar.

– Ela me intrigou tanto que pedi a meu assistente para fazer uma ampliação.

– E?

– De perto, entendi o que estava me incomodando.

Senti um frio na barriga.

– Diga.

– Tenho quase certeza de que ela não está sorrindo para seu parceiro de dança. Não é para ele que está olhando.

– Como assim? Para quem, então?

– Outra pessoa, que está seis ou sete metros à frente, à esquerda. A meu ver, Vinca não está realmente dançando com o sujeito. É uma ilusão de ótica.

– Quer dizer que a foto é uma montagem?

– Nem um pouco, mas com certeza foi reenquadrada. Acredite, o sorriso da *ragazza* é dirigido a outra pessoa.

Outra pessoa...

Era difícil acreditar, mas agradeci prometendo que o manteria informado. Por desencargo de consciência, enviei a Pianelli um SMS para saber se tivera alguma resposta de Claude Angevin, o antigo redator-chefe do jornal, que devia conhecer o autor daquela foto.

Depois, desci para me juntar à minha mãe, Maxime e suas filhas no gramado. Logo vi a volumosa pasta sob o braço dele e o questionei com o olhar.

– Falamos depois – murmurou, tirando do banco de trás uma bolsa de onde saíram um cachorro de pelúcia e uma girafa de plástico.

Apresentou-me às filhas, duas bolinhas de energia com sorrisos luminosos, e por alguns minutos esquecemos nossos problemas com as brincadeiras delas. Emma e Louise eram adoráveis, risonhas, irresistíveis. Pelo comportamento de minha mãe – e mesmo de meu pai, que se juntara a nós –, entendi que Maxime frequentava a casa. Achei bastante estranho ver meus pais no papel de avós e, por um momento, pensei mesmo que, de certo modo, Maxime havia assumido em minha família o lugar que eu deixara ao ir embora. Mas não senti rancor algum. Pelo contrário, o dever que tinha de protegê-lo de nosso passado me pareceu uma obrigação ainda mais imperiosa.

Quinze minutos depois, minha mãe levou as meninas para a cozinha, para ajudarem-na a fazer a torta de damasco – cujo segredo residia nos grãos de lavanda salpicados sobre as frutas –, e Richard voltou ao primeiro andar para seguir o fim de uma etapa da competição de ciclismo.

– Muito bem – disse a Maxime. – Agora, conselho de guerra.

2.

O lugar mais agradável da Villa Violette era a meu ver a *poolhouse*, que meus pais construíram em pedra e madeira clara assim que compraram a casa. Com sua cozinha externa, seu terraço e suas cortinas que batiam ao vento, ela parecia uma casa dentro da casa. Eu adorava aquele lugar, onde havia passado milhares de horas de leitura, atirado num sofá de pano cru.

Sentei na ponta da mesa de teca protegida por uma pérgula sombreada na qual uma videira se enroscava. Maxime sentou-se à minha direita.

Sem rodeios, relatei o que Fanny me contara: no fim da vida, Ahmed havia sentido a necessidade de aliviar o peso de sua consciência. O mestre de obras havia confessado para nossa amiga que emparedara o cadáver de Clément no ginásio, a mando de Francis. E, se ele havia contado isso a Fanny, podia ter contado a outras pessoas. Não era uma boa notícia para nós, mas ao menos saíamos da névoa e identificávamos o traidor. Enfim, se não o traidor, a pessoa por meio de quem o passado nos atingia na cara.

– Ahmed morreu em novembro. Se tivesse falado com os policiais, eles teriam tido tempo de investigar as paredes do ginásio – observou Maxime.

Embora houvesse preocupação em seu rosto, achei-o menos apavorado do que pela manhã e mais no comando de suas emoções.

– Também acho. Ele deve ter contado a história a alguém, mas não à polícia. E você? Passou no comissariado?

Puxou os cabelos da nuca.

– Sim, falei com o comissário Debruyne. Você tinha razão: ele não queria me interrogar sobre Alexis Clément.

– O que ele queria, então?
– Falar sobre a morte de meu pai.
– Por quê?
– Vou explicar, mas antes você precisa ler isso.
Colocou na minha frente a pasta que trouxera.
– O encontro com Debruyne me fez questionar uma coisa: e se a morte de meu pai estivesse ligada ao assassinato de Alexis Clément?
– Agora não entendi mais nada.
Maxime explicou o que estava pensando:
– Acho que meu pai foi assassinado pela mesma pessoa que nos enviou essas mensagens anônimas.
– Hoje de manhã você me disse que Francis morreu em consequência de um assalto violento!
– Eu sei, mas minimizei o incidente, para ser breve; porém, à luz do que descobri com os policiais, fiquei em dúvida.
Com um gesto, convidou-me a abrir a pasta.
– Leia para podermos conversar. Vou fazer um café, aceita um?
Aceitei. Ele se levantou para ir a um nicho que abrigava uma máquina de expresso e um conjunto de xícaras.

Mergulhei na leitura. A pasta continha um monte de recortes de jornal relacionados a uma onda de assaltos ocorridos na Côte d'Azur no final do ano anterior e no início de 2017. Quase cinquenta roubos, em todas as regiões abastadas dos Alpes Marítimos, de Saint-Paul-de-Vence à Mougins, passando pelos residenciais de luxo de Cannes e do interior de Nice. O *modus operandi* era sempre o mesmo. Quatro ou cinco pessoas encapuzadas entravam nas casas, aspergiam os moradores com gás lacrimogêneo e os amarravam e mantinham reféns. A gangue andava armada, era violenta e perigosa. Buscava prioritariamente dinheiro vivo e joias. Várias vezes, os bandidos não haviam hesitado em molestar as vítimas para obter as senhas dos cartões de crédito ou dos cofres.

Esses *home jackings* haviam aterrorizado a região e causado a morte de duas pessoas: uma faxineira que tivera uma parada cardíaca durante a chegada da gangue e Francis Biancardini. Só o Aurelia Park, onde o pai de Maxime morava, havia sofrido três assaltos.

Algo impensável num dos lugares supostamente mais seguros da Côte. Entre as vítimas, constavam um parente distante da família real saudita e um grande magnata francês, colecionador de arte, mecenas e próximo do poder. O homem não estava em casa durante a invasão, mas, furiosos por não terem encontrado um patrimônio líquido na mansão, os encarapuçados se vingaram depredando os quadros das paredes da sala. Ignoravam que entre eles figurava uma obra de grande valor, intitulada *Dig Up The Hatchet*, de Sean Lorenz, um dos pintores contemporâneos mais cotados no mercado de arte. A destruição da tela havia provocado uma onde de comoção que chegou aos Estados Unidos. O *New York Times* e a CNN mencionaram o assalto, e o nome do Aurelia Park, outrora a mais fina flor imobiliária da Côte d'Azur, se tornara praticamente sinônimo de "*no-go zone*". Em um trimestre, de maneira totalmente irracional, o valor dos imóveis havia baixado 30%. Para acabar com aquela onda de pânico, a segurança pública havia formado uma equipe especialmente dedicada à caça aos assaltantes.

A partir disso, a investigação se acelerara, com coletas de DNA, escutas telefônicas e monitoramentos em grande escala. No início de fevereiro, a polícia chegara de surpresa a uma cidadezinha da fronteira italiana, nas primeiras horas da manhã. Cerca de dez homens foram abordados, todos macedônios, alguns em situação irregular, outros já conhecidos por roubos similares. Buscas foram feitas em várias casas e levaram à descoberta de joias, dinheiro vivo, armas curtas, munições, eletrônicos e documentos falsos. Também foram encontradas toucas ninja, facas e uma parte do butim. Cinco semanas depois, o líder da quadrilha foi preso num hotel no subúrbio parisiense. Ele também era o receptador e já havia revendido grande parte dos produtos dos roubos nos países do leste. Entregues à justiça de Nice, os bandidos haviam sido intimados e aguardavam na prisão a data do julgamento. Alguns confessaram os crimes, mas não o assalto a Francis. Nada surpreendente, pois incorreriam numa pena de vinte anos de reclusão se houvesse reclassificação do crime para homicídio doloso.

3.

Cheio de calafrios, virei as páginas do *clipping* de imprensa com uma mistura de temor e excitação. Os documentos seguintes eram exclusivamente dedicados às invasões de domicílio e à agressão de Francis Biancardini. O pai de Maxime não fora apenas agredido. Ele havia sido torturado e deixado para morrer. Alguns artigos mencionavam seu rosto extremamente inchado, seu corpo coberto de escaras, seus punhos cortados pelo fio das algemas. Entendi melhor o que Maxime queria dizer. Uma hipótese se desenhou em minha mente. Ahmed havia falado a alguém que perseguira e torturara Francis. Sem dúvida para fazê-lo confessar alguma coisa. Mas o quê? Sua responsabilidade na morte de Clément? A nossa?

Voltei à leitura. Uma jornalista do *L'Obs*, Angélique Guibal, parecia ter tido acesso ao relatório policial. Seu artigo focava essencialmente na destruição do quadro de Sean Lorenz, mas ela mencionava os outros assaltos ao Aurelia Park. Segundo ela, Francis ainda estava vivo depois da saída de seus agressores. Ao fim do artigo, ela fazia um paralelo com o caso Omar Raddad, dizendo que Biancardini teria se arrastado até a janela e tentado escrever alguma coisa no vidro com o próprio sangue. Como se conhecesse seus agressores.

Meu sangue gelou com essa história. Eu sempre gostara de Francis, mesmo antes do que ele havia feito por nós quando do assassinato de Clément. Era bondoso comigo. Fiquei horrorizado ao pensar em seus últimos momentos de vida.

Levantei a cabeça dos documentos.

– O que roubaram de Francis durante o assalto?

– Uma única coisa: sua coleção de relógios, mas, segundo a seguradora, o equivalente a trezentos mil euros.

Eu me lembrava daquela paixão. Francis era fã da marca suíça Patek Philippe. Tinha uma dezena de modelos, que adorava. Quando eu era adolescente, ele gostava de me mostrar os modelos e contar suas histórias, a ponto de me legar seu entusiasmo. Lembrava-me dos Calatrava, dos Grande Complication e dos Nautilus desenhados por Gérald Genta.

Uma pergunta me perseguia desde a manhã.

— Desde quando seu pai morava no Aurelia Park? Pensei que ainda morasse aqui, como antes, na casa ao lado.

Maxime pareceu um pouco constrangido.

— Ele se revezava entre as duas casas havia anos, desde muito antes da morte de minha mãe. Aurelia Park era seu projeto imobiliário. Investiu no condomínio como patrocinador e, em troca, ficou com uma das casas mais bonitas da propriedade. Para dizer a verdade, nunca tive vontade de pisar naquele lugar, e mesmo depois de sua morte preferi deixar seus cuidados com o caseiro. Acho que era sua *garçonnière*. Para onde levava as amantes ou *call-girls*. Numa época, ouvi dizer que organizava festas eróticas.

Francis sempre tivera a reputação de mulherengo. Lembrava-me de vê-lo falar abertamente de suas conquistas, mas não saberia citar nome algum. Apesar de seus excessos, sempre gostei dele, um pouco a contragosto, porque o adivinhava prisioneiro de uma personalidade complexa e atormentada. Suas diatribes racistas e seus discursos machistas e antifeministas eram excessivos e teatralizados demais. Acima de tudo, me pareciam um pouco em contradição com seus atos. Quase todos os seus operários eram magrebinos e muito afeiçoados a ele. Ele era um chefe à moda antiga, sem dúvida paternalista, mas em quem seus homens podiam contar. Quanto às mulheres, minha mãe um dia me fez notar que elas ocupavam todos os cargos de chefia em sua empresa.

Uma lembrança me veio à mente, depois outra, mais distante.

Hong Kong, 2007. Estou com 33 anos. Meu terceiro romance acaba de ser lançado. Meu agente organiza uma pequena turnê de autógrafos pela Ásia: Instituto Francês de Hanói, livraria Le Pigeonnier de Taipei, a prestigiosa universidade Ewha de Seul, livraria Parenthèses de Hong Kong. Estou à mesa com uma jornalista no bar do 25º andar do Mandarin Oriental. O *skyline* de Hong Kong se estende a perder de vista, mas faz um momento que estou absorto na contemplação de um homem, sentado a uma dezena de metros de nós. É Francis, mas não o reconheço. Ele está lendo o *The Wall Street Journal*, usa um terno de corte perfeito (costura *cigarette* no ombro, lapelas parisienses traçadas à régua) e fala um inglês suficientemente fluente para explicar ao garçom a diferença entre os uísques japoneses e os blends escoceses. A jornalista entende que não a ouço há algum tempo e se ofende. Resolvo a situação quebrando a cabeça numa resposta sutil à sua pergunta. Quando ergo os olhos, Francis já não está no bar.

Primavera de 1990, ainda não completei dezesseis anos. Estou estudando para a prova de francês do exame final do ensino médio. Meus pais, meu irmão e minha irmã estão de férias na Espanha. Adoro essa solidão. Da manhã à noite, mergulho nos livros da bibliografia da prova. Cada leitura leva a outras, cada descoberta é um convite à exploração da música, da pintura e das ideias contemporâneas do texto estudado. Num final de manhã, ao buscar o correio, percebo que o carteiro colocou em nossa caixa uma carta endereçada a Francis. Decido levar-lhe o envelope na mesma hora. Como nossas casas não têm cerca entre elas, passo pelos fundos e atravesso o gramado dos Biancardini. Uma das portas envidraçadas está aberta. Sem me anunciar, entro na sala com a única intenção de colocar a carta em cima da mesa e sair. De repente, vejo Francis sentado numa poltrona. Ele não me ouve porque o aparelho de som está tocando um improviso de Schubert (o que, em si, já era surpreendente numa casa onde apenas Michel Sardou e Johnny podiam entrar). Mais improvável ainda, Francis está lendo. E não qualquer livro. Fico imóvel, mas vejo o reflexo da capa no vidro da janela. As *Memórias de Adriano*, de Marguerite Yourcenar. Fico estupefato. Francis se vangloria em alto e bom som de nunca ter aberto um livro na vida. Ele brada seu desprezo pelos intelectuais que vivem numa bolha enquanto ele se exaure nos canteiros de obras desde os catorze anos. Saio na ponta dos pés, cheio de perguntas na cabeça. Já vi muita gente burra tentando se passar por inteligente, mas é a primeira vez que vejo um homem inteligente tentando se passar por burro.

4.

– Papai, papai!

Os gritos me arrancaram de minhas lembranças. Do outro lado do gramado, Emma e Louise corriam na nossa direção, minha mãe atrás. Por reflexo, fechei a pasta e os horrores que ela continua. Enquanto as garotinhas se atiravam em cima do pai, minha mãe avisou:

– Fiquem com as pequenas. Vou buscar mais damascos no Vergers de Provence.

Ela balançou a chave do Mini Cooper, que eu havia deixado na mesa da entrada.

– Vou pegar seu carro, Thomas. O meu ficou preso atrás do de Maxime.

– Espere, Annabelle, posso manobrar.

– Não, não, também preciso dar um pulo no centro comercial e já estou atrasada.

Ela insistiu, olhando para mim:

– Assim, Thomas, você não vai poder fugir como um ladrão. Nem esnobar minha torta de damasco.

– Mas vou sair. Preciso de um carro!

– Pegue o meu, as chaves estão na ignição.

Minha mãe saiu sem me dar tempo de responder. Enquanto Maxime tirava brinquedos da bolsa para ocupar as meninas, meu celular vibrou em cima da mesa. Um número desconhecido. Na dúvida, atendi. Era Claude Angevin, o antigo redator-chefe do *Nice-Matin* e mentor de Stéphane Pianelli.

Era um sujeito simpático, que falava sem parar. Explicou que se mudara para o Douro e, por cinco minutos, louvou os encantos dessa região de Portugal. Eu o trouxe de volta para o caso Vinca Rockwell, tentando sondá-lo para saber o que achava da versão oficial.

– É uma farsa, mas nunca vamos conseguir prová-la.

– Por que acha isso?

– Uma intuição. Sempre achei que todos passaram ao largo da questão: a polícia, os jornalistas, as famílias. Para falar a verdade, acho que erramos de alto a baixo.

– Como assim?

– Desde o início, o essencial nos escapou. Não estou falando apenas de um detalhe, mas de algo enorme. Uma coisa que ninguém viu e que orientou as buscas em direções que não deram em nada. Entende o que quero dizer?

Suas palavras eram vagas, mas eu entendia e compartilhava da mesma ideia. O ex-jornalista continuou:

— Stéphane me disse que você estava procurando o autor da fotografia dos dois dançarinos?

— Sim, o senhor sabe quem é?

— *Claro que sei*! Um pai do liceu: Yves Dalanegra.

O nome me dizia alguma coisa. Angevin refrescou minha memória:

— Fiz uma pesquisa. Era o pai de Florence e Olivia Dalanegra.

Eu lembrava vagamente de Florence. Uma garota alta e esportiva que devia ser dez centímetros maior do que eu. Ela estava na turma D no ano em que eu estive na C, mas fazíamos aula de educação física juntos. Jogara com ela na equipe mista de handebol. Em contrapartida, seu pai não me dizia nada.

— Ele nos trouxe a foto pessoalmente, em 1993, logo depois do primeiro artigo sobre o desaparecimento de Vinca Rockwell e Alexis Clément. Compramos sem hesitar e, desde então, foi muito utilizada.

— Foi o senhor quem ajustou a foto?

— Não, não que eu me lembre, em todo caso. Acho que a publicamos do mesmo jeito que a compramos.

— O senhor sabe onde Yves Dalanegra vive hoje?

— Sim, fui atrás dessa informação. Vou enviá-la por e-mail, mas prepare-se para uma surpresa.

Passei-lhe meu endereço eletrônico e agradeci a Angevin, que me fez prometer que o avisaria caso minha investigação progredisse.

— Ninguém esquece Vinca Rockwell de uma hora para outra — ele me disse, antes de se despedir.

Não me diga, vovô!

Quando desliguei, o café que Maxime preparara estava frio. Levantei-me para preparar outro. Depois de assegurar-se de que as filhas estavam ocupadas, ele veio até a máquina de expresso.

— Você ainda não me disse por que o comissário Debruyne o chamou.

— Ele queria que eu identificasse uma coisa relacionada à morte de meu pai.

— Pare de desconversar. Ele queria que você identificasse o quê?

– Quarta-feira à noite, o vento soprou muito forte e o mar estava ruim. As ondas trouxeram uma grande quantidade de algas e destroços para a praia. Na manhã de anteontem, o pessoal da Limpeza Urbana começou a limpar o local.

Com os olhos no vazio, mãos sobre as filhas, ele tomou um gole de café antes de continuar:

– Na praia de La Salis, um funcionário municipal encontrou uma bolsa de juta que a tempestade devolveu à costa. Adivinha o que havia dentro...

Balancei a cabeça, completamente perdido.

– A bolsa continha os relógios de meu pai. A coleção completa.

Captei na hora o alcance daquela descoberta. Os macedônios não tiveram nada a ver com a morte de Francis. O assalto à casa dele não fora um assalto. O assassino de Francis inteligentemente tirara proveito da onda de *home jackings* para disfarçar seu crime. Ele só havia levado a coleção de relógios para simular um assalto. Depois, livrou-se de tudo para apagar os vestígios, ou por temer uma revista inesperada.

Troquei um olhar com Maxime, depois nos viramos para as meninas. Uma onda gelada invadiu meu corpo. O perigo estava por toda parte. Tínhamos em nosso encalço um inimigo extremamente determinado, que não era, como eu havia pensado a princípio, um chantagista ou alguém que só quisesse nos assustar.

Um assassino.

Um soldado a caminho da guerra que colocava em obra uma vingança implacável.

O garoto diferente dos outros

Abri a capota do conversível de minha mãe. Cercado de verde e céu azul, rumei para o interior profundo. O ar estava ameno, a paisagem bucólica. O exato oposto dos tormentos que me agitavam.

Para ser exato, me sentia ansioso, mas muito animado. Embora não ousasse admitir totalmente, havia recuperado as esperanças. Por algumas horas, naquela tarde, fiquei realmente convencido de que Vinca não estava morta e de que eu a encontraria. E de que assim, de uma só vez, minha vida recuperaria o sentido, a leveza, e de que a culpa que carregava desapareceria para sempre.

Por algumas horas, pensei que sairia ganhando: não apenas conheceria a verdade sobre o caso Vinca Rockwell, como também sairia daquela busca revigorado e feliz. Sim, realmente acreditei que libertaria Vinca da prisão misteriosa em que ela apodrecia, e acreditei que ela me libertaria de minha angústia e de meus anos perdidos.

Nos primeiros anos, procurara Vinca incansavelmente; depois, com o passar do tempo, esperei que ela me encontrasse. Mas nunca me resignei, pois tinha uma carta na manga que era o único a conhecer. Uma lembrança. Não uma prova formal, mas uma convicção interna. Aquela que, num tribunal criminal, poderia acabar com uma vida ou dar-lhe uma nova chance.

*

A cena datava de alguns anos. Em 2010, entre o Natal e o Ano Novo, Nova York ficou paralisada por uma tempestade de neve, uma das mais espetaculares que a cidade jamais conheceu. Aeroportos foram fechados, voos foram cancelados e, por três dias, Manhattan viveu sob um manto de neve e gelo. No dia 28 de dezembro, depois do apocalipse, um sol radiante brilhou sobre a cidade o dia todo. Por volta do meio-dia, saí de meu apartamento e fui dar uma caminhada para os lados da Washington Square. Na entrada do parque, na alameda onde os jogadores de xadrez se encontravam, deixei-me tentar por uma partida com Serguei, um velho russo com quem jogara outras vezes. Apostávamos vinte dólares, e o sujeito sempre me vencia por pouco. Eu estava sentado a uma das mesas de pedra, decidido a obter minha revanche.

Lembro-me perfeitamente daquele momento. Tinha uma jogada interessante a fazer: pegar o bispo de meu adversário com o cavalo. Ergui a peça e os olhos do tabuleiro ao mesmo tempo. E foi então que uma adaga perfurou meu coração.

Vinca estava lá, ao fim da alameda, a quinze metros de mim.

Mergulhada na leitura de um livro, estava sentada num banco com as pernas cruzadas e um copo de papel na mão. Resplandecente. Mais alegre, mais doce do que na época do liceu. Usava jeans claros, um casaco de camurça mostarda e um grande cachecol. Apesar do gorro, adivinhei que seus cabelos estavam mais curtos e que tinham perdido os reflexos ruivos. Esfreguei os olhos. O livro que tinha nas mãos era o meu. Quando fui abrir a boca para chamá-la, ela ergueu a cabeça. Por um momento, nossos olhos se cruzaram e...

– E então, vai jogar ou não? – reclamou Serguei.

Por alguns segundos, perdi Vinca de vista, exatamente quando um grupo de chineses chegava ao parque. Levantei-me, atravessei a multidão correndo para ir a seu encontro, mas, quando cheguei ao banco, Vinca havia desaparecido.

*

Que crédito conferir a essa lembrança? A visão foi fugidia, admito. Como temia que a cena se apagasse, projetei-a em minha mente de novo e de novo, para fixá-la para sempre. Porque me acalmava, eu me agarrava àquela imagem, mas sabia que era frágil. Toda lembrança carrega uma parte de ficção e de reconstrução, e aquela era bonita demais para ser verdade.

Os anos se passaram e acabei duvidando da veracidade de minha visão. Eu me convencera de que a vira, apenas isso. Agora, aquele episódio adquiria um sentido especial. Voltei a pensar no que me dissera Claude Angevin, o antigo redator-chefe do *Nice-Matin*. *Todos passaram ao largo da questão. Para falar a verdade, acho que erramos de alto a baixo. Desde o início, o essencial nos escapou...*

Angevin tinha razão. No entanto, as coisas estavam mudando. A verdade estava a caminho. Talvez eu tivesse um assassino no meu encalço, mas não temia. Pois ele é que me levaria a Vinca. O assassino era minha chance...

Mas não conseguiria vencê-lo sozinho. Para descobrir o segredo do desaparecimento de Vinca Rockwell, precisaria mergulhar em minhas recordações e revisitar o garoto diferente dos outros que eu fora em algum momento entre o ano do exame final de francês e o último ano do ensino médio. Um jovem positivo e corajoso, uma pessoa de coração puro, tocada por uma espécie de graça. Sabia que não conseguiria ressuscitá-lo, mas sua presença nunca desaparecera. Mesmo nos momentos mais sombrios, eu o levava dentro de mim: um sorriso, uma palavra, uma sabedoria que às vezes me invadiam e que me lembravam de quem eu havia sido.

Estava convencido de que ele seria o único capaz de revelar a verdade. Pois, por meio de minha busca para encontrar Vinca, era também e principalmente a mim mesmo que eu buscava.

11
Por trás de seu sorriso

Não existe inexatidão em fotografia.
Todas as fotos são exatas.
Nenhuma é a verdade.

Richard Avedon

1.

Yves Dalanegra morava numa grande propriedade nos altos de Biot. Antes de ir até a sua casa, eu ligara para o número que Claude Angevin me passara. Primeiro golpe de sorte: embora passasse seis meses do ano em Los Angeles, Dalanegra estava na Côte d'Azur naquele momento. Segundo golpe de sorte: ele sabia exatamente quem eu era. Florence e Olivia, as duas filhas com quem eu cruzava no liceu – de quem tinha uma lembrança vaga, mas real –, liam meus romances e me admiravam. Ele mesmo me convidou a visitá-lo na casa-ateliê do Chemin des Vignasses.

Prepare-se para uma surpresa, Angevin me avisara. Consultando o site de Dalanegra, sua página na Wikipédia e vários artigos online, entendi que o sujeito se tornara uma verdadeira celebridade no campo da fotografia. Sua trajetória era tão espantosa quanto singular. Até os 45 anos, Dalanegra levara uma vida de bom pai de família. Gestor de uma pequena empresa de Nice, foi casado por vinte anos com a mesma mulher, Catherine, com quem teve duas filhas. Em 1995, com a morte da mãe, deu uma guinada que o fez mudar completamente de carreira. Dalanegra se divorciou, deixou o trabalho e viajou para Nova York para entregar-se à sua paixão: a fotografia.

Anos depois, num perfil da última página do *Libération*, ele contou que à época havia decidido assumir sua homossexualidade. As fotos que o tornaram famoso eram nus que tendiam claramente para a estética de Irving Penn e Helmut Newton. Depois, com o tempo, seu trabalho se tornou mais pessoal. Passou a fotografar exclusivamente corpos que fugiam aos tradicionais cânones de beleza: mulheres muito acima do peso ou baixinhas, modelos com queimaduras, pessoas amputadas, em tratamento de quimioterapia. Corpos singulares que Dalanegra conseguia sublimar. A princípio meio em dúvida, fiquei estupefato com a força de seu trabalho, que nada tinha de trash ou bizarro. Estava mais próximo dos pintores da tradição flamenga do que de uma propaganda politicamente correta louvando a diversidade. Muito sofisticadas, com composição inventiva e trabalho de luz, suas imagens lembravam pinturas clássicas que nos projetavam a um mundo no qual a beleza convivia com o prazer, a volúpia e a alegria.

Eu dirigia pela pequena estrada que subia por entre oliveiras e muros de pedras soltas. Cada novo planalto dava lugar a um caminho ainda mais estreito, que levava a um conjunto habitacional: velhas casas de campo reformadas, casas mais contemporâneas, condomínios de casarões provençais construídos nos anos 1970. Na saída de uma curva em cotovelo, as oliveiras de troncos nodosos e folhas trêmulas se apagaram para dar lugar a um improvável oásis de palmeiras, como se um pedaço de Marrakesh tivesse sido transplantado para a Provença. Yves Dalanegra me passara o código do portão. Estacionei na frente da grade de ferro fundido e percorri a pé a alameda de palmeiras que levava à casa.

De repente, uma sombra feroz correu em minha direção, latindo. Um pastor-da-anatólia, enorme. Eu tinha pânico de cachorros. Aos seis anos, no aniversário de um amigo, o pastor-de-beauce da família de repente saltara em cima de mim. Sem razão aparente, me atacara no rosto. Quase perdi um olho e guardei daquele episódio, além de uma cicatriz no alto do nariz, um medo visceral e desmesurado de cães.

– Quieto, Ulysses!

O zelador da propriedade, um homenzinho de braços musculosos desproporcionais em relação ao corpo, apareceu atrás da fera. Usava uma camiseta listrada e um quepe de capitão à la Popeye.

– Parado! – ele gritou, com mais força.

Pelo curto, cabeça larga, oitenta centímetros de altura: o cachorro me desafiava com o olhar, dissuadindo-me de seguir em frente. Devia sentir minha apreensão.

– Vim ver o sr. Dalanegra! – expliquei ao zelador. – Ele me passou o código do portão.

O homem estava disposto a acreditar em mim, mas "Ulysses" já havia agarrado a parte de baixo de minhas calças. Não pude conter um grito que forçou o zelador a intervir e a lutar com o cachorro para que me soltasse.

– Fora daqui, Ulysses!

Um pouco contrariado, Popeye se desfez em desculpas:

– Não sei o que deu nele. É como um grande ursinho de pelúcia, normalmente. Deve ser algum cheiro em suas roupas.

O cheiro do medo, pensei, seguindo em frente.

O fotógrafo havia construído uma casa original: estilo californiano, em forma de L, edificada com blocos de concreto translúcido. Uma grande piscina infinita tinha uma vista fascinante sobre a cidade e a colina de Biot. Das portas envidraçadas, entreabertas, chegava até mim um duo de ópera: a ária mais famosa do segundo ato de *O cavaleiro da Rosa*, de Richard Strauss. Estranhamente, a porta de entrada não tinha campainha. Bati, mas não obtive resposta, tão alta estava a música. À moda sulina, contornei o jardim para me aproximar da fonte musical.

Dalanegra me viu pelo vidro e, com um gesto, indicou para que eu entrasse por uma das grandes portas.

O fotógrafo estava terminando uma sessão de trabalho. Sua casa era um imenso loft transformado em estúdio fotográfico. Atrás da sua objetiva, uma modelo recolocava as roupas. Uma beldade arredondada que o artista acabara de imortalizar – adivinhei pelos acessórios do cenário – na pose de *A maja nua*, a obra-prima de Goya.

Eu havia lido em algum lugar que essa era a última mania do artista: reproduzir obras dos grandes mestres com modelos corpulentos.

A decoração era kitsch, mas não desagradável: um grande sofá de veludo verde, almofadas macias, véus rendados, panos vaporosos que davam a impressão de espumar como um banho relaxante.

Dalanegra logo me tratou com intimidade:

– *How are you, Thomas? Come on*, pode entrar, acabamos!

Fisicamente, lembrava Cristo, ou melhor, para seguir na comparação pictórica, um autorretrato de Albrecht Dürer: cabelos ondulados até os ombros, rosto simétrico e emaciado, barba curta bem cortada, olhos fixos e com olheiras. As roupas eram de outra época: jeans bordados, colete de caçador com franjas e botas de caubói de cano baixo.

– Não entendi nada do que você explicou pelo telefone. Cheguei de L.A. ontem à noite e o jet lag está batendo forte.

Ele me convidou a sentar à cabeceira de uma grande mesa de madeira maciça enquanto se despedia da modelo. Olhando para as fotos afixadas por toda parte, tomei súbita consciência de que não havia homens na obra de Dalanegra. Negados, riscados do mapa, liberavam o espaço que ocupavam para as mulheres poderem viver num mundo livre do mal.

Quando voltou até onde eu estava, o fotógrafo mencionou as filhas, depois uma atriz que havia trabalhado numa adaptação cinematográfica de um de meus romances e que ele havia imortalizado. Quando esses assuntos se esgotaram, ele perguntou:

– Diga-me o que posso fazer por você.

2.

– Eu que tirei essa foto, *of course*! – reconheceu Dalanegra.

Fui direto ao ponto, já que ele parecia disposto a me ajudar, e mostrei-lhe a capa do livro de Pianelli. Ele quase me arrancou a obra das mãos e examinou a fotografia como se não a visse há anos.

– Foi no dia da festa de formatura, não?

– Acho que foi numa festa de fim de ano, em meados de dezembro de 1992.

Ele assentiu:

– Na época, eu cuidava do clube de fotografia do liceu. Estava no campus e passei rapidamente pelo salão para tirar fotos de Florence e Olivia. Mas gostei da coisa e saí fotografando a torto e a direito. Somente algumas semanas depois, quando se começou a falar da fuga da garota e do professor, é que pensei em revelar as imagens. Essa aqui fazia parte da primeira série que fiz. Ofereci-a ao *Nice-Matin*, que a comprou na mesma hora.

– Mas ela foi reenquadrada, não?

Ele apertou os olhos.

– É verdade, seu olho é bom. Precisei isolar os dois protagonistas para acentuar a intensidade da composição.

– Você ainda tem o original?

– Digitalizei todas as fotografias que tirei em filme desde o ano de 1974 – ele declarou.

Pensei ter tirado a sorte grande, mas ele fez uma careta:

– Estão armazenadas em algum servidor ou na nuvem, como se diz hoje, mas não sei direito como acessá-las.

Diante de meu desânimo, ele me sugeriu ligar para sua assistente em Los Angeles, por Skype. O rosto de uma jovem japonesa ainda não totalmente acordada apareceu na tela de seu computador.

– Oi, Yûko, pode me fazer um favor?

Com as longas marias-chiquinhas azul-turquesa, a camisa branca imaculada e a gravata de colegial, ela parecia uma *cosplayer* a caminho de uma convenção.

Dalanegra explicou exatamente o que estava procurando, e Yûko prometeu que logo retornaria a ligação.

Depois de desligar, o fotógrafo foi para trás do balcão de pedra da cozinha e pegou um mixer para preparar uma bebida. No recipiente de vidro, colocou espinafres, rodelas de banana e leite de coco. Trinta segundos depois, serviu um smoothie esverdeado em dois copos grandes.

— Experimente isso! – disse, voltando à mesa. – Faz bem para a pele e para o estômago.

— Não teria um uísque?

— Sinto muito, parei de beber há vinte anos.

Ele engoliu metade de sua bebida e voltou a Vinca:

— Não era preciso ser um ás para fotografar essa garota – ele disse, colocando o copo ao lado do computador. – Você apertava o botão e, quando revelava, via que ficava ainda melhor do que ao vivo. Raras vezes vi alguém com tanta graciosidade.

Suas palavras me fizeram pestanejar. Dalanegra falava como se tivesse fotografado Vinca várias vezes.

— É isso mesmo! – ele afirmou, quando perguntei.

Diante de minha perturbação, contou um episódio que eu desconhecia.

— Dois ou três meses antes do desaparecimento, Vinca me pediu para fotografá-la. Pensei que queria fazer um *book* para ser modelo, como algumas amigas das minhas filhas, mas ela acabou confessando que eram fotos para o namorado.

Ele pegou o mouse e clicou no ícone do navegador.

— Fizemos duas sessões, realmente muito boas. Fotografias delicadas, mas glamorosas.

— Ainda tem essas fotos?

— Não, foi parte do acordo, e não insisti. Mas o estranho é que elas reapareceram na Internet há poucas semanas.

Ele virou a tela na minha direção. Estava na conta de Instagram das Heroditas, a sororidade feminista de Saint-Ex que cultuava Vinca. Na página, as jovens tinham publicado as vinte fotografias de que Dalanegra acabara de falar.

— Como elas conseguiram essas imagens?

O fotógrafo varreu o ar com as mãos.

— Meu agente entrou em contato com elas por causa do *copyright*. Disseram que simplesmente as receberam por e-mail, enviadas por um remetente desconhecido.

Examinei as imagens com certa emoção. Eram uma verdadeira ode à beleza. Encontrávamos nelas todo o encanto de Vinca. Nada nela era perfeito. A singularidade de sua beleza residia na reunião de todas as suas pequenas imperfeições, que acabavam constituindo um conjunto gracioso e equilibrado, validando o velho ditado segundo o qual o todo nunca é igual à soma das partes.

Por trás de seu sorriso, por trás do rosto levemente tingido de arrogância, adivinhei um sofrimento que na época não percebera. Ao menos uma insegurança, que me confirmava o que mais tarde eu experimentaria com outras mulheres: a beleza também era uma experiência intelectual, um poder frágil que por vezes não sabíamos se exercíamos ou sofríamos.

– Depois disso – retomou Dalanegra –, Vinca me pediu coisas muito mais trash, quase pornográficas. Recusei, porque fiquei com a impressão de que era um pedido do namorado, mas que ela não queria de fato.

– Quem era o namorado? Alexis Clément?

– Imagino que sim. Hoje pode parecer ridículo, mas na época era difícil fazer esse tipo de trabalho. Eu não queria entrar nisso. Ainda mais...

Ele deixou a frase inacabada, procurando as palavras.

– Ainda mais?

– É difícil de explicar. Um dia Vinca estava radiante, no outro abatida e detonada. Não me parecia nem um pouco estável. Além disso, outro pedido dela me desanimou: ela me convidou a segui-la, escondido, para tirar fotos que seriam usadas para chantagear um homem mais velho. Um esquema sinistro e principalmente...

Um som cristalino anunciou a chegada de um e-mail e interrompeu Dalanegra.

– Ah, é Yûko! – anunciou, olhando para o computador.

Ele clicou para abrir a mensagem que continha umas cinquenta fotos da festa de fim de ano. Colocou os óculos e logo encontrou a famosa imagem de Vinca e Alexis Clément dançando.

Rafa estava certo. A fotografia havia sido reenquadrada. Sem o zoom, a imagem adquiria outro significado: Vinca e Clément não dançavam juntos. Vinca dançava sozinha, olhando para outra pessoa. Um homem que só aparecia de costas, uma silhueta borrada em primeiro plano.

– Merda!
– O que está buscando exatamente?
– Sua foto é uma mentira.
– Como todas as fotos – ele respondeu, plácido.
– Está bem, não precisa brincar com as palavras.

Peguei um lápis que estava em cima da mesa e apontei para o volume informe e velado.

– Preciso identificar este homem. Talvez ele tenha alguma relação com o desaparecimento de Vinca.

– Vamos olhar as outras imagens – ele sugeriu.

Aproximei minha cadeira da tela e do fotógrafo para ver com ele as outras imagens. Dalanegra havia fotografado sobretudo as filhas, mas em algumas fotos víamos outros participantes. Aqui o rosto de Maxime, ali o de Fanny. A turma de alunos com quem eu cruzara naquela manhã: Éric Lafitte, "Régis é um pateta", a brilhante Kathy Laneau... Vi-me numa foto, embora não guardasse a menor lembrança daquela noite. Pouco à vontade, o olhar um pouco perdido, com minha eterna camisa azul-celeste e meu blazer. O grupo de professores, sempre na mesma configuração. Um bando de patifes que se mantinha unido para se fortalecer: N'Dong, o sádico professor de matemática que sentia prazer em torturar os alunos no quadro, Lehmann, o maníaco-depressivo professor de física, e a mais perversa, Fontana, incapaz de se fazer respeitar durante as aulas e que se vingava com toda a crueldade durante os conselhos de classe. Do outro lado, os professores mais humanos: srta. DeVille, a linda professora de literatura inglesa das classes preparatórias, conhecida por suas extraordinárias respostas prontas – de citações de Shakespeare ou Epiteto, com que conseguia calar a boca de qualquer impertinente –, e o sr. Graff, meu antigo mentor, o genial professor de francês que tive no antepenúltimo e no penúltimo ano.

– Merda, o *reverse shot* não aparece! – falei, irritado, quando chegamos ao fim da lista de fotos.

Sabia que tinha acabado de passar a dois dedos de uma descoberta capital.

– Verdade, é irritante – admitiu Dalanegra, terminando sua bebida.

Eu não tocara na minha, aquilo estava acima de minhas capacidades. Na sala, a luminosidade havia diminuído. Propício aos jogos de luz, o concreto translúcido transformava a casa numa espécie de bolha em que qualquer mudança de claridade se refratava, animando sombras que flutuavam como fantasmas.

Agradeci ao fotógrafo por sua ajuda e, despedindo-me, perguntei se ele poderia me enviar as fotografias por e-mail, o que ele fez na mesma hora.

– Você consegue lembrar se, naquela noite, mais alguém tirou fotos? – perguntei da porta.

– Alguns alunos, imagino – ele arriscou. – Mas foi antes da chegada das máquinas digitais. Economizávamos filme naquela época.

Naquela época... A expressão ecoou no silêncio da sala-catedral e fez com que nos víssemos, ele e eu, subitamente envelhecidos.

3.

Peguei o Mercedes de minha mãe e dirigi por alguns quilômetros sem saber direito para onde ir. A visita ao fotógrafo me deixara insatisfeito. Talvez eu estivesse seguindo uma pista errada, mas precisava explorá-la até o fim. *Precisava* descobrir a identidade do homem na fotografia.

Em Biot, passei pelos campos de golfe para chegar à rotatória de Brague. Em vez de continuar até o velho vilarejo, peguei a estrada de Colles. A que levava para Sophia Antipolis. Uma espécie de força elástica me puxava para o liceu Saint-Exupéry. De manhã, não tivera coragem de encarar os fantasmas que há tanto tempo negava.

No caminho, repassei mentalmente as fotos que vira na casa de Dalanegra. Uma delas me desestabilizara em particular. A de um fantasma, justamente: Jean-Christophe Graff, meu ex-professor de francês. Pisquei várias vezes. As lembranças voltavam, com seu cortejo de tristezas. Graff era o professor que orientava minhas leituras e me encorajava a escrever meus primeiros textos. Era um sujeito bacana, distinto, generoso. Magro e alto, rosto delicado, quase feminino, sempre de echarpe, mesmo no verão. Um professor capaz de análises literárias brilhantes, mas que parecia constantemente perdido, alheio à realidade.

Jean-Christophe Graff se suicidara em 2002. Havia quinze anos. Para mim, ele representava uma nova vítima da *maldição dos fracos*. Essa lei injusta, esse destino inglório que esmagava as pessoas frágeis demais que cometiam o erro de se portar bem com as outras. Eu não sabia mais quem havia dito que os homens só recebem do destino aquilo que são capazes de suportar, mas não era verdade. Na maioria das vezes, o destino é um filho da puta perverso e maldoso que sente prazer em acabar com os fracos enquanto tantos imbecis levam uma vida longa e feliz.

A morte de Graff havia acabado comigo. Antes de se atirar da sacada de seu apartamento, ele me escrevera uma carta comovente que recebi em Nova York uma semana depois de sua morte. Eu nunca contara sobre ela a ninguém. Ele me confidenciava sua inadequação à crueldade da vida e me confessava que o isolamento o estava matando. Afirmava sua desilusão em constatar que os livros, que tantas vezes o haviam ajudado a atravessar períodos difíceis, hoje só conseguiam manter sua cabeça para fora da água. Com pudor, me contava que um grande amor não correspondido partira seu coração. Nas últimas linhas de sua carta, desejava-me boa sorte na vida e dizia não duvidar por um segundo de que eu saberia vencer onde ele havia fracassado: na busca vitoriosa de uma alma gêmea para enfrentar as turbulências da vida. Mas também ele se iludira a respeito de minhas capacidades e, em meus dias de sombra, pensava com frequência cada vez maior que não seria impossível terminar meus dias como ele.

Forcei-me a tirar da cabeça esses pensamentos depressivos quando cheguei à floresta de pinheiros. Dessa vez, não parei na frente do Dino's: avancei até a guarita de entrada do liceu. Pela fisionomia, o zelador devia ser filho de Pavel Fabianski. O sujeito estava vendo vídeos de Jerry Seinfeld no celular. Eu não tinha um crachá, mas convenci-o a me deixar entrar dizendo que viera ajudar nos preparativos da festa. Abriu a cancela sem pedir mais detalhes e voltou à tela. Entrei no campus e, mesmo infringindo as regras, estacionei diretamente nas lajes de concreto em frente à Ágora.

Entrei no prédio, pulei a catraca da biblioteca e cheguei à sala principal. Por sorte, Zélie não estava no recinto. Um cartaz espetado num painel de cortiça lembrava que as sessões do clube de teatro, do qual ela era a grande sacerdotisa, aconteciam nas quartas e sábados à tarde.

Atrás do balcão, uma jovem de óculos tomara o seu lugar. Sentada de pernas cruzadas numa cadeira de escritório, estava mergulhada na edição inglesa de *Escrever para não enlouquecer*, de Charles Bukowski. Tinha um rosto suave e usava uma camisa azul-marinho de gola Peter Pan, um short xadrez, meia-calça e derbys bicolores.

– Oi, você trabalha com Eline Bookmans?

Ergueu os olhos do livro e sorriu para mim.

Instintivamente, gostei dela. Gostei de seu coque apertado que contrastava com o pontinho de diamante em sua narina; dos arabescos tatuados que corriam por trás de sua orelha e se perdiam embaixo da gola de sua camisa; da caneca da qual bebia seu chá, com a frase *Reading is sexy*. Era uma coisa que raramente me acontecia. Nada comparável a uma paixão, mas algo que me fazia pensar que a pessoa à minha frente estava *do meu lado* e não no do adversário, e tampouco do lado da *no man's land* povoada de pessoas com quem jamais compartilharei coisa alguma.

– Eu me chamo Pauline Delatour – apresentou-se. – O senhor é um novo professor?

– Não exatamente, sou...

– Estou brincando, sei quem o senhor é, Thomas Degalais. Todo mundo o viu hoje de manhã, na Praça das Castanheiras.

– Estudei aqui há muito tempo – expliquei. – Quem sabe antes até de você nascer.

– Isso já seria um exagero e, se quiser me fazer um elogio, vai precisar se esforçar um pouco mais.

Pauline Delatour arrumou uma mecha de cabelo para atrás da orelha, rindo, e descruzou as pernas para se levantar. Pensei conseguir definir melhor o que me agradava nela. Combinava coisas que raramente andavam juntas: uma sensualidade franca e sem um pingo de pretensão, uma verdadeira alegria de viver e uma espécie de distinção natural que dava a impressão de que, não importa o que fizesse, nunca seria vulgar.

– Você não é daqui, não é mesmo?

– Daqui?

– Do sul. Da Côte d'Azur.

– Não, sou parisiense. Cheguei há seis meses, quando o cargo foi criado.

– Talvez possa me ajudar, Pauline. Quando fui aluno aqui, havia um jornal do liceu, o *Courrier Sud*.

– Ainda existe.

– Gostaria de consultar seus arquivos.

– Vou trazê-los. Que ano o interessa?

– O ano escolar de 1992-1993. Seria ótimo se você também conseguisse encontrar o *yearbook* do mesmo ano.

– Está procurando algo em especial?

– Informações sobre uma aluna que frequentou o liceu: Vinca Rockwell.

– Claro, a famosa Vinca Rockwell... Difícil não ouvir falar dela por aqui.

– Está falando do livro de Stéphane Pianelli, que Zélie tenta censurar?

– Estou falando sobretudo das filhinhas de papai com quem cruzo todos os dias e que se acreditam feministas porque leram os três primeiros capítulos de *O conto da aia*.

– As Heroditas...

– Elas tentam se apropriar da memória dessa garota para transformá-la na figura simbólica que a pobre Vinca Rockwell com certeza nunca foi.

Pauline Delatour digitou algo no computador e anotou num post-it as referências dos documentos que eu solicitara.

– O senhor pode se sentar. Trago os jornais assim que os encontrar.

4.

Escolhi o mesmo lugar que usava à época: ao fundo da sala, numa reentrância da parede, bem perto da janela. A vista dava para um pequeno pátio quadrado totalmente anacrônico, com uma fonte invadida pela hera e um chão de paralelepípedos. Cercada por uma galeria de pedra rosa, sempre me fazia pensar num claustro. Só faltavam os cantos gregorianos para o mesmo nível de espiritualidade.

Coloquei em cima da mesa a mochila Eastpak turquesa encontrada na casa de meus pais e peguei minhas canetas e coisas como se fosse escrever uma dissertação. Senti-me bem. Assim que me cercava de livros e mergulhava numa atmosfera de estudos, algo se apaziguava em mim. Sentia a angústia retroceder fisicamente. Era tão eficaz como Lexotan, mas claramente mais difícil de transportar.

Impregnada de um cheiro de cera e vela derretida, aquela parte da sala – que tinha o pomposo nome de *gabinete de literatura* – conservava o encanto de antigamente. Dava a impressão de estar num santuário. Os velhos manuais de literatura pegavam pó nas prateleiras. Atrás de mim, um antigo mapa escolar Vidal-Lablache – já ultrapassado em minha época de estudante – representava o mundo dos anos 1950, com seus países hoje desaparecidos: URSS, RDA, Iugoslávia, Tchecoslováquia...

O efeito *madeleine* começou a agir sobre mim, despertando recordações. Era ali que eu costumava fazer os deveres e estudar. Ali havia escrito minha primeira novela. Lembrei-me das palavras de meu pai – *Você vive num mundo literário e romântico, mas a vida real não é assim. A vida é violenta. A vida é uma batalha.* –, e de uma observação de minha mãe: *Você não tinha amigos, Thomas. Seus únicos amigos eram os livros.*

Era verdade, e eu tinha orgulho disso. Sempre tive certeza de que os livros me salvariam, mas será que isso continuaria valendo pelo resto de minha vida? Provavelmente, não. Nas entrelinhas, não seria essa a advertência que Jean-Christophe Graff me fizera em sua carta? Em algum momento, os livros haviam deixado Graff na mão e ele se precipitara no vazio. Para solucionar o caso Vinca Rockwell, eu precisaria abandonar o mundo protetor dos livros e lutar contra aquele mundo sombrio e violento de que meu pai falava?

Vá à luta..., murmurou-me uma voz interior.

– Aqui estão os jornais e o *yearbook*!

A voz firme de Pauline Delatour me trouxe de volta ao presente.

– Posso perguntar uma coisa? — ela quis saber, colocando em cima da mesa uma pilha de exemplares do *Courrier Sud*.

– Você não parece do tipo que pede autorização.

– Por que nunca escreveu sobre o caso Vinca Rockwell?

Não importava o que eu fizesse, não importava o que eu dissesse, sempre me traziam de volta aos livros.

– Porque sou romancista, não jornalista.

Ela insistiu:

– O senhor entendeu o que eu quis dizer. Por que nunca contou a história de Vinca?

– Porque é uma história triste, e não suporto a tristeza.

Seria preciso mais para desencorajar a jovem.

– Justamente, esse é o privilégio do romancista, não? Escrever ficção para desafiar a realidade. Não apenas para repará-la, mas para combatê-la em seu próprio terreno. Auscultá-la para melhor negá-la. Conhecê-la para, com todo conhecimento de causa, opor-lhe um mundo substituto.

– Essa pequena pérola é de sua autoria?

– Não, claro que não, ela é *sua*. Das coisas que o senhor diz nas entrevistas, a cada dois anos... Mas é mais difícil aplicar na vida real, não é mesmo?

Dizendo isso, me deixou ali, satisfeita com o efeito causado.

12
As garotas de cabelo de fogo

> *Ela era ruiva e usava um vestido cinza sem mangas. [...] Grenouille estava debruçado acima dela e agora aspirava seu perfume sem nenhuma mistura, como ele subia de sua nuca, de seus cabelos, do decote de seu vestido [...] Ele nunca se sentira tão bem.*
>
> Patrick Süskind

1.

Com os exemplares do *Courrier du Sud* à minha frente, comecei a leitura pelo número de janeiro de 1993, que relatava a festa de fim de ano. Esperei encontrar muitas fotos, mas, infelizmente, apenas algumas imagens convencionais mostravam o ambiente, e nenhuma me permitiu identificar o homem que eu procurava.

Mesmo decepcionado, percorri os outros números, para me impregnar da atmosfera da época. O jornal do liceu era uma mina de ouro para uma visão geral da vida escolar do início dos anos 1990. Todas as atividades acadêmicas eram anunciadas em suas páginas e relatadas em detalhe. Folheei os exemplares ao acaso, lendo por cima os acontecimentos que ritmavam o cotidiano do liceu: os resultados esportivos dos atletas do campus, a viagem dos segundos anos a San Francisco, o programa do cineclube (Hitchcock, Cassavetes, Pollack), os bastidores da rádio do liceu, os poemas e os textos dos participantes do ateliê de escrita. Jean-Christophe Graff fizera com que minha novela fosse publicada na primavera de 1992. Em setembro do mesmo ano, o clube de teatro anunciou a programação do ano seguinte. Entre as encenações, uma adaptação muito livre – sem dúvida escrita por minha mãe, que estava à frente do clube – de algumas passagens de *O perfume*, de Patrick Süskind. Com Vinca no papel da "garota das ruas do Marais" e Fanny no de Laure Richis. Duas ruivas de olhos claros, puras, tentadoras, que, se eu bem me lembrava do romance, acabavam assassinadas por Jean-Baptiste Grenouille. Não me lembrava de ter assistido à peça, nem das reações que esta suscitara. Abri o livro de Pianelli para saber se ele a mencionava.

O jornalista não fazia qualquer menção à encenação, mas folheando a obra me deparei, no caderno de fotos, com o fac-símile das cartas de Alexis Clément a Vinca. Relendo as mensagens pela centésima vez, senti um calafrio e a mesma frustração que sentira na casa de Dalanegra. A sensação de me aproximar da verdade, mas de deixá-la escapar. Havia um laço entre o conteúdo das cartas e a personalidade de Clément, mas uma barreira mental me impedia de vê-lo. Um bloqueio psíquico, como se eu temesse um "retorno do reprimido" em minha consciência. O problema era eu: minha culpa, a convicção que sempre tive de ser o responsável por um drama que poderia ter sido evitado se eu tivesse continuado a ser o garoto diferente dos outros. Na época, porém, cegado por meu sofrimento e por minha paixão destrutiva, passei ao largo da deriva de Vinca.

Movido por uma intuição, peguei o celular e liguei para meu pai.

– Pode me fazer um favor, pai?

– Diga – ele resmungou.

– Deixei umas coisas em cima da mesa da cozinha.

– Sim, uma bagunça inominável! – ele confirmou.

– Entre os papéis, umas antigas redações de filosofia, consegue encontrá-las?

– Não.

– Faça um esforço, pai, por favor. Ou passe o telefone para a mãe.

– Ela ainda não voltou. Espere, vou colocar os óculos.

Expliquei o que queria: que ele fotografasse com o celular os comentários manuscritos de Alexis Clément a minhas dissertações e me enviasse tudo por SMS. A operação, que deveria ter levado dois minutos, levou quinze, enriquecida pela lendária amabilidade de meu pai. Ele ficou furioso, a ponto de nossa conversa se encerrar com a seguinte observação:

– Aos quarenta anos você não tem mais nada para fazer do que mergulhar em seus anos de liceu? Sua vida se resume a isso: ficar constantemente enchendo nosso saco com coisas do passado?

– Obrigado, pai, até mais.

Baixei as anotações manuscritas de Alexis Clément e ampliei-as na tela do celular. Como alguns escritores pretensiosos, o professor de filosofia gostava do som da própria voz, mas não era a base de seu pensamento que me interessava: era sua caligrafia. Dei um zoom e estudei suas ligaduras e hastes. Era um traçado preguiçoso. Sem garatujas, mas uma letra de receita de médico – às vezes, é preciso parar vários segundos para entender uma palavra ou uma expressão.

À medida que passava as imagens, meu coração se acelerava. Comparei-as com as cartas a Vinca e com a dedicatória da coletânea de poemas de Marina Tsvetáieva. Logo a dúvida se apagou. Embora as escritas manuscritas da carta e da dedicatória fossem idênticas, elas não tinham *nada* a ver com a letra das correções do professor de filosofia.

2.

Senti palpitações por todo o corpo. Alexis *Clément* não era o amante de Vinca. Havia um segundo homem, um outro Alexis. Com certeza o homem do vulto borrado da fotografia, com quem ela fugira naquele fatídico domingo. *Alexis me forçou. Eu não queria dormir com ele!* Vinca dissera a verdade, mas eu interpretara erroneamente suas palavras. Fazia 25 anos que todo mundo as interpretava erroneamente. Por causa de uma fotografia reenquadrada e de um boato iniciado pelos alunos, havíamos atribuído a Vinca um relacionamento com um homem que nunca fora seu amante.

Meus ouvidos zumbiam. Eram tantas as implicações dessa descoberta que tive dificuldade para organizá-las. A primeira era a mais trágica: Maxime e eu havíamos matado um inocente. Eu tinha a impressão de ouvir os gritos de Clément enquanto explodia seu peito e seu joelho. Flashes da cena me voltaram com clareza. A expressão aparvalhada do professor quando o atingi com a barra de ferro. *Isso é por tê-la estuprado, seu doente!* Seu rosto deformado pela surpresa demonstrava incompreensão. Ele não se defendera simplesmente porque não havia entendido do que estava sendo acusado. Na época, diante de seu estupor, uma voz havia soado dentro de mim. Uma força que me fizera soltar a arma. Mas Maxime entrara em cena.

Com lágrimas nos olhos, segurei a cabeça entre as mãos. Alexis Clément havia morrido por culpa minha, e nada do que eu pudesse fazer o traria de volta. Fiquei prostrado uns bons dez minutos antes de conseguir raciocinar de novo. Analisei meu equívoco. Vinca tinha um amante que se chamava Alexis. Mas ele não era o professor de filosofia. Parecia quase inacreditável. Óbvio demais para ser verdade, mas ainda assim a única explicação possível.

Mas quem, então? De tanto pensar, lembrei vagamente de um aluno: Alexis Stephanopoulos, ou algo do gênero. Uma espécie de caricatura do grego rico: filho de um armador, durante as férias ele convidava os amigos para acompanhá-lo em cruzeiros pelas Cíclades. Desnecessário dizer que nunca fui junto.

Peguei o *yearbook* do ano escolar 1992-1993 trazido por Pauline Delatour. Ao estilo americano, a obra era uma espécie de anuário fotográfico de todos os alunos e professores que haviam frequentado o liceu naquele ano. Folheei-o febrilmente. Como os nomes estavam em ordem alfabética, encontrei o grego nas primeiras páginas. Antonopoulos (Alexis), nascido em 26 de abril de 1974, na Tessalônica. Sua fotografia o mostrava bem como lembrava: cabelos na altura dos ombros, cacheados, camisa branca, blusão azul-marinho com um brasão no peito. O retrato foi como uma isca que pescou minha memória.

Lembrei que ele era um dos raros garotos inscritos nas classes preparatórias literárias. Um sujeito esportivo, campeão de remo ou esgrima. Um helenista não muito inteligente, mas capaz de recitar de cor trechos de Safo ou Teócrito. Sob o verniz da cultura, Alexis Antonopoulos era um *latin lover* bobão. Era difícil acreditar que Vinca tivesse se perdido por causa daquele tolo. Por outro lado, eu não era a melhor pessoa para opinar sobre o assunto.

E se, por alguma razão que não conseguia entender, o grego me odiasse e odiasse Maxime? Procurei o tablet na mochila, mas eu o deixara no carro alugado, que minha mãe pegara emprestado. Contentei-me com o celular para fazer pesquisas na internet. Foi fácil encontrar o paradeiro de Alexis Antonopoulos num ensaio fotográfico do site *Ponto de Vista* de junho de 2015 dedicado ao casamento do príncipe Carlos Filipe da Suécia. Ao lado da terceira mulher, Antonopoulos era um dos *happy few* convidados para a cerimônia. De foto em foto, consegui esboçar um retrato do sujeito. Metade empresário, metade filantropo, o grego levava uma vida de jet set, dividindo seu tempo entre a Califórnia e as Cíclades. O site da *Vanity Fair* mencionava sua presença quase todos os anos no famoso gala da amfAR. Criada para coletar fundos para a pesquisa da AIDS, a noite de gala tradicionalmente ocorria durante o Festival de Cannes, no prestigioso hotel Eden-Roc. Antonopoulos havia mantido o vínculo com a Côte d'Azur, portanto, mas nada que me permitisse estabelecer algum laço convincente entre ele e nós.

Empacado, decidi mudar de abordagem. No fundo, qual era a raiz de todos os nossos tormentos? A ameaça que a destruição do antigo ginásio fazia pairar sobre nós. A destruição ocorreria no âmbito dos trabalhos faraônicos que deveriam remodelar o liceu com a edificação de um novo prédio de vidro, a construção de um centro esportivo ultramoderno com piscina olímpica e a criação de um jardim paisagístico.

O projeto era uma caveira de burro – vinha sendo pensado há 25 anos –, nunca iniciado porque o liceu nunca conseguia reunir os colossais fundos necessários. Pelo que eu soubesse, o modo de financiamento da instituição havia evoluído com o passar das décadas. Totalmente privado ao ser criado, o liceu Saint-Exupéry se tornara uma estrutura mista, entrando mais ou menos sob a asa da Educação Nacional e recebendo subvenções regionais. Nos últimos anos, porém, ventos de rebelião haviam soprado sobre Saint-Ex. Uma fortíssima vontade de emancipação se apossara dos atores educacionais, que queriam libertar o liceu da burocracia. A eleição do presidente Hollande havia acelerado as coisas. A queda de braço com a administração pública havia levado a uma espécie de secessão. O liceu recuperara a autonomia histórica, mas perdera os financiamentos públicos. As mensalidades escolares haviam aumentado, mas a meu ver representavam uma gota no oceano de dinheiro necessário para financiar as obras previstas. Para esse tipo de projeto, o estabelecimento devia ter recebido uma enorme doação privada. Lembrei das palavras da diretora durante a manhã de lançamento da pedra fundamental. Ela agradecera aos "generosos doadores" que haviam permitido o início da "obra mais ambiciosa que nosso estabelecimento jamais conheceu", mas não mencionara nome algum. Era uma pista a seguir.

Não encontrei nada na internet. Nada diretamente acessível, ao menos. O mais completo silêncio reinava sobre o financiamento das obras. Se quisesse avançar, precisaria trazer Stéphane Pianelli de volta à cena. Enviei ao jornalista um SMS com um resumo de minhas descobertas. Para dar força às minhas palavras, também mandei as fotografias das amostras de caligrafia. A letra de Alexis Clément, em meus trabalhos de filosofia, e a do homem misterioso nas cartas e na dedicatória a Vinca.

Ele me ligou na mesma hora. Atendi com certa apreensão. Pianelli era um excelente parceiro, tinha uma mente alerta que me permitiria ampliar as reflexões, mas, em minha situação, era preciso pisar em ovos. Tinha de compartilhar informações, evitando que elas um dia se voltassem contra mim ou contra Maxime e Fanny.

3.

– Caralho, que loucura! – exclamou Pianelli, com um leve sotaque marselhês. – Como ninguém viu isso?

O jornalista era obrigado a quase gritar para se sobrepor ao barulho do público nas arquibancadas do circuito de Mônaco.

– Os testemunhos e os rumores levavam às mesmas conclusões – falei. – Mas seu amigo Angevin tinha razão: todos se deixaram enganar, desde o início.

Mencionei a fotografia reenquadrada por Dalanegra e a presença de um segundo homem na imagem.

– Espere um pouco, quer dizer que o cara também se chamava Alexis?

– Isso mesmo.

Houve um longo silêncio, durante o qual Pianelli devia estar fazendo cálculos. Eu quase ouvia o som das engrenagens de seu cérebro trabalhando. Levou menos de um minuto para chegar à mesma conclusão que eu.

– Havia outro Alexis em Saint-Ex – ele disse. – Um grego. Zombávamos dele o tempo todo, nós o chamávamos de Rastapopoulos, lembra?

– Alexis Antonopoulos.

– Isso!

– Lembrei dele – falei –, mas me espantaria muito que fosse o sujeito que procuramos.

– Por quê?

– É um pateta. Não consigo enxergar Vinca com esse cara.

– Um pouco precipitado de sua parte, não? Ele era rico, bonito, e duvido que aos dezoito anos as garotas escolhessem os inteligentes... Não lembra como sobrávamos?

Mudei de assunto.

– Algum palpite sobre o financiamento das obras do liceu?

O barulho de fundo diminuiu de repente, como se Pianelli tivesse encontrado um refúgio de silêncio.

– Faz alguns anos que Saint-Ex funciona à moda americana: matrículas exorbitantes, pais ricos que fazem doações para ver seus nomes em prédios e um pequeno número de bolsas para alunos carentes e merecedores para aliviar a consciência.

– Mas as obras vão custar milhões. Como a direção conseguiu reunir essa quantia?

– Imagino que tenha feito um empréstimo de parte desse montante. As taxas de juros estão baixas no momento e...

– Nenhum empréstimo poderia cobrir esse valor, Stéphane. Você não quer ir atrás dessa informação?

Intuindo algum estratagema, ele se esquivou da pergunta.

– Não vejo relação com o desaparecimento de Vinca.
– Faça isso, por favor. Preciso verificar uma coisa.
– Se não me disser o que está procurando, vou andar em círculos.
– Quero saber se alguma pessoa física ou jurídica não teria feito uma doação importante para financiar a construção dos novos prédios, da piscina e do jardim.
– OK, vou colocar um estagiário nisso.
– Não, um estagiário não! É sério e difícil. Peça para alguém aguerrido.
– Confie em mim, o jovem em quem pensei é quase um cão farejador. E ele não carrega no coração a casta que tenta se apropriar de Saint-Ex.
– Um sujeito como você, em suma...
Pianelli deu uma risadinha e perguntou:
– Quem espera encontrar por trás do financiamento?
– Não sei, Stéphane. Mudando de assunto, tenho outra coisa para perguntar. O que acha da morte de Francis Biancardini?

4.

– Acho que foi uma boa coisa e que o planeta conta com um canalha a menos.
Seu comentário provocador não me fez rir.
– Estou falando sério, por favor.
– Não estávamos investigando sobre Vinca? Está brincando de quê, exatamente?
– Vou compartilhar tudo o que sei, prometo. Você acredita na história do assalto que deu errado?
– Um pouco mais depois que a coleção de relógios foi encontrada.
Decididamente, Pianelli estava bem informado. O comissário Debruyne devia ter repassado a informação.
– E?
– Para mim, foi um acerto de contas. Biancardini representava o câncer que assola a Côte d'Azur: especulação, corrupção política, relações suspeitas com a máfia.

Fui firme na defesa de Francis:

— Nisso, está delirando. O laço de Biancardini com a máfia calabresa é *fake news*. Até o procurador Debruyne se deu mal seguindo essa pista.

— Justamente, conheço bem Yvan Debruyne e tive acesso a alguns dossiês.

— Sempre adorei isso: juízes que passam informações a jornalistas. Que coisa linda, o segredo de justiça.

— Esse é outro debate – ele me cortou –, mas o que posso dizer é que Francis estava envolvido até o pescoço. Sabe como os caras da 'Ndrangheta* o chamavam? Whirpool! Porque ele supervisionava a grande máquina de lavagem de dinheiro.

— Se Debruyne tivesse provas sólidas, Francis teria sido condenado.

— Se fosse tão simples... – ele suspirou. – Em todo caso, vi extratos de contas duvidosas, dinheiro indo para os Estados Unidos, exatamente onde a 'Ndrangheta tenta se implantar há anos.

Levei a conversa para outro âmbito:

— Maxime me disse que você o persegue desde que ele anunciou que iria para a política. Por que mexer nos velhos inquéritos sobre seu pai? Você sabe muito bem que Maxime está limpo e que não somos responsáveis pelas ações de nossos progenitores.

— Que fácil seria! – respondeu o jornalista. – Com que dinheiro você acha que Maxime fundou a linda empresinha ecológica e a incubadora de startups? Com que dinheiro você acha que ele vai financiar a campanha? Com o dinheiro sujo que o crápula do Francis ganhou nos anos 1980. A fruta está bichada desde o início, meu caro.

— Então Maxime não pode fazer mais nada?

— Pode fingir que não entendeu, artista.

— Isso é o que nunca gostei em caras como você, Stéphane: a intransigência, o lado justiceiro e sabichão. O Comitê de Salvação Pública versão Robespierre.

— Isso é o que nunca gostei em caras como você, Thomas: a capacidade de esquecer aquilo que os incomoda, a habilidade de nunca se acreditarem culpados de nada.

---

* A máfia calabresa.

Pianelli se tornava cada vez mais virulento. Nossa conversa chegava ao limite entre duas visões de mundo que me pareciam incompatíveis. Eu poderia tê-lo mandado para a puta que o pariu, mas precisava dele. Então, bati em retirada:
— Falaremos sobre isso mais tarde.
— Não entendo por que você defende Francis.
— Porque eu o conhecia melhor do que você. De resto, se quiser saber mais sobre sua morte, posso compartilhar uma informação.
— Você realmente sabe mudar de assunto!
— Conhece Angélique Guibal, jornalista do *L'Obs*?
— Não, o nome não me diz nada.
— Aparentemente, ela teve acesso ao relatório policial. Pelo que li, Francis se arrastou por um mar de sangue e tentou escrever o nome do assassino na porta de vidro.
— Ah, sim, li esse artigo: bobajada da imprensa parisiense.
— Claro, na época das *fake news*, ainda bem que temos o *Nice--Matin* para honrar a profissão.
— Você está brincando, mas não é totalmente mentira.
— Não poderia ligar para Angélique Guibal e conseguir alguma informação nova?
— Acha que os jornalistas compartilham informações sem mais nem menos? Você é amigo de todos os escritores de Paris, por acaso?
Como aquele sujeito podia ser irritante. Sem argumentos, tentei um golpe baixo:
— Se é melhor que os jornalistas parisienses, então prove, Stéphane. Tente conseguir o relatório policial.
— Boa tentativa! Acha mesmo que pode me manipular?
— Foi o que pensei. É só da boca para fora. Não sabia que o Olympique de Marselha tinha medo do Paris Saint-Germain. Com torcedores como você, estamos fritos.
— Do que está falando? Isso não tem nada a ver.
Ele deixou passar alguns segundos, depois aceitou que minha maravilhosa armadilha se fechasse a seu redor.
— Claro que somos melhores que os parisienses – ele se irritou. – Vou conseguir o maldito relatório. Não temos o dinheiro do Qatar, mas somos mais espertos.

A conversa continuou numa espécie de confusão agradável e terminou com aquilo que, para além de nossas diferenças, sempre nos uniria. Em 1993, o Olympique de Marselha havia vencido para seus torcedores a única *verdadeira* copa europeia. Aquela que ninguém jamais poderia nos tirar.

5.

Levantei-me para buscar um café na máquina automática ao fundo da sala. Uma pequena porta de serviço permitia esticar as pernas no pátio. Foi o que fiz e, uma vez na rua, encompridei minha "caminhada" até os prédios históricos: as salas de aula de inspiração gótica, de tijolo vermelho.

Graças a algum tipo de autorização especial, o clube de teatro sempre se reunira na área mais prestigiosa do liceu. Quando cheguei à entrada lateral do prédio, cruzei com alguns alunos que desciam as escadas ruidosamente. Eram seis da tarde. O sol começava a se pôr, e as aulas tinham acabado de terminar. Subi a escada que levava a um pequeno anfiteatro, de onde emanavam notas amadeiradas e defumadas de cedro e sândalo. A sala estava vazia. Por toda volta, emolduradas, fotografias em preto e branco – as mesmas havia 25 anos, de nossos atores mais brilhantes –, bem como cartazes de espetáculos: *Sonho de uma noite de verão, A troca, Seis personagens em busca de um autor...* O clube de teatro do Saint-Exupéry sempre fora elitista e eu nunca me sentira à vontade entre seus membros. Estava longe o dia em que montariam ali *A gaiola das loucas* ou *Fleur de cactus*. Em seus estatutos, o clube dizia aceitar apenas vinte alunos. Eu nunca quis participar, nem quando minha mãe foi codiretora, ao lado de Zélie. Para ser justo com ela, Annabelle havia feito o possível para abrir o clube a mais alunos, bem como a uma cultura menos esclerosada, mas velhos hábitos são difíceis de mudar e ninguém quis de fato que aquele baluarte do bom gosto e do espírito de classe se transformasse num anexo do Def Comedy Jam.

Subitamente, uma porta se abriu atrás do palco e Zélie apareceu. Seria um eufemismo dizer que ela não me viu com bons olhos.

– O que veio fazer aqui, Thomas?

Num instante, fui a seu encontro em cima do estrado.

– Sua acolhida me aquece o coração.

Encarou-me sem piscar.

– Você não está mais em casa. Essa época passou.

– Nunca me senti em casa em lugar algum, então...

– Vai me fazer chorar.

Como eu tinha uma vaguíssima ideia do que estava procurando, lancei uma primeira isca ao acaso:

– Ainda faz parte do conselho de administração?

– Por que quer saber? – ela respondeu, guardando suas coisas numa pasta de couro.

– Se bobear, você deve saber quem está financiando as obras. Imagino que os membros foram consultados e que houve uma votação.

Ela me encarou com interesse renovado.

– Uma primeira quantia foi financiada por um empréstimo – informou. – Foi essa a parte das obras que votamos durante a reunião do conselho.

– E o resto?

Ela deu de ombros, fechando a pasta.

– O resto será votado na hora certa, mas é verdade que não sei de onde a direção pretende tirar esse dinheiro.

Ponto para mim. Sem qualquer transição, faço outra pergunta que me passou pela cabeça:

– Lembra de Jean-Christophe Graff?

– Claro que sim. Era um bom professor – reconheceu. – Um homem frágil, mas um bom sujeito.

Às vezes, Zélie não dizia asneiras.

– Sabe por que ele se suicidou?

Ela me deu nos dedos:

– Você ainda acredita em respostas únicas e racionais para explicar por que as pessoas se matam?

– Antes de morrer, Jean-Christophe me escreveu uma carta. Ele contava ter amado uma mulher, mas que esse amor não era correspondido.

— Amar sem ser amado, a sina de muita gente.
— Vamos falar sério, por favor.
— Estou falando muito sério, infelizmente.
— Você sabia dessa história?
— Jean-Christophe havia comentado algo comigo, sim.

Por um motivo que eu ignorava, Graff, meu mentor, a pessoa mais sutil e generosa que jamais conheci, gostava da companhia de Zélie Bookmans.

— Você conheceu a mulher?
— Sim.
— Quem era?
— Não encha o meu saco.
— É a segunda vez que alguém me diz isso hoje.
— E não vai ser a última, a meu ver.
— Quem era a mulher?
— Se Jean-Christophe não contou para você, não cabe a mim fazê-lo – suspirou.

Ela estava certa. Na época, fiquei triste com isso. Mas sabia a razão.

— Ele não me contou por pudor.
— Bom, então respeite esse pudor.
— Vou dizer três nomes e você me diz se estou enganado, pode ser?
— Não vamos jogar esse jogo. Não manche a memória dos mortos.

Mas eu conhecia Zélie o suficiente para saber que ela não conseguiria resistir a esse jogo perigoso. Porque por alguns segundos a bibliotecária teria um pequeno poder sobre mim.

Acertei. Enquanto colocava o casaco de veludo cotelê, ela mudou de ideia:

— Se fosse dizer um nome, começaria por quem?

O primeiro era óbvio:

— Não era minha mãe, era?
— Não! De onde tirou essa ideia?

Ela desceu do estrado.

– Você?

Ela riu:

– Eu bem que teria gostado, mas não.

Ela atravessou o anfiteatro.

– Feche a porta ao sair, está bem? – pediu, de longe.

Um sorriso malicioso iluminava seu rosto. Eu ainda tinha uma última chance:

– Vinca?

– Errou. *Bye, bye*, Thomas! – ela exclamou, deixando o anfiteatro.

6.

Fiquei sozinho no estrado, diante de um público fantasma. Ao fundo do palco, a porta continuava aberta. Lembrei-me daquela sala, às vezes chamada de "sacristia". Empurrei a porta e constatei que nada havia mudado. Era um ambiente com teto baixo, mas bastante amplo, que servia para tudo: camarim, armazenamento de figurinos e material de cena, conservação dos arquivos do grupo de teatro.

No fundo da sala havia prateleiras metálicas com pastas e caixas de papelão. Cada caixa era dedicada a um ano. Procurei o ano de 1992-1993. Lá dentro, flyers, cartazes e cadernos tipo moleskine com os números da bilheteria de vários espetáculos, canhotos, a manutenção do anfiteatro e dos materiais cenográficos.

Tudo estava metodicamente registrado, não pela letra pequena e apertada de minha mãe, mas pela letra muito maior, arredondada e cheia de voltas de Zélie Bookmans. Peguei o caderno e aproximei-o da única janela da peça para examinar o borderô dos materiais cenográficos. Nada me saltou aos olhos à primeira vista, mas uma segunda leitura me alertou para alguma coisa: no inventário de primavera, no dia 27 de março de 1993, Zélie havia escrito:

1 peruca ruiva faltando

Fiz-me de advogado do diabo – a informação não provava nada, os figurinos se deterioravam rapidamente, devia ser comum que roupas ou acessórios desaparecessem. Mesmo assim. Senti que a descoberta constituía um passo a mais na direção da verdade. Mas uma verdade amarga e sombria, da qual eu me aproximava de costas.

Fechei a porta e saí do anfiteatro para voltar à biblioteca. Guardei minhas coisas na mochila e voltei para o saguão, onde ficava o balcão de empréstimos.

Olhar penetrante, risada levemente forçada, cabelos atirados ostensivamente para trás. Dez metros à minha frente, Pauline Delatour lançava todo o seu charme sobre dois alunos das classes preparatórias. Dois rapazes altos, loiros e fortes que, pelas roupas, palavras e transpiração, estavam voltando de uma disputada partida de tênis.

– Obrigado pela ajuda – falei, devolvendo os números do *Courrier Sud*.

– Um prazer poder ajudar, Thomas.

– Posso ficar com o *yearbook*?

– Está bem, dou um jeito com Zélie, mas pense em devolver.

– Uma última coisa. Faltava um número dos jornais: o de outubro de 1992.

– Também notei. O exemplar não estava no lugar. Procurei para ver se não teria caído atrás das prateleiras, mas não encontrei nada.

Os dois jogadores de tênis me olharam atravessado. Queriam que eu fosse embora logo. Queriam que eu lhes devolvesse a sensual atenção de Pauline.

– Tudo bem – falei.

Já estava de costas quando ela me puxou pela manga.

– Espere! Em 2012, o liceu digitalizou todos os números do *Courrier Sud*.

– Consegue encontrar o de outubro de 1992?

Ela me puxou até sua mesa e os dois atletas, irritados de se verem preteridos, nos deixaram.

– Posso imprimir uma cópia.

– Perfeito. Obrigado.

Ela lançou a impressão, que levou menos de um minuto para ficar pronta, e grampeou as folhas antes de me entregar o documento. Quando estendi a mão para pegá-lo, ela o puxou bruscamente.

– Isso merece um convite para jantar, não?

Eis que se revelava o defeito de Pauline Delatour: uma sedução constante e desenfreada que devia deixá-la insegura e demandar uma energia insana.

– Acho que você não precisa de mim para ser convidada para jantar.

– Quer meu número de celular?

– Não, quero apenas o jornal que você fez a gentileza de imprimir.

Ainda sorrindo, ela escreveu seu número na cópia.

– O que quer de mim, Pauline?

Ela respondeu como se fosse óbvio:

– Eu atraio você, você me atrai, já é um começo, não?

– Não é assim que funciona.

– Faz séculos que é assim que funciona.

Decidi não alimentar aquela conversa. Simplesmente estendi a mão e ela acabou desistindo, entregando o exemplar com seu número. Pensei ter me saído bem, mas ela não resistiu e me presenteou com um insulto.

– Idiota, já vai tarde!

Aquele era meu dia. Esperei voltar ao carro para folhear o jornal. A página que me interessava era a crítica da adaptação de *O perfume*. Escrito pelos alunos, o artigo mencionava *uma representação perturbadora marcada pela intensidade da atuação das duas atrizes*. Mas eram sobretudo as fotos da noite que eu queria ver. Na maior, Vinca e Fanny estavam de frente uma para a outra. Duas garotas de cabelos de fogo. Quase gêmeas. Lembrei de *Um corpo que cai*, de Hitchcock, e da dupla Madeleine Elster e Judy Barton: as duas faces de uma mesma mulher.

No palco, Vinca parecia fiel a si mesma, Fanny estava metamorfoseada. Voltei a pensar na conversa que tivera com ela no início da tarde. Um detalhe me voltou à mente e entendi que ela estava longe de ter me contado toda a verdade.

A MORTE E A DONZELA

13

A Praça da Catástrofe

*Há momentos em que não existe
nem beleza nem bondade na verdade.*
Anthony Burgess

1.
19 horas.
   Deixei o liceu para dar mais uma passada no hospital de La Fontonne. Dessa vez, evitei a recepção e subi direto ao setor de cardiologia. Assim que saí do elevador, dei de cara com uma enfermeira de calça e bata rosa, que me interpelou:
   – O senhor é filho de Annabelle Degalais!
   Pele escura, cabelos trançados com fios loiros, sorriso radiante: a jovem espalhava uma luz alegre pelo ambiente opaco do hospital. Uma Lauryn Hill na fase *Killing Me Softly*.
   – Eu me chamo Sophia – ela disse. – Conheço bem sua mãe. Sempre que ela vem nos ver, fala do senhor!
   – Deve estar me confundindo com meu irmão, Jérôme. Ele trabalha para o Médicos Sem Fronteiras.
   Estava acostumado com os louvores de minha mãe ao filho mais velho e não tinha dúvida de que Jérôme merecia seus elogios. De todo modo, impossível competir de igual para igual com uma pessoa que todos os dias salva vidas em países devastados pela guerra ou por catástrofes naturais.

– Não, não, é do senhor que ela fala: o escritor. Até consegui um autógrafo seu por intermédio de sua mãe.

– Acho difícil.

Mas Sophia não desistiu:

– Estou com o livro na sala das enfermeiras! Venha ver, fica aqui perto.

Como ela havia despertado minha curiosidade, segui-a pelo corredor até uma sala comprida e estreita. Ali, ela me estendeu um exemplar de *Alguns dias com você*, meu último romance. De fato, havia uma dedicatória: *Para Sophia, na esperança de que essa história desperte prazer e reflexão. Um abraço, Thomas Degalais*. A letra não era minha, mas de minha mãe! Uma imagem surrealista passou por minha mente: minha mãe imitando minha assinatura para responder aos pedidos de meus leitores.

– Assinei vários assim?

– Uns dez. Muita gente lê seus livros aqui no hospital.

Aquele comportamento me deixou intrigado. Alguma coisa não batia.

– Faz tempo que minha mãe se trata aqui?

– Desde o Natal passado, acho. A primeira vez que cuidei dela foi durante o plantão de Ano Novo. Ela teve uma crise no meio da noite.

Guardei a informação num canto da mente.

– Estou procurando Fanny Brahimi.

– A doutora acabou de sair – respondeu Sophia. – Quer falar sobre sua mãe?

– Não. Fanny é uma amiga de longa data, estudamos juntos desde o primário.

Sophia balançou a cabeça.

– Sim, a doutora me disse isso, quando me colocou a serviço de sua mãe. Que pena, o senhor a perdeu por pouco.

– Preciso vê-la, é importante. A senhora teria seu número de celular?

Sophia hesitou, com um sorriso de quem pede desculpas:

– Não estou autorizada a passar seu número, na verdade. Mas se fosse o senhor, daria uma volta por Biot...

— Por quê?

— É sábado à noite. Ela costuma jantar na Praça das Arcadas, com o doutor Sénéca.

— Thierry Sénéca? O biomédico?

— Sim.

Eu lembrava dele: um aluno das classes científicas, que estudara em Saint-Ex um ou dois anos antes de nós. Tinha um laboratório de análises clínicas em Biot 3000, a zona de serviços ao pé da cidade. Era lá que meus pais tiravam sangue e faziam exames.

— Então Sénéca é o namorado de Fanny? – perguntei.

— Podemos dizer que sim – ela assentiu, um pouco constrangida, sem dúvida ciente de ter falado demais.

— OK, muito obrigado.

Estava na outra ponta do corredor quando Sophia lançou um gentil:

— Quando sai o próximo romance?

Fingi não ter ouvido e entrei no elevador. Normalmente, gostava que me fizessem aquela pergunta, uma espécie de piscadela cúmplice dos leitores para mim. Mas, quando as portas do elevador se fecharam, entendi que nunca mais haveria um próximo romance. Segunda-feira, o cadáver de Alexis Clément seria encontrado e eu seria encarcerado por quinze ou vinte anos. Junto com a liberdade, perderia a única coisa que me fazia sentir vivo. Para fugir desses pensamentos, peguei maquinalmente o celular. Havia uma chamada não atendida de meu pai – que nunca me ligava – e um SMS de Pauline Delatour, que dera um jeito, não sei como, de conseguir meu número: "Desculpe por antes. Não sei o que me deu. Às vezes digo umas bobagens. P.S.: encontrei um título para o seu próximo livro sobre Vinca: *A garota e a noite*".

2.

Peguei o carro e segui para Biot. Foi difícil me concentrar na estrada. Toda a minha atenção estava voltada para a fotografia do jornal do liceu. Com a peruca ruiva, Fanny – que sempre foi loira – ficava perturbadoramente parecida com Vinca. Não era apenas pela cor dos cabelos, era a atitude, a expressão do rosto, o porte. A semelhança me fez lembrar os exercícios de improvisação que minha mãe propunha aos alunos do clube de teatro. Criações de situações reais e dinâmicas que os jovens adoravam. A atividade consistia em encarnar vários personagens sucessivos, que se cruzavam na rua, numa parada de ônibus, num museu. Era chamada de jogo do camaleão, e Fanny se destacava.

Uma hipótese se formou em minha mente. E se Fanny e Vinca tivessem trocado de lugar? E se, naquela fatídica manhã de domingo, Fanny é que tivesse pegado o trem para Paris? Uma ideia extravagante, mas não impossível. Sabia de cor os testemunhos dos interrogados durante o inquérito. O que haviam dito o zelador do liceu, os funcionários municipais, os passageiros do TGV para Paris e o recepcionista noturno do hotel? Todos diziam ter cruzado com uma *jovem ruiva*, uma *ruiva bonita*, uma *garota de olhos claros e cabelos vermelhos*. Descrições suficientemente vagas para caber em minha hipótese. Talvez tivesse encontrado a pista que procurava havia tantos anos! A possibilidade racional de Vinca ainda estar viva. Durante todo o trajeto, repassei mentalmente essa conjectura, para torná-la mais real. Por alguma razão que eu desconhecia, Fanny havia encoberto a fuga de Vinca. Todos haviam procurado Vinca em Paris, mas ela talvez nunca tivesse pegado o trem.

Cheguei à entrada de Biot quando o sol estendia seus últimos raios. O estacionamento público estava lotado. Com os pisca-alertas ligados, uma série de carros em fila dupla esperava por vagas. Depois de dar duas voltas na cidade sem conseguir estacionar, desci resignado o Chemin des Bachettes, que mergulhava no pequeno vale de Combes. Finalmente encontrei um lugar, oitocentos metros abaixo, em frente às quadras de tênis. Só me restava subir correndo a pequena elevação: uma encosta suave que me deixou de pernas bambas e sem fôlego. Estava quase no fim de meu calvário quando recebi uma ligação de meu pai.

– Estou preocupado, Thomas. Sua mãe ainda não voltou. Não é normal. Ela saiu só para fazer umas compras.

– Você ligou para ela, imagino?

– Ela deixou o telefone em casa, justamente. O que posso fazer?
– Não sei, pai. Tem certeza de que não está se preocupando à toa?

Fiquei surpreso com sua reação, porque minha mãe estava sempre dando alguma volta ou indo para algum lugar. No início dos anos 2000, ela se associara a uma ONG ligada à escolarização de meninas na África e estava quase sempre fora de casa, o que nunca parecera perturbar seu marido.

– Não – respondeu Richard. – Temos convidados e ela nunca me deixaria na mão assim!

Eu estava entendendo bem? Richard reclamava porque a mulher não estava em casa para cuidar das tarefas domésticas!

– Se está realmente preocupado, comece ligando para os hospitais.
– Está bem – ele resmungou.

Quando desliguei, tinha enfim chegado à entrada da zona de pedestres. A cidade era ainda mais pitoresca do que eu lembrava. Embora restassem alguns vestígios da antiga presença dos Templários, fora sobretudo a população do norte da Itália que moldara a arquitetura local. Naquela hora do dia, as cores ocres e patinadas das fachadas aqueciam as ruelas pavimentadas, dando aos visitantes a impressão de estar numa cidadezinha da região de Savona ou Gênova.

A rua principal tinha lojas que ofereciam os eternos produtos provençais (sabonetes, perfumes, artesanatos em madeira de oliveira), mas também galerias de arte com obras de vidreiros, pintores e escultores locais. À frente do terraço de uma loja de vinhos, uma jovem com um violão massacrava alegremente o repertório dos Cranberries, mas as pessoas ao redor, que batiam o ritmo com as mãos, deixavam aquele início de noite cheio de bom humor.

Para mim, no entanto, Biot permanecia associada a uma lembrança bem específica. No sexto ano, apresentei o primeiro trabalho oral de minha vida escolar sobre uma história local que sempre me fascinara. No final do século XIX, sem motivo aparente, um grande imóvel de uma das ruas da cidade subitamente desabara. A tragédia acontecera ao anoitecer, quando os moradores haviam se reunido para celebrar a primeira comunhão de um dos filhos em torno de uma refeição. Em poucos segundos, os infelizes foram esmagados e enterrados vivos. As equipes de salvamento tiraram dos escombros cerca de trinta cadáveres. A tragédia deixou marcas tão profundas que, um século depois, o trauma ainda era visível, pois ninguém ousara reconstruir coisa alguma no lugar das ruínas. Obstinadamente vazio, o terreno se tornara conhecido como *Praça da Catástrofe*.

Quando cheguei à Praça das Arcadas, fiquei surpreso de encontrá-la do mesmo jeito que eu a vira 25 anos atrás. Comprida e estreita, estendia-se até a igreja Sainte-Marie-Madeleine, cercada por duas galerias com arcadas encimadas por pequenos edifícios coloridos de dois ou três andares.

Não precisei procurar muito por Thierry Sénéca. Sentado à uma mesa do café Les Arcades, me fez um sinal, como se fosse eu, e não Fanny, que estivesse esperando. Cabelos castanhos e curtos, nariz reto, cavanhaque bem aparado, Sénéca quase não havia mudado. Tinha um estilo *cool* de se vestir: calças de algodão, camisa de mangas curtas, blusão nos ombros. Dava a impressão de ter acabado de sair de um barco e lembrava as velhas propagandas da marca Sebago, ou os cartazes eleitorais de minha adolescência, nos quais candidatos do partido RPR tentavam se fazer passar por sujeitos simpáticos e descontraídos. O resultado costumava ser o oposto da intenção original.

– Oi, Thierry – falei, entrando na passagem coberta.

– Boa noite, Thomas. Quanto tempo.

– Estou procurando por Fanny. Parece que ela costuma jantar com você.

Com um gesto, convidou-me a sentar à sua frente.

– Deve estar chegando. Ela me disse que vocês se viram hoje pela manhã.

Rosado, o céu projetava uma luz acastanhada sobre as velhas pedras. Aromas saborosos de sopa de legumes ao pesto e de ensopados passavam por nós.

– Não se preocupe, não vou estragar a noite de vocês. Só preciso verificar uma coisa com ela, vou levar dois minutos.

– Sem problema.

O café Les Arcades era uma verdadeira instituição de Biot. Picasso, Fernand Léger e Chagall haviam sido clientes da casa. As mesas, com toalhas xadrez, se espalhavam vibrantemente por toda a praça.

– O serviço continua bom? Vinha muito aqui com meus pais.

– Então vai gostar de saber que faz quarenta anos que o cardápio continua o mesmo.

Trocamos impressões sobre os pimentões ao óleo, as flores de abobrinha empanadas, o coelho às ervas e sobre a beleza das vigas aparentes que sustentavam a galeria externa. Depois, houve um longo silêncio, que decidi preencher.

– Tudo bem no laboratório?

– Não se preocupe em puxar papo, Thomas – respondeu, num tom quase agressivo.

Como Pianelli pela manhã, o biomédico pegou um cigarro eletrônico e começou a puxar baforadas com cheiro de caramelo. Perguntei-me o que pensariam homens como Francis ou meu pai de sujeitos que fumavam coisas com cheiro de bombom e bebericavam *smoothies* detox sabor espinafre em vez de uma dose de uísque.

– Conhece a velha teoria sem pé nem cabeça da alma gêmea? – retomou Thierry Sénéca, desafiando-me com o olhar. – A que diz que estamos todos em busca de nossa perfeita cara-metade. A única pessoa capaz de nos curar para sempre da solidão.

Respondi, imperturbável:

– Do *Banquete*, de Platão, que a atribui a Aristófanes. Não acho que seja sem pé nem cabeça. É poética, gosto de sua simbologia.

– Sim, esqueci que você sempre foi o grande romântico do pedaço – ele zombou.

Sem entender aonde queria chegar, deixei-o continuar:

– Então, Fanny também acredita nela, sabe. Entendo que alguém possa pensar assim aos treze ou catorze anos, mas beirando os quarenta é um problema.

– O que está tentando me dizer, Thierry?

– Algumas pessoas ficam presas em algum lugar do passado. Pessoas para quem o tempo não passa.

Fiquei com a impressão de que Sénéca estava falando de mim, mas que não era de mim que queria falar.

– Sabe em que Fanny acredita, bem no fundo de si mesma? Ela acredita que um dia você vai voltar para ela. Ela realmente acredita que uma bela manhã você vai se dar conta de que ela é a mulher de sua vida e que vai pegar seu cavalo branco para levá-la a um destino melhor. Em psiquiatria, chamamos isso de...

– Acho que está exagerando um pouco – interrompi.

– Antes estivesse...

– Faz tempo que vocês estão juntos?

Pensei que fosse me mandar à merda, mas ele escolheu a via da sinceridade:

– Cinco ou seis anos. Tivemos verdadeiros períodos de felicidade. Momentos mais difíceis também. Mas, sabe, mesmo quando estamos bem, mesmo quando vivemos uma coisa legal, é sempre em você que ela pensa. Fanny não consegue não pensar que a coisa seria mais intensa, mais *completa* com você.

Com os olhos baixos, a garganta apertada, Thierry Sénéca falava com voz surda. Seu sofrimento não era fingido.

– É difícil competir com você, sabe, *o garoto diferente dos outros*. Mas o que você tem de diferente, Thomas Degalais, além de ser um destruidor de relacionamentos e um vendedor de sonhos?

Ele me olhou com uma mistura de raiva e aflição, como se eu fosse ao mesmo tempo a causa de seu mal-estar e seu potencial salvador. Nem tentei me justificar, tanto o que ele dizia me parecia absurdo.

Ele coçou o cavanhaque e tirou o celular do bolso para me mostrar a foto que tinha como tela de fundo: um garoto de oito ou nove anos, que jogava tênis.

– Seu filho?

– Sim, Marco. A mãe tem a guarda principal e o levou para a Argentina, onde ela vive com o novo marido. É difícil não poder vê-lo com tanta frequência.

A história era comovente, mas aquela súbita demonstração de afeto da parte de uma pessoa com quem eu nunca tivera intimidade me deixou desconfortável.

– Quero outro filho – afirmou Sénéca. – Gostaria que fosse com Fanny, mas um obstáculo me impede de conseguir isso. E esse obstáculo é você, Thomas.

Tive vontade de responder que não era psicólogo e que o obstáculo devia ser *ele* se Fanny não queria filhos, mas o sujeito estava tão triste e ansioso que não tive coragem de ser maldoso.

– Não vou esperar para sempre – falou.

– Esse é um problema de vocês, não s...

Não concluí a frase. Fanny acabara de aparecer nas arcadas, mas ficou paralisada ao nos ver juntos. Ela me fez um sinal – *siga-me* –, atravessou a praça e entrou na igreja.

– Que bom que veio, Thomas – disse o biomédico quando me levantei. – Algo ficou em aberto à época e espero que você dê um jeito nisso hoje à noite.

Saí sem me despedir e atravessei o adro de pedras cinzentas e rosadas para seguir Fanny ao interior do templo.

3.

Na entrada, o cheiro de incenso e madeira defumada me mergulhou numa atmosfera de recolhimento. A igreja era bonita em sua simplicidade: tinha uma escadaria que, do pórtico principal, descia até a nave. Sentada nos degraus da base, Fanny me esperava à frente de um enorme porta-círios em que ardiam dezenas de velas.

O lugar mais apropriado para uma confissão?

Usava o mesmo conjunto de jeans, sapatos e camisa que eu vira de manhã. Abotoara o trench-coat e mantinha os joelhos dobrados contra o peito, como se estivesse morrendo de frio.

– Oi, Fanny.

Tinha o rosto pálido, os olhos inchados, o rosto desfeito.

– Precisamos conversar, não é mesmo?

Meu tom soou mais duro do que eu queria. Ela fez que sim com a cabeça. Pensei em perguntar sobre a hipótese que havia tecido no carro, mas ela ergueu os olhos para mim – e a aflição que li em seu rosto me assustou tanto que, pela primeira vez, tive dúvida se queria de fato conhecer a verdade.

– Eu menti, Thomas.

– Quando?

– Hoje, ontem, anteontem, há vinte e cinco anos... Menti o tempo todo. Nada do que contei hoje corresponde à verdade.

– Você mentiu quando disse que sabia que havia um cadáver na parede do ginásio?

– Não, isso era verdade.

Acima dela, iluminados pelas velas, os painéis de um antigo retábulo exibiam um brilho alaranjado. No centro do quadro de madeira dourada, uma Virgem da Misericórdia segurava o Menino Jesus numa mão e um rosário vermelho na outra.

– Faz 25 anos que sei que há um cadáver emparedado na sala de esportes – acrescentou.

Desejei que o tempo parasse. Que não me contasse mais nada.

– Mas, até você me dizer, não sabia que o de Alexis Clément também estava lá – continuou Fanny.

– Não entendo.

Não quero entender.

– Há dois cadáveres naquela porcaria de parede! – ela gritou, levantando-se. – Não sabia de Clément, Ahmed não me contou nada, mas sabia do outro.

– Que outro cadáver?

Sabia o que ela ia dizer, e meu cérebro cogitava maneiras de recusar a verdade.

– O de Vinca – ela acabou dizendo.

– Não, está enganada.

– Dessa vez estou dizendo a verdade, Thomas: Vinca está morta.

– E quando ela teria morrido?

– Na mesma noite em que Alexis Clément. No fatídico sábado, 19 de dezembro de 1992, o dia da tempestade de neve.

– Como pode ter tanta certeza?

Fanny olhou para o painel da Virgem com o rosário. Atrás de Maria, dois anjos aureolados abriam as abas de seu manto, convidando os mais humildes a encontrar refúgio em seu interior. Naquele momento, senti vontade de me unir a eles, para escapar à dor da verdade. Mas Fanny ergueu o rosto, olhou-me nos olhos e, numa frase, destruiu tudo o que era importante para mim:

– Porque eu a matei, Thomas.

Fanny

Sábado, 19 de dezembro de 1992.
Residência estudantil Nicolas-de-Staël.

Podre de cansada, encadeio bocejo atrás de bocejo. As páginas de anotações de minhas aulas de biologia molecular dançam diante de meus olhos, mas meu cérebro não consegue mais digeri-las. Luto para não pegar no sono. O frio me gela até os ossos. Prestes a parar de funcionar, meu aquecedor elétrico cospe um ar poeirento e morno. Ligo uma música para ficar acordada. No aparelho de som, a melancolia profunda do The Cure emenda canção após canção: *Disintegration, Plainsong, Last Dance...* Um espelho de minha alma solitária.

Com a manga do blusão, limpo o embaçado da janela do quarto. Na rua, a paisagem parece irreal. O campus está deserto e silencioso, imobilizado por uma crosta de madrepérola. Por um momento, meu olhar se perde no horizonte, para além do céu cinza-pérola de onde caem alguns flocos.

Meu estômago é corroído por queimaduras e roncos. Não me alimento desde ontem. Meu armário e minha geladeira estão vazios, pois não tenho um centavo no bolso. Sei que preciso dormir um pouco e parar de colocar meu despertador para as quatro e meia da manhã, mas a culpa me impede. Penso no programa de revisão que elaborei para essas duas semanas de férias. Penso nessa porcaria de primeiro ano de medicina, que vai acabar com dois terços dos alunos de minha turma. E me pergunto se estou no lugar certo. Minha vocação é mesmo ser médica? Que direção minha vida tomará se eu rodar nessa prova? Sempre que penso no futuro, vejo uma paisagem apagada e triste. Nem mesmo uma planície invernal, mas uma paleta infinita de cinzas. De concreto, prédios, autoestradas e despertadores para as cinco da manhã. De salas de hospital, de gosto ruim na boca ao acordar, de corpo pesado, ao lado da pessoa errada. Sei que é o que me espera, pois nunca tive a leveza, a despreocupação e o otimismo alardeados por muitos alunos do liceu. Sempre que penso no futuro, vejo medo, tédio, vazio, fuga, dor.

*

De repente, vejo você, Thomas! Atrás do vidro, seu vulto dobrado pelo vento se destaca no meio da brancura leitosa da tarde de inverno. E, como sempre, meu coração pula no peito e meu humor melhora. De uma só vez, perco o sono. De uma só vez, sinto vontade de viver e seguir em frente. Porque somente com você minha vida pode ser serena, promissora, cheia de planos, viagens, sol e risos de crianças. Pressinto a existência de um caminho estreito para a felicidade, mas eu só poderia segui-lo com você. Não sei que tipo de magia faz com que o sofrimento, a lama, a escuridão que carrego em mim desde a infância pareçam se apagar quando estamos juntos. Mas sei que sem você sempre estarei sozinha.

De repente, vejo você, Thomas, mas a ilusão se dissipa assim que se forma e entendo que você não está vindo *por mim*. Ouço você subir as escadas e entrar no quarto *dela*. Você nunca mais vem por mim. Você vem pela Outra. Por *Ela*. Sempre por *Ela*.

Conheço Vinca melhor do que você. Sei que ela tem algo no olhar, no jeito de caminhar, de puxar uma mecha para trás da orelha, de entreabrir levemente a boca para sorrir sem sorrir. E sei que esse algo, além de nefasto, é mortal. Minha mãe tinha a mesma coisa: uma aura maléfica que enlouquece os homens. Você não sabe, mas quando ela nos deixou, meu pai tentou se matar. Ele se atirou na armação enferrujada de um bloco de concreto. Por causa do seguro, sempre afirmamos ter sido um acidente de trabalho, mas foi uma tentativa de suicídio. Depois de todas as humilhações pelas quais passou com minha mãe, o idiota ainda quis mostrar que não poderia viver sem ela e que estaria disposto a abandonar os três filhos menores de idade.

Você é diferente, Thomas, mas precisa se libertar dessa influência antes que ela o destrua. Antes que o faça fazer coisas que você lamentará pelo resto da vida.

*

Você bate à porta e vou abrir.
– Oi, Thomas – digo, tirando os óculos.
– Oi, Fanny, preciso de ajuda.
Você me explica que Vinca está se sentindo mal, que precisa de companhia e remédios. Pega minha caixa de medicamentos e pede que eu prepare um chá para ela. Como uma idiota, a única coisa que consigo dizer é *pode deixar*. E, como meu chá acabou, me vejo obrigada a pegar um saquinho usado do lixo.

Só sirvo só para isso, claro: colocar-me a serviço de Vinca, o pobre pássaro ferido. Quem você pensa que sou? Éramos felizes antes que ela viesse canibalizar nossas vidas! Olhe o que nos faz fazer! Olhe o que você me obriga a fazer para chamar sua atenção e deixá-lo com ciúme: é *você* quem me atira para os braços de todos os caras com quem saio. É você quem me obriga a me fazer mal.

Seco as lágrimas antes de sair para o corredor. Você me atropela sem pedir desculpas e, sem me dirigir a palavra, desce as escadas correndo.

*

Pronto. Estou no quarto de Vinca e me sinto uma idiota, sozinha com minha xícara de chá. Não ouvi a conversa entre vocês, mas adivinho que ela repetiu o mesmo refrão de sempre. Aquele que ela domina à perfeição, manipulando as pessoas como marionetes e representando o papel da pobre vítima.

Coloco a maldita xícara de chá na mesinha de cabeceira e olho para Vinca, que está dormindo. Uma parte de mim compreende o desejo que ela inspira. Uma parte de mim quase sentiria vontade de deitar a seu lado, de acariciar sua pele diáfana, de experimentar sua boca vermelha, seus lábios carnudos, beijar seus longos cílios curvos. Mas outra parte de mim a odeia e me faz dar um passo para trás quando, por um segundo, a imagem de minha mãe se sobrepõe à dela.

*

Preciso voltar a estudar, mas algo me mantém naquele quarto. Vejo uma garrafa de vodca pela metade abandonada no parapeito da janela. Bebo dois goles no gargalo. Depois, começo a bisbilhotar: inspeciono os papéis espalhados em cima da mesa, percorro a agenda de Vinca. Abro os armários, experimento algumas roupas e descubro o conteúdo de sua caixa de remédios. Não fico muito surpresa ao encontrar soníferos e ansiolíticos.

Ela tem a panóplia da junkie perfeita: Rohypnol, Tranxilene, Lorazepam. Embora as duas últimas caixas estejam quase vazias, o tubo do hipnótico está bem cheio. Pergunto-me como ela conseguiu esses remédios. Sob as embalagens, encontro receitas antigas redigidas por um médico de Cannes, o dr. Frédéric Rubens. O sujeito claramente prescreve drogas como se fossem doces.

Conheço as propriedades do Rohypnol. Seu princípio ativo, o flunitrazepam, é prescrito para tratar insônias severas, mas, como vicia e tem uma meia-vida muito longa, seu uso deve ser limitado. Não é um remédio a ser tomado levianamente ou por longo período de tempo. Sei que também é utilizado como alucinógeno quando misturado ao álcool, ou à morfina. Nunca tomei, mas ouvi falar que os efeitos são devastadores: perda de controle, comportamentos erráticos e ausência total de lembranças. Um de nossos professores, um médico socorrista, nos disse que cada vez mais pacientes chegam ao hospital por superdosagem, e que o Rohypnol às vezes é utilizado por estupradores para acabar com as defesas de suas vítimas e fazê-las perder a memória. Uma anedota circulava na região: durante uma *rave party* no interior de Grasse, uma garota tomara uma dose alta demais e se imolara no fogo antes de se atirar de uma falésia.

Estou tão exausta que não consigo pensar direito. Em dado momento, sem saber como aquilo me ocorre, brinco com a ideia de dissolver os comprimidos de benzodiazepina no chá. Não quero matar Vinca. Quero apenas que ela desapareça da minha vida e da sua. Às vezes sonho que um carro a atropela, ou que ela se suicida. Não quero matá-la e, no entanto, pego um punhado de comprimidos. Da minha mão eles passam para a xícara quente. Tudo isso em poucos segundos, como se eu fosse duas pessoas, como se estivesse fora da cena e outra parte de mim realizasse o gesto.

Fecho a porta e volto para o meu quarto. Não me aguento em pé. Dessa vez, o cansaço me derruba. Deito na cama. Pego meu fichário e minhas anotações de anatomia. Preciso estudar, preciso me concentrar nos conteúdos, mas meus olhos se fecham sozinhos e o sono me vence.

*

Quando acordo, está escuro. Estou encharcada, como se tivesse tido uma febre alta. O relógio marca meia-noite e meia. Não consigo acreditar que dormi direto por oito horas. Não sei se você voltou nesse meio-tempo, Thomas. E não sei como Vinca está.

Tomada de terror retrospectivo, vou bater à porta do quarto dela. Como ninguém responde, decido entrar. Em cima da mesa de cabeceira, a xícara está vazia. Vinca ainda dorme, na mesma posição em que a deixei. Ao menos é nisso que tento acreditar, mas, quando me inclino sobre ela, constato que seu corpo está frio e que ela não respira mais. Meu coração para de bater, uma onda de choque me derruba. Desabo.

Talvez tenha sido o destino. Talvez as coisas precisassem acabar assim: com a morte e o medo. E sei o que vai acontecer agora: acabar, eu também. Livrar-me para sempre desse sofrimento insidioso que há tempo demais me acompanha. Escancaro a janela do pequeno quarto. O frio glacial me invade, me morde, me devora. Passo uma perna para pular, mas não consigo ir até o fim. Como se a Noite, depois de me cheirar, não me quisesse. Como se a própria morte não tivesse tempo a perder com minha insignificante pessoa.

*

Desvairada, atravesso o campus como uma zumbi. O lago, a Praça das Castanheiras, os prédios administrativos. Tudo está escuro, apagado, sem vida. Menos o escritório de sua mãe. E é ela que procuro, justamente. Atrás do vidro, percebo seu vulto. Chego mais perto. Ela está em plena discussão com Francis Biancardini. Quando me vê, entende imediatamente que alguma coisa grave aconteceu. Francis e ela vêm até mim. Não me aguento em pé. Caio nos braços deles e conto tudo. Frases incoerentes, entrecortadas por soluços. Antes de avisar o serviço de urgência, eles correm ao quarto de Vinca. Francis é o primeiro a inspecionar o corpo. Com a cabeça, confirma que não adianta chamar uma ambulância.

É nesse momento que desmaio.

*

Quando recupero os sentidos, estou deitada no sofá do escritório de sua mãe, com uma coberta nos joelhos.

Annabelle está a meu lado. Sua calma me surpreende, mas me tranquiliza. Sempre gostei dela. Desde que a conheço, sempre foi muito generosa e bondosa comigo. Ela me apoia e ajuda em minhas escolhas. Foi graças a ela que consegui aquele quarto universitário. Ela me deu confiança para ousar começar os estudos de medicina e até me consolou quando você se afastou de mim.

Pergunta se me sinto melhor e me pede para contar exatamente o que aconteceu.

– Não deixe de fora nenhum detalhe.

Obedeço e revivo o encadeamento fatal que levou à morte de Vinca. Meu ciúme, meu momento de loucura, a superdose de Rohypnol. Quando tento justificar meu gesto, ela coloca um dedo em cima de minha boca.

— Seu arrependimento não a trará de volta. Alguém mais além de você viu o corpo de Vinca?

— Talvez Thomas, mas acho que não. Éramos as únicas no prédio a não ter saído de férias.

Coloca a mão em meu antebraço, tenta captar meu olhar e diz com gravidade:

— O próximo passo será o mais importante de sua vida, Fanny. Além de ter que tomar uma decisão difícil, vai ter que tomá-la rapidamente.

Não tiro os olhos dela, sem conseguir imaginar o que vai dizer.

— Você tem duas opções. A primeira é chamar a polícia e contar a verdade. Passará a noite numa cela. Durante o julgamento, será massacrada pela procuradoria e pela opinião pública. A imprensa seguirá o caso com fervor. Você será a garota diabólica e ciumenta, o monstro que matou a sangue-frio a melhor amiga, a rainha do liceu, adorada por todos. Você é maior de idade, será condenada a uma longa sentença.

Fico apavorada, mas Annabelle continua.

— Quando sair da prisão, terá 35 anos e, pelo resto da vida, será a "assassina". Ou seja, sua vida terá acabado antes mesmo de começar. Hoje, você entrou num inferno do qual nunca mais sairá.

Sinto que estou afundando. Que recebi um golpe na cabeça, que engulo água e não consigo respirar. Fico em silêncio por um minuto antes de conseguir articular:

— Qual a segunda opção?

— Lutar para sair do inferno. E estou disposta a ajudar.

— Mas como?

Sua mãe se levanta.

— Esse não é um problema diretamente seu. Primeiro, sumiremos com o corpo de Vinca. Quanto menos você souber, melhor.

— Ninguém consegue fazer um corpo desaparecer sem mais nem menos – digo.

Nesse momento, Francis entra no escritório e coloca em cima da mesa de centro um passaporte e um cartão de crédito. Ele pega o telefone, digita um número e coloca no viva-voz:

– Hotel Sainte-Clotilde, boa noite.
– Boa noite, quero saber se vocês teriam um quarto para amanhã à noite, para duas pessoas.
– Ainda temos um, mas é o último – anuncia o recepcionista, antes de dizer o preço.

Satisfeito, Francis diz que fica com o quarto. Ele faz a reserva no nome de Alexis Clément.

Sua mãe olha para mim e me faz entender que a engrenagem começou a andar e que só espera um sinal de minha parte para seguir em frente.

– Você tem dois minutos para pensar – ela me diz.
– Não preciso de dois minutos para escolher entre o inferno e a vida.

Vejo por seu olhar ser a resposta que esperava. Volta a sentar-se no meu lado, me pega pelos ombros.

– Você precisa entender algo. As coisas só vão dar certo se fizer exatamente o que eu disser. Sem fazer perguntas e sem querer motivos e explicações. Essa é a única condição, mas é inegociável.

Ainda não sei como o plano pode dar certo, mas tenho a impressão quase inimaginável de que Annabelle e Francis têm a situação sob controle e podem remediar o irremediável.

– Se cometer algum deslize, acabou – avisa Annabelle, solene. – Além de ir para a prisão, levará Francis e eu com você.

Concordo em silêncio, depois pergunto o que devo fazer.

– O plano, por enquanto, é dormir para estar em forma amanhã – responde.

*

Quer saber o que foi muito estranho? Dormi muito bem naquela noite.

No dia seguinte, quando sua mãe me acordou, estava usando jeans e uma jaqueta masculina. Prendera os cabelos num coque e colocara tudo para dentro de um boné com viseira. O boné de um time de futebol alemão. Quando me estendeu a peruca ruiva e o blusão rosa de bolinhas de Vinca, entendi o plano. Seria como os exercícios de improvisação que fazíamos no clube de teatro, quando ela nos pedia para entrarmos na pele de outra pessoa. Aquele, inclusive, era seu método de distribuir os papéis numa peça. Dessa vez, no entanto, a improvisação não duraria cinco minutos, mas um dia inteiro, e o que estaria em jogo não seria um papel teatral, mas minha vida.

Ainda lembro do que senti ao colocar as roupas de Vinca e a peruca. Uma sensação de plenitude, de excitação e de realização. *Eu era* Vinca. Tinha sua leveza, seu desembaraço, sua agilidade mental e aquela espécie de frivolidade elegante que só ela tinha.

Sua mãe pegou o volante do Alpine e deixamos o campus. Abaixei o vidro para saudar o zelador quando ele levantou a cancela, e fiz um sinal aos dois funcionários municipais que limpavam a rotatória. Chegando à estação de Antibes, constatamos que, para suprir os cancelamentos da véspera, a SNCF havia disponibilizado um trem suplementar para Paris. Sua mãe comprou dois bilhetes. A viagem para a capital passou num piscar de olhos. Caminhei por todos os vagões, o suficiente para ser notada e vagamente lembrada, mas nunca ficando tempo demais no mesmo lugar. Ao chegar a Paris, sua mãe me disse que havia escolhido o hotel da rua Saint-Simon porque se hospedara lá seis meses antes e o recepcionista da noite era um homem mais velho que seria fácil de enganar. De fato, quando chegamos, por volta das dez da noite, pedimos para pagar o quarto adiantado, dizendo que sairíamos bem cedo no dia seguinte. Deixamos vestígios suficientes para trás, para que acreditassem que Vinca realmente estivera ali. Tive a ideia de pedir uma Cherry Coke; sua mãe tomou a iniciativa de esquecer a *nécessaire* com uma escova de cabelo com o DNA de Vinca.

Quer saber o que foi ainda mais estranho? Aquele dia – que encerrei tomando duas cervejas e um comprimido de Rohypnol – foi um dos mais inebriantes de minha vida.

*

A descida, o retorno à terra, foi proporcional a essa excitação. Na manhã seguinte, tudo voltou a ser desagradável e preocupante. Quando acordei, quase desisti. Não conseguia me ver vivendo mais um dia sequer com aquela culpa e com aquele nojo de mim mesma. Mas havia prometido para sua mãe que iria até o fim. Já estragara a minha vida, não a arrastaria comigo em minha queda. Às primeiras luzes da aurora, saímos do hotel e pegamos o metrô. A linha 12, primeiro da rue du Bac até Concorde, depois a linha 1 até a Gare de Lyon. Na véspera, Annabelle havia comprado um bilhete para mim até Nice. Mais tarde, ela iria à Gare Montparnasse para pegar o trem que a levaria a Dax, em Landes.

Num café na frente da estação, ela me contou que o mais difícil ainda estava por vir: aprender a viver com o que eu havia feito. Mas logo acrescentou que não duvidava de minha capacidade, pois, como ela, eu era uma lutadora, o único tipo de pessoa que ela de fato respeitava.

Ela me lembrou que, para mulheres como nós, que vinham do nada, a vida era uma guerra constante: era preciso lutar por tudo, o tempo todo. Que muitas vezes os fortes e os fracos não eram aqueles que pensávamos. Que muitas pessoas travavam em silêncio dolorosas lutas internas. Disse que o verdadeiro desafio era saber mentir de maneira duradoura. E que, para mentir aos outros, era preciso primeiro mentir a si mesmo.

A única maneira de mentir, Fanny, é negar a verdade: a verdade deve ser exterminada por sua mentira até que sua mentira se torne a verdade.

Annabelle me acompanhou pela plataforma até meu vagão e me abraçou. Suas últimas palavras foram para me dizer que era possível viver com a lembrança do sangue derramado. Ela sabia disso porque tivera a mesma experiência. E se despediu com uma frase: "A civilização é uma fina película sobre um caos ardente".

14
A festa

Ele mergulhou na escuridão.
E assim que soube, deixou de saber.
Jack LONDON

1.

Tomada por uma espécie de febre, Fanny terminou seu relato quase delirando. Afastara-se dos degraus de pedra e mantinha-se de pé, no meio da igreja, quase perdendo o equilíbrio. Cambaleando entre os bancos de madeira, me fez pensar na última passageira de um naufrágio.

Eu não estava em muito melhores condições. Minha respiração quase parara. Recebi suas revelações como socos que me deixaram à beira do nocaute e do caos. Minha mente parecia saturada, incapaz de colocar os fatos em perspectiva. *Vinca assassinada por Fanny com a cumplicidade ativa de minha mãe no desaparecimento do corpo...* Não recusei a verdade, mas ela não parecia corresponder ao que sempre conhecera do caráter de minha mãe e de minha amiga.

– Fanny, espere!

Ela acabara de correr para fora da igreja. Um segundo antes, parecia prestes a desmaiar, e agora fugia como se sua vida dependesse disso!

Merda!

No tempo que levei para subir a escada e voltar por minha vez ao adro, Fanny já estava longe. Corri atrás dela, mas torci feio o tornozelo. Estava muito à frente e era mais rápida do que eu. Atravessei a cidade mancando e desci o caminho de Vachettes o mais rápido possível. Encontrei meu carro com uma multa, que amassei, e sentei-me ao volante sem saber o que fazer.

Minha mãe. Precisava falar com minha mãe. Era a única pessoa que poderia confirmar o que Fanny havia contado e me ajudar a desembaraçar a verdade da mentira. Liguei o celular, que havia desligado dentro da igreja. Nenhuma nova mensagem de meu pai, mas um SMS de Maxime me pedindo para retornar a ligação. Foi o que fiz enquanto ligava o motor.

– Precisamos conversar, Thomas. Descobri uma coisa. Uma coisa muito importante que...

Senti emoção em sua voz. Não necessariamente medo, mas uma vulnerabilidade genuína.

– Pode falar.

– Não por telefone. Vamos nos encontrar no Ninho de Águia mais tarde. Acabo de chegar à festa de Saint-Ex, preciso fazer um pouco de campanha.

No caminho, na tranquilidade da cabine do Mercedes, tentei colocar os pensamentos em ordem. No sábado, 19 de dezembro de 1992, no campus do liceu Saint-Exupéry, aconteceram *dois assassinatos*, com poucas horas de diferença. Primeiro o de Alexis Clément, depois o de Vinca. Dois assassinatos cuja concomitância permitiu que minha mãe e Francis montassem um enredo irrefutável para proteger Maxime, Fanny e eu. Proteger-nos primeiro sumindo com os dois corpos; depois – e nisso estava seu lance de mestre –, fazendo a cena do crime passar da Côte d'Azur para Paris.

O enredo tinha algo de romanesco – a aliança dos pais dispostos a tudo para salvar os jovens que éramos à época... –, mas meu cérebro o recusava porque oficializava a morte de Vinca.

Pensando no que Fanny me dissera, decidi contatar um médico para verificar um ponto que me deixara intrigado. Tentei ligar para meu clínico geral em Nova York, mas só encontrei o número de seu consultório, que não abria nos finais de semana. Sem outros contatos, decidi ligar para o meu irmão.

Dizer que nos telefonávamos pouco seria um eufemismo. Era intimidante ser irmão de um herói. Sempre que falava com ele, tinha a impressão de roubar-lhe um tempo precioso que poderia estar dedicando ao tratamento de crianças, e isso conferia a nossas conversas um tom estranho.

– Alô, maninho! – falou ao atender.

Como sempre, seu entusiasmo, em vez de contagiante, me deixava sem energia.

– Oi, Jérôme, como vai a vida?

– Não se preocupe com o *small talk*, Thomas. Me diga o que posso fazer por você.

Hoje, ao menos, ele facilitava as coisas.

– Vi nossa mãe hoje à tarde. Você sabia do infarto?

– Claro.

– Por que não me avisou?

– Ela me pediu para não avisar. Não queria preocupar você.

Sei...

– Já ouviu falar em Rohypnol?

– Sim, claro. Uma porcaria, deixou de ser prescrito hoje em dia.

– Você já tomou?

– Não, por que quer saber?

– Para um romance que estou escrevendo. Uma história que se passa nos anos 1990. Quantos comprimidos seria preciso tomar para uma dose fatal?

– Não sei, depende da concentração. A maioria dos comprimidos continha 1mg de flunitrazepam.

– Então?

– Então diria que depende da pessoa.

– Não está ajudando muito.

– Kurt Cobain tomou alguns para tentar se matar.

– Pensei que tivesse morrido com um tiro na cabeça.

– Foi uma tentativa de suicídio que deu errado, alguns meses antes. Na época, encontraram uns cinquenta comprimidos em seu estômago.

Fanny mencionou um punhado de comprimidos, imagino que bem menos do que cinquenta.

– E se alguém tomar uns quinze?

– Ficará muito chapado, talvez quase em coma, principalmente se misturar com álcool. Mas, mais uma vez, depende da concentração. Nos anos 1990, o laboratório que o fabricava também comercializava pílulas de 2mg. Nesse caso, quinze pílulas e Jim Beam poderiam de fato enviar o sujeito desta para a melhor.

De volta ao ponto de partida...

Uma pergunta que não havia previsto me passou pela cabeça.

– Você conheceu um médico de Cannes, que exerce a profissão há vinte anos, um certo Frédéric Rubens?

– O doutor Mabuse! Todos o conheciam, mas não positivamente.

– Mabuse era seu apelido?

– Ele tinha outros – disse Jérôme rindo –, Fredito, o drogadito, Fred Krueger, o traficante... Era *junkie* e fornecedor ao mesmo tempo. Esteve envolvido em todos os tráficos possíveis e imagináveis: dopagem, exercício ilegal da medicina, tráfico de receitas médicas...

– Foi expulso da ordem dos médicos?

– Sim, mas demorou para isso acontecer, a meu ver.

– Sabe se ele ainda vive na Côte?

– Com o que tomava, não teve tempo de envelhecer. Rubens morreu quando eu ainda era estudante. O próximo livro vai ser um thriller médico?

2.

Era quase meia-noite quando cheguei ao liceu. A cancela fora deixada aberta. Bastava fazer um sinal para o guarda, que verificava se nosso nome estava na lista. Eu não estava em lista alguma, mas o sujeito me vira algumas horas antes. Ele me reconheceu e me deixou entrar, pedindo para deixar o carro no estacionamento especial perto do lago.

À noite, o lugar ficava magnífico, mais unificado e coerente do que sob a luz do sol. Varrido pelo mistral, o céu estava claro e cheio de estrelas. No estacionamento, lampiões, tochas decorativas e guirlandas luminosas conferiam ao campus uma atmosfera de encantamento e guiavam os visitantes para as celebrações. Havia várias festas simultâneas, dependendo dos anos de formatura. A que acontecia no ginásio acolhia os formados entre os anos de 1990 e 1995.

Quando cheguei ao salão, fui tomado de certo mal-estar. Senti-me numa festa à fantasia cujo tema poderia ter sido *os piores trajes dos anos 1990*. Os quarentões haviam tirado do guarda-roupa os tênis Converse, os jeans 501 rasgados e de cintura alta, as jaquetas bomber Schott e as camisas xadrez. Os mais esportivos usavam calças baggy, abrigos esportivos Tacchini e casacos Chevignon.

Avistei Maxime de longe, com uma camiseta do Chicago Bulls. As pessoas se aglomeravam a seu redor, como se já fosse deputado. O nome de Macron estava em todos os lábios. Naquela reunião de empresários, profissionais liberais e funcionários públicos, as pessoas ainda não conseguiam acreditar que o país era governado por um presidente que tinha menos de quarenta anos, falava inglês, conhecia o funcionamento da economia e demonstrava de maneira pragmática a vontade de superar as velhas divisões ideológicas. Se alguma coisa um dia devesse mudar nesse país, seria agora ou nunca.

Quando Maxime me viu de longe, fez um sinal com a mão: *dez minutos?* Fiz que sim com a cabeça e, para esperar, entrei na multidão. Atravessei a sala até o bufê que, ironicamente, estava colado à parede onde, havia 25 anos, apodreciam os cadáveres de Alexis Clément e Vinca. O lugar estava decorado com guirlandas e velhos pôsteres. Assim como de manhã, não senti qualquer desconforto especial. Nenhuma vibração negativa. Mas sabia que meu cérebro mobilizava todas as defesas disponíveis para recusar a morte de Vinca.

– Posso servi-lo de alguma coisa, senhor?

Graças a Deus, dessa vez havia álcool. E até um barman, que preparava coquetéis na hora.

– Pode me fazer uma caipirinha?

– Com prazer.

– Duas! – disse uma voz atrás de mim.

Virei-me e reconheci Olivier Mons, o marido de Maxime, que dirigia a midiateca municipal de Antibes. Parabenizei-o pelas filhas e, juntos, lembramos de algumas anedotas dos "bons velhos tempos que nem eram tão bons assim". Embora me lembrasse dele como um intelectual presunçoso, revelou-se um homem encantador e cheio de humor. Depois de dois minutos de conversa, confidenciou-me que há alguns dias sentia Maxime muito agitado. Tinha certeza de que escondia a causa de seus tormentos e de que eu estava a par do que acontecia.

Decidi ser parcialmente franco e disse que, no contexto das próximas eleições, alguns inimigos de Maxime tentavam tirar cadáveres do armário para dissuadi-lo de se candidatar. Fui impreciso, vagamente evocando o preço a ser pago para se fazer política. Afirmei que estava ali para ajudar e que as ameaças logo seriam uma lembrança distante.

E Olivier acreditou. Era uma das ironias da vida. Embora eu fosse uma pessoa naturalmente inquieta, tinha o estranho poder de tranquilizar as pessoas.

O barman trouxe as bebidas e, depois de brindar, nos divertimos analisando as roupas dos presentes. Nesse aspecto, como eu, Olivier havia optado pela sobriedade. Não podíamos dizer o mesmo dos outros. Boa parte das mulheres sentia visível saudade da época em que os tops deixavam o umbigo de fora. Outras usavam shorts jeans, vestidos de alcinhas com camisetas por baixo, gargantilhas e bandanas torcidas na alça das bolsas. Felizmente, ninguém ousara vir de botas Buffalo de plataforma. Qual o sentido daquilo? Simplesmente se divertir ou tentar recuperar alguma coisa da juventude perdida?

Pedimos mais duas doses.

– E dessa vez capriche na cachaça! – reclamei.

O garçom me levou ao pé da letra e nos preparou uma bebida fortíssima. Despedi-me de Olivier e, com o drinque na mão, fui para o terraço, onde se reuniam os fumantes.

3.

A noite estava recém começando, mas alguém já negociava pó e maconha no fundo da sala, abertamente. Tudo de que sempre fugi. Com uma velha jaqueta de couro surrado e uma camiseta do Depeche Mode, Stéphane Pianelli estava apoiado no parapeito, fumando o cigarro eletrônico e bebericando uma cerveja sem álcool.

– Não foi ao show, no fim das contas?

Com a cabeça, ele apontou para um garoto de cinco anos que brincava de esconder embaixo das mesas.

– Meus pais ficariam com Ernesto, mas tiveram um contratempo de última hora – explicou, expelindo um vapor d'água com cheiro de pão de mel.

A obsessão de Pianelli transparecia até no nome que dera ao filho.

– Foi você quem escolheu o nome Ernesto? Como Ernesto Guevara?

– Sim, por quê? Não gostou? – perguntou, erguendo uma sobrancelha ameaçadora.

– Sim, sim – respondi, para não ofendê-lo.

– A mãe dele achava clichê demais.

– Quem é a mãe?

Seu rosto se fechou.

– Você não conhece.

Pianelli me fazia rir. Achava legítimo interessar-se pela vida privada dos outros, desde que não fosse a sua.

– É Céline Feulpin, não?

– Sim, a própria.

Lembrava bem. Uma garota da turma A, muito enfática contra as injustiças e sempre à frente dos movimentos grevistas entre os alunos. O equivalente feminino de Stéphane, a quem ela seguira na faculdade de letras. No movimento de extrema esquerda, haviam participado de muitas lutas pelo direito dos estudantes e das minorias. Eu cruzara com ela recentemente, havia dois ou três anos, num voo Nova York-Genebra. Metamorfoseada. Usando uma bolsa Lady Dior ao lado de um médico suíço por quem parecia apaixonadíssima.

Trocamos algumas palavras e ela me pareceu feliz e realizada, coisa que nunca contei a Pianelli.

– Tenho algo para você – falou, para mudar de assunto.

Deu um passo para o lado, e seu rosto foi subitamente iluminado por uma das lâmpadas brancas da guirlanda luminosa. Tinha olheiras e os olhos injetados, como se não dormisse há muito tempo.

– Conseguiu informações sobre o financiamento das obras?

– Ainda não. Coloquei meu estagiário nisso, mas o segredo está bem guardado. Ele vai entrar em contato com você quando descobrir alguma coisa.

Ele procurou o filho com os olhos e fez-lhe um pequeno sinal.

– Por outro lado, consegui dar uma olhada no projeto final. As obras vão ser faraônicas. Alguns superfaturamentos parecem de utilidade duvidosa.

– O que, por exemplo?

– O projeto de um imenso roseiral: o Jardim dos Anjos. Ouviu falar?

– Não.

– É demencial. O plano é construir um espaço de recolhimento que vá dos campos de lavanda até o lago.

– Como assim, um espaço de recolhimento?

Ele deu de ombros.

– Meu estagiário me contou por telefone. Não entendi direito, mas tenho outra coisa para você.

Bancou o misterioso e tirou do bolso uma folha de papel na qual fizera algumas anotações.

– Consegui o relatório policial sobre a morte de Francis Biancardini. É verdade que o velho sofreu, coitado.

– Foi torturado?

Uma luz estranha brilhou em seus olhos.

– Sim, bastante. Para mim, combina com a tese de acerto de contas.

Suspirei:

– Mas que acerto de contas, Stéphane? Ainda atrás da história da máfia e da lavagem de dinheiro? Pense um pouco, caramba. Ainda que Francis trabalhasse para eles, o que não acredito, por que eles o teriam eliminado?

– Talvez ele tenha tentado passar os caras da 'Ndrangheta para trás.
– Para quê? Ele tinha 74 anos, nadava em dinheiro.
– Para essa gente, dinheiro nunca é demais.
– Deixe para lá, que idiotice. Ele realmente tentou escrever o nome do agressor com sangue?
– Não, a garota me confessou que inventou isso para adicionar um pouco de drama ao artigo. Mas Francis tentou ligar para alguém logo antes de morrer.
– Sabe para quem?
– Sim, sua mãe.

Mantive-me impassível e tentei desarmar a bomba que ele acabara de me apresentar:

– Claro, eles são vizinhos e se conhecem desde o primário.

Concordou com a cabeça, mas seus olhos diziam: *pode dizer isso para qualquer um, meu caro, mas não vai me enganar.*

– Sabe se ela atendeu?
– Pergunte para ela – respondeu.

Terminou a cerveja sem álcool e disse, pegando o filho:
– Bom, hora de ir, amanhã temos aula de futebol.

4.

Dei uma olhada no salão. Maxime continuava cercado por um pequeno séquito. Na outra ponta do terraço, havia um segundo bar – estilo espelunca clandestina – que servia shots de vodca.

Peguei um copo (vodca e menta) e depois outro (vodca e limão). Nada sensato de minha parte, mas eu não tinha filhos para levar para casa, nem treino esportivo na manhã seguinte. Não gostava nem de cerveja sem álcool nem de suco de espinafre, e talvez fosse para a prisão na próxima semana...

Precisava encontrar minha mãe. Por que ela havia fugido? Tinha medo de que eu descobrisse a verdade? Temia sofrer as mesmas atrocidades que Francis?

Tomei um terceiro shot de vodca (cereja), para pensar melhor em estado de embriaguez. A longo prazo, isso não aconteceria, é claro, mas, até que a embriaguez se instalasse, teria um breve momento de euforia, aquele em que nossas ideias se conectam e em que, logo antes do grande caos mental, temos um pequeno *insight*. Minha mãe pegara o meu carro alugado. Um veículo equipado com GPS, sem dúvida. Eu poderia ligar para a agência, dizer que fora roubado e pedir a localização? Possível, mas era sábado de noite e não seria fácil.

Um último shot de vodca (laranja) antes de pegar a estrada. Meu cérebro girava a toda velocidade. Era excitante, mas não iria durar. Felizmente, uma ideia bastante astuciosa me passou pela cabeça. Por que simplesmente não localizar meu iPad, que ficara no carro? A moderna e consentida vigilância digital me permitia isso. No celular, entrei no aplicativo correspondente. Com os parâmetros corretos, o recurso podia ser bastante eficaz e quase sempre funcionava. Digitei meus dados – e-mail e senha – e prendi a respiração. Um ponto começou a piscar no mapa. Dei um zoom com dois dedos. Se meu tablet ainda estivesse dentro do carro, ele aparecia na ponta sul do Cabo de Antibes, num lugar que eu conhecia: o estacionamento da praia Keller, para os clientes do restaurante ou os turistas que queriam passear na trilha do litoral.

Liguei para meu pai na hora.

– Encontrei o carro!

– Como?

– Depois explico, mas ela está no estacionamento Keller.

– Mas que diabos Annabelle está fazendo lá?

De novo, senti-o demasiadamente preocupado e entendi que escondia alguma coisa. Ele negou com ferocidade, obrigando-me a falar grosso:

– Que merda, Richard! Você me liga quando tem problemas, mas não confia em mim.

– OK, tem razão – ele admitiu. – Ao sair, sua mãe levou uma coisa...

– O quê?

– Uma de minhas espingardas de caça.

Um abismo se abriu sob meus pés. Não conseguia imaginar minha mãe com uma arma. Fechei os olhos por três segundos e uma imagem se formou em minha mente. Ao contrário do que pensei, conseguia *muito bem* imaginar Annabelle com uma espingarda de caça.

– Ela sabe usá-la? – perguntei a meu pai.

– Estou indo para o Cabo de Antibes – foi sua resposta.

Não tinha certeza de que era uma boa ideia, mas não via o que mais poderíamos fazer.

– Estou terminando uma coisa e encontro você lá. Está bem?

– Sim. Seja rápido.

Desliguei e voltei para o salão. O ambiente havia mudado. Sob o efeito desinibidor do álcool, os convidados começavam a se soltar. A música estava alta, quase ensurdecedora. Procurei Maxime, sem sucesso. Entendi que havia saído e que devia estar esperando por mim na rua.

No Ninho de Águia, claro...

Saí do ginásio e subi o caminho que levava à escarpa florida. O trajeto estava balizado, pontuado por lampiões e tochas que guiavam meus passos.

Quando cheguei ao pé do contraforte rochoso, levantei a cabeça e vi a ponta de um cigarro na escuridão. Encostado ao parapeito, Maxime fez um sinal com a mão.

– Cuidado ao subir! – ele gritou. – À noite, o caminho fica realmente perigoso.

Prudente, liguei a lanterna do celular para não escorregar e comecei a subir. O tornozelo torcido na igreja reclamava. Cada passo doía. Enquanto avançava pelo rochedo, percebi que o vento que soprava desde a manhã havia parado. O céu estava coberto e sem estrelas. Cheguei à metade da subida quando um grito atroz me fez erguer a cabeça. Dois vultos se delineavam no meio daquele breu. Um era Maxime; o outro, um desconhecido tentando empurrá-lo por cima do parapeito. Gritei e comecei a correr para ajudar meu amigo, mas quando cheguei ao alto era tarde demais. Maxime havia caído quase dez metros.

Corri atrás do agressor, mas com o tornozelo torcido não consegui ir muito longe. Quando voltei sobre meus passos, um pequeno grupo se aproximara do corpo de Maxime e chamava uma ambulância.

As lágrimas me fizeram piscar. Por um instante, pensei distinguir o fantasma de Vinca vagando entre os antigos alunos. Como uma aparição, diáfana e magnética, a jovem atravessava a noite num vestido curto, jaqueta de couro preta, meia calça arrastão e botas de couro.

Contra todas as expectativas, o espectro parecia mais vivo do que todas as pessoas que o cercavam.

Annabelle

Sábado, 19 de dezembro de 1992.

  Meu nome é Annabelle Degalais. Nasci na Itália, no final dos anos 1940, num pequeno vilarejo do Piemonte. Na escola, as crianças me chamavam de "a austríaca". Hoje, no liceu, sou a "sra. diretora" para os alunos e os professores. Meu nome é Annabelle Degalais e, antes do fim da noite, me tornarei uma assassina.
  No entanto, nada nesse fim de tarde parece anunciar o fim trágico desse primeiro dia de férias escolares. Meu marido, Richard, viajou com dois de nossos três filhos, me deixando sozinha à frente do liceu. Estou trabalhando desde as primeiras horas da manhã, mas gosto do ambiente de ação e de tomada de decisões. O mau tempo danificou a estrada local e provocou uma incrível confusão. Às seis da tarde, este é o primeiro momento do dia em que finalmente posso respirar. Minha garrafa térmica está vazia e decido buscar chá na máquina automática da sala dos professores. Mal me levanto da cadeira e a porta de meu escritório se abre. Uma jovem entra sem ser convidada.
  – Olá, Vinca.
  – Olá.
  Encaro Vinca Rockwell com um pouco de apreensão. Apesar do frio, ela usa um vestidinho xadrez, uma jaqueta de couro e botas de salto alto. Percebo imediatamente que está drogada.

– O que posso fazer por você?
– Preciso de mais 75 mil francos.

Conheço bem Vinca e gosto dela, embora meu filho esteja apaixonado por ela e sofra por causa disso. É minha aluna no clube de teatro. Uma das mais talentosas. Cerebral e sensual ao mesmo tempo, com um toque excêntrico que a torna fascinante. É culta, artística, brilhante. Já me mostrou as canções folk que compõe. Refrãos elegantes de beleza mística, influenciados por PJ Harvey e Leonard Cohen.

– Setenta e cinco mil francos?

Ela estende um envelope de papel pardo na minha direção e, sem esperar ser convidada, deixa-se cair na poltrona à minha frente. Abro o envelope e percorro as fotos. Fico surpresa sem ficar surpresa. Não me sinto atingida, pois todas as decisões que tomei na vida respondem a um único objetivo: nunca ser vulnerável. E essa é minha força.

– Não parece estar se sentindo muito bem, Vinca – digo, devolvendo-lhe o envelope.

– A senhora é que não vai se sentir bem quando eu mostrar essas fotografias do seu maldito marido aos pais dos alunos.

Vejo que está tremendo. Parece febril, excitada e exausta.

– Por que precisa de *mais* 75 mil? Richard já lhe deu algum dinheiro?

– Ele me deu cem mil francos, mas preciso de mais.

A família de Richard nunca teve dinheiro. Todo o dinheiro de nosso casamento é meu. Herdei-o de meu pai adotivo, Roberto Orsini, que o ganhou com as próprias mãos construindo mansões por toda a costa mediterrânea.

– Não tenho esse dinheiro, Vinca.

Tento ganhar tempo, mas ela não se deixa intimidar:

– Dê um jeito! Quero o dinheiro antes do fim da semana.

Parece perdida e incontrolável. Sem dúvida sob o efeito de uma mistura de álcool e remédios.

– Não vou dar absolutamente nada – digo, violentamente. – Sinto nojo de chantagistas. Richard foi muito idiota de lhe dar esse dinheiro.

— Muito bem, foi a senhora quem pediu! — ameaça, saindo e batendo a porta.

*

Fico sentada em meu escritório por um momento. Penso em meu filho, apaixonado por essa garota e a ponto de colocar os estudos a perder por causa dela. Penso em Richard, que só sabe raciocinar com o pau. Penso em minha família, que preciso proteger, e penso em Vinca. Sei exatamente de onde vem sua aura venenosa. Da impossibilidade que todos temos de nos imaginar *mais tarde*. Como uma estrela cadente cujo destino fosse nunca ultrapassar os vinte anos.

Depois de uma longa reflexão, saio e avanço com dificuldade pela neve até o pavilhão Nicolas-de-Staël. Preciso raciocinar. Quando ela abre a porta do quarto, pensa que vim com o dinheiro.

— Escute bem, Vinca. Você não está bem. Estou aqui para ajudar. Explique por que está fazendo isso. Por que precisa de dinheiro?

Ao ouvir minhas palavras, enlouquece e me ameaça. Sugiro chamar um médico ou levá-la ao hospital.

— Você não está em seu estado normal. Vamos encontrar uma solução para o seu problema.

Tento acalmá-la, dedico-me a isso com todas as minhas forças, mas não obtenho sucesso algum. Vinca parece possuída e capaz de tudo. Oscila entre lágrimas e risadas descontroladas. Então, de repente, tira um teste de gravidez da bolsa.

— Foi seu marido quem fez isso!

Pela primeira vez em muito tempo, eu, a mulher imperturbável, acuso o golpe. Um buraco profundo e brutal se abre em mim, sem que eu saiba o que fazer. Um abalo sísmico íntimo que me aterroriza. Posso *ver* minha vida pegando fogo. Minha vida e a de toda a minha família. Está fora de questão não fazer nada. Não posso aceitar que nossa vida seja destruída e reduzida a cinzas por essa piromaníaca de dezenove anos. Enquanto Vinca continua escarnecendo de mim, vejo uma réplica de uma estátua de Brâncusi. Um presente que comprei no museu do Louvre para meu filho e que Thomas logo deu a ela. Um véu branco me turva a visão. Pego a estátua e quebro a cabeça de Vinca. Sob a violência do golpe, ela desaba como uma boneca de pano.

*

O *blackout* durou um bom tempo, durante o qual o tempo parou. Nada mais existia. Minha mente parou, como a neve que congelava a paisagem lá fora. Quando voltei a mim, constatei que Vinca estava morta. A única coisa que me pareceu adequada foi tentar ganhar tempo. Arrastei Vinca até a cama e deitei-a de lado, dissimulando o ferimento, e depois tapei-a com a coberta.

Atravessei o campus, lúgubre como uma terra fantasma, e voltei ao calor de meu escritório. Sentada em minha poltrona, tentei ligar para Francis três vezes, mas ele não atendeu. Dessa vez, estava tudo acabado.

Fechei os olhos para tentar me concentrar, apesar da excitação. A vida me ensinou que muitos problemas podem ser solucionados com reflexão. A primeira coisa que me veio à mente, a mais óbvia, foi que bastaria me livrar do corpo de Vinca antes que alguém o encontrasse. Era possível, mas difícil. Elaborei várias hipóteses e possibilidades, mas sempre voltava para o mesmo ponto e para a mesma conclusão: o desaparecimento da jovem herdeira Rockwell dentro do liceu provocaria uma verdadeira catástrofe. Todos os meios seriam empregados para encontrá-la. A polícia vasculharia o liceu de alto a baixo, faria todas as análises científicas possíveis, interrogaria os alunos, investigaria as relações de Vinca. Talvez houvesse testemunhas de sua ligação com Richard. A pessoa que tirara as fotos acabaria se manifestando para continuar sua chantagem ou para ajudar a polícia. Não havia escapatória.

Pela primeira vez na vida, senti-me sem saída. Obrigada a capitular. Às dez horas da noite, decidi ligar para a polícia. Estava a ponto de pegar o telefone quando vi Francis contornando a Ágora, acompanhado de Ahmed, vindo na direção de meu escritório. Fui a seu encontro. Ele também estava com uma cara que eu nunca vira antes.

– Annabelle! – gritou, entendendo na hora que algo não ia bem.
– Fiz uma coisa horrível – confessei, refugiando-me em seus braços.

*

Contei meu terrível confronto com Vinca Rockwell.
– Coragem – ele murmurou, quando finalmente me calei –, porque preciso contar uma coisa.

Pensei que estava à beira de um precipício, mas, pela segunda vez naquele dia, me senti sufocar e perder os sentidos quando ele me falou do assassinato de Alexis Clément, no qual Thomas e Maxime estavam envolvidos. Contou-me que, com Ahmed, aproveitara as obras do liceu para emparedar o cadáver no ginásio. Confessou que a princípio não me contaria nada para me proteger.

Apertou-me em seus braços, garantiu que encontraria uma solução, lembrou-me de todas as provações que já superamos na vida.

*

Ele é o primeiro a ter uma ideia.

Ele me faz ver que, paradoxalmente, dois desaparecimentos são menos preocupantes do que um só. Que o assassinato de Vinca permite o apagamento do de Alexis e vice-versa, se conseguirmos interligar os destinos dos dois.

Por longas horas, tentamos formular a história certa. Informo-o dos rumores sobre o laço entre eles. Digo que meu filho me contou das cartas que partiram seu coração e que tornam verossímil essa tese. Francis volta a ter esperança, mas não o acompanho em seu otimismo. Ainda que possamos fazer os corpos desaparecerem, a investigação se concentrará em torno do liceu, e a pressão sobre nós será insuportável. Ele concorda, pesa os prós e os contras, cogita apresentar-se como autor dos assassinatos. É a primeira vez na história de nossas vidas que estamos a ponto de capitular. Não por falta de vontade ou coragem, apenas porque não se pode ganhar todas as batalhas.

De repente, no silêncio da noite, uma batida nos faz sobressaltar. De uma só vez, nos voltamos para a janela. Uma garota de olhar perdido tamborila os dedos no vidro. Não é o fantasma de Vinca Rockwell que volta para nos aterrorizar. É a pequena Fanny Brahimi, a quem dei autorização para ficar no campus durante as férias.

– Senhora diretora!

Troco um olhar inquieto com Francis. Fanny mora no mesmo pavilhão de Vinca. Já sei o que ela vai me dizer: que encontrou o corpo sem vida da amiga.

– Acabou, Francis – digo. – Vamos ter que chamar a polícia.

Mas a porta de meu escritório se abre e Fanny desaba chorando em meus braços. Nesse momento, ainda não sei que Deus acaba de meu enviar a solução para todos os nossos problemas. O Deus dos italianos. Aquele para o qual rezávamos quando éramos crianças na pequena capela de Montaldicio.

– Matei Vinca! – ela se acusa. – Matei Vinca!

15
A mais bonita da escola

Uma excelente maneira de proteger-se deles é evitar parecer-se com eles.

Marco Aurélio

1.

Eram duas horas da manhã quando saí da emergência do Centro Hospitalar Universitário de La Fontonne. Como é o cheiro da morte? Para mim, ela tem o cheiro dos remédios, desinfetantes e produtos de limpeza que pairam nos corredores dos hospitais.

Maxime caiu por mais de oito metros antes de aterrissar no chão asfaltado. Alguns galhos amorteceram sua queda, mas não o suficiente para evitar fraturas múltiplas nas vértebras, na bacia, nas pernas e nas costelas.

Depois de colocar Olivier em meu carro, segui a ambulância até o hospital e vi rapidamente meu amigo ao chegar. Tinha o corpo cheio de hematomas, imobilizado por um colete rígido e um colar cervical. Seu rosto pálido e apagado, perdido sob os tubos de soro, lembrou-me dolorosamente de que eu fora incapaz de protegê-lo.

Os médicos com quem Olivier conseguiu falar disseram que a situação era grave. Maxime estava em coma. Sua pressão estava muito baixa e, apesar da injeção de noradrenalina, não havia subido muito. Sofrera traumatismo craniano, além de uma contusão com hematoma cerebral. Ficamos na sala de espera, mas os funcionários do hospital nos fizeram entender que nossa presença de nada adiantaria. O prognóstico não era bom, mas uma tomografia de corpo inteiro permitiria uma avaliação mais aprofundada das lesões. As próximas 72 horas seriam cruciais para determinar os próximos passos. Nas entrelinhas dos médicos, entendi que a vida de Maxime estava por um fio. Olivier se recusou a sair do hospital, mas insistiu para que eu fosse descansar.

– Você está com uma cara horrível, e além do mais prefiro esperar sozinho.

Concordei com ele, no fundo com pouca vontade de estar ali quando a polícia viesse recolher testemunhos, e atravessei o estacionamento do hospital sob uma chuva forte. Em poucas horas, o tempo havia mudado radicalmente. O vento havia parado e dera lugar a um céu baixo, de um cinza denso, cheio de raios e trovões.

Refugiei-me no Mercedes de minha mãe e consultei o celular. Nenhuma notícia de Fanny ou de meu pai. Tentei ligar para eles, mas nenhum dos dois atendeu. Típico de Richard. Devia ter encontrado a mulher e, agora que estava mais tranquilo, os outros que fossem para o inferno!

Liguei o carro, mas fiquei no estacionamento, com o motor ligado. Estava com frio. Meus olhos se fechavam, minha garganta estava seca, minha mente ainda estava anuviada pelo álcool. Era raro me sentir tão cansado. Eu não havia dormido nada no avião, na noite passada, e pouco na anterior. Estava pagando caro pela diferença de fuso, pelo excesso de vodca e pelo estresse. Não controlava mais meus pensamentos, que iam para todos os lados. Cercado pelo martelar da chuva, desabei em cima do volante.

Precisamos conversar, Thomas. Descobri uma coisa. Uma coisa muito grave que... As últimas palavras de Maxime martelavam meus ouvidos. O que ele queria me dizer de tão urgente? O que ele descobrira de tão grave? O futuro parecia sombrio. Eu não havia chegado ao fim de minha investigação, mas começava a admitir que nunca mais encontraria Vinca.

Alexis, Vinca, Francis, Maxime... A lista de vítimas não parava de crescer. Precisava colocar um fim naquilo, mas como? O cheiro que reinava no carro me levou de volta à infância. Era o perfume que minha mãe usava. Jicky, da Guerlain. Um aroma misterioso e inebriante que mesclava o frescor da Provence – lavanda, cítricos, alecrim – e a profundidade mais persistente do couro e do almíscar. Concentrei-me por um tempo nas notas do perfume. Tudo sempre me trazia de volta à minha mãe...

Liguei a luz interna do carro. Uma pergunta trivial: quanto custava um carro daqueles? Talvez 150 mil euros. De onde minha mãe tirara dinheiro para comprar um carro daqueles? Meus pais tinham uma boa aposentadoria e uma bela casa comprada no final dos anos 1970, quando o mercado imobiliário da Côte d'Azur ainda era acessível às classes médias. Mas aquele carro não tinha nada a ver com ela. De repente, tive uma iluminação: Annabelle não me deixara seu Roadster por acaso. Seu ato fora premeditado. Repassei a cena da tarde. Annabelle não me dera escolha. Ela me obrigara a pegar seu carro emprestado. *Mas por quê?*

Examinei o molho de chaves. Além da chave do carro, vi a da casa, outra mais comprida que abria a caixa de correspondência e outra bastante imponente, com uma capa de borracha preta. As três pendiam de um chaveiro luxuoso: uma oval de couro granulado com duas iniciais cromadas – um A entrelaçado a um P. Se o A era de Annabelle, o P era de quê?

Liguei o GPS e chequei os endereços gravados sem encontrar nada de suspeito. Apertei no primeiro – Casa – e, embora o hospital ficasse a menos de dois quilômetros do bairro de La Constance, o GPS calculou uma distância de vinte quilômetros com um itinerário complicado que passava pela beira-mar e seguia na direção de Nice.

Perturbado, soltei o freio de mão e saí do estacionamento, perguntando-me que lugar desconhecido seria aquele que minha mãe chamava de casa.

2.

Em plena noite e apesar da chuva, o trajeto foi de uma fluidez absoluta. Em menos de vinte minutos, guiado pelas instruções do GPS, cheguei a meu destino: um residencial de alta-segurança a meio caminho entre Cagnes-sur-Mer e Saint-Paul-de-Vence. "Aurelia Park", onde Francis tinha sua *garçonnière*. Onde havia sido assassinado. Estacionei num acostamento a trinta metros do imponente portão de ferro que protegia a entrada. Depois da onda de assaltos do ano anterior, a segurança havia sido drasticamente reforçada. Um vigia com roupa de segurança privado estava à frente da guarita.

Um Maserati me ultrapassou e parou na frente do portão. Havia duas entradas possíveis. À esquerda, os visitantes precisavam se identificar para o guarda; os residentes podiam seguir pela da direita. Uma câmera registrava a placa do veículo e abria o portão automaticamente. Sem desligar o motor, pensei com calma. As iniciais A e P se referiam ao Aurelia Park, aquele condomínio de que Francis fora um dos promotores. De repente, uma coisa me voltou à memória. Aurelia era o segundo nome de minha mãe. Um nome que ela preferia ao de Annabelle. Outra certeza me invadiu: Francis dera o Roadster para minha mãe.

Minha mãe e Francis seriam amantes? Essa hipótese jamais me ocorrera, mas agora não me parecia nem um pouco descabida. Liguei o pisca-pisca e entrei no espaço reservado aos residentes. Chovia tanto que era quase certo que o guarda não conseguiria ver meu rosto. A câmera registrou a placa do Mercedes e o portão se abriu. Se a placa estava registrada, isso queria dizer que minha mãe era frequentadora do local.

Dirigindo bem devagar, segui a pequena rua asfaltada que entrava numa floresta de pinheiros e oliveiras. Construído no final dos anos 1980, o Aurelia Park se tornara famoso porque seus promotores haviam reconstituído um gigantesco parque mediterrâneo com árvores raras e exóticas. A proeza que realizaram, e que dera muito o que falar na imprensa, também envolvia a criação de um rio artificial que atravessava a propriedade.

O parque contava com mais ou menos trinta casas, bastante afastadas umas das outras. Lembrava de ter lido no artigo do *L'Obs* que a casa de Francis era a de número 27. Ficava na parte mais alta da propriedade, no meio de uma densa vegetação. Através da escuridão, distinguia a sombra de palmeiras e de grandes magnólias. Estacionei na frente do portão de ferro atrás de uma alameda de ciprestes.

Quando aproximei o carro, ouvi um clique e o portão se abriu à minha frente. Entendi que tinha comigo uma chave mestra que permitia o acesso automático à casa. Quando passei pelo chão de pedra, fui surpreendido pelo barulho da água. Não era um som distante, era como se o rio corresse sob meus pés. Acionei o interruptor externo: o jardim e os terraços se iluminaram. Contornei a casa e entendi. Como a Casa da Cascata, a obra-prima do arquiteto Frank Lloyd Wright, a casa de Francis havia sido construída diretamente em cima do curso de água.

Era uma construção moderna, com nada de provençal ou mediterrâneo e que lembrava a arquitetura americana. Tinha dois andares com vigas cantilever e mesclava diferentes materiais – vidro, pedra clara, concreto armado –, integrando-se perfeitamente à vegetação e ao platô rochoso onde fora construída.

A fechadura eletrônica se abriu assim que me aproximei da porta. Temi que um alarme soasse. Havia uma caixa presa à parede, mas nada aconteceu. Ali também um único interruptor acendia todas as luzes. Apertei-o e descobri um interior tão elegante como espetacular.

O térreo abrigava uma sala de estar, uma sala de jantar e uma cozinha americana. Como na arquitetura japonesa, o espaço não tinha divisórias: os diferentes ambientes eram separados por painéis de madeira clara que deixavam passar a luz.

Dei alguns passos dentro do loft e percorri o ambiente com os olhos. Não imaginara a *garçonnière* de Francis daquele jeito. Tudo era refinado e aconchegante. A grande lareira de pedra branca, as vigas de carvalho claro, os móveis de nogueira com formas arredondadas. No balcão do bar, uma garrafa de cerveja pela metade indicava que alguém passara por ali recentemente. Ao lado da Corona, um maço de cigarros e um isqueiro laqueado com uma estampa japonesa.

O Zippo de Maxime...

Ele passara ali depois de nossa conversa na casa de minha mãe, claro. O que descobrira o transtornara a ponto de o fazer sair dali com pressa e deixar para trás os cigarros e o isqueiro.

Caminhei até as portas de correr e tomei consciência de que Francis fora assassinado exatamente naquele lugar. Devia ter sido torturado perto da lareira, talvez deixado para morrer. Depois, arrastara-se por aquele piso de madeira envelhecida até a grande parede de vidro acima do rio. Dali, conseguira ligar para minha mãe. Mas eu não sabia se ela havia atendido a ligação.

3.

Minha mãe...

Sentia sua presença impregnando aquela casa. Adivinhava sua influência por trás de cada móvel, de cada elemento de decoração. Aquela casa também era sua. Um estalo me deu um susto. Virei-me e dei de cara com ela.

Ou melhor, com seu retrato pendurado na parede, do outro lado da sala. Dirigi-me ao ambiente sofá-biblioteca, onde havia outras fotografias. Quanto mais eu me aproximava, mais entendia a história que até então me escapara. Em cerca de quinze fotos, desenhava-se uma espécie de retrospectiva da vida paralela de Francis e Annabelle ao longo dos anos. Juntos, eles tinham dado a volta ao mundo. Reconheci pontos turísticos emblemáticos: o deserto africano, Viena sob a neve, o bonde de Lisboa, as cataratas islandesas de Gullfoss, os ciprestes da Toscana, o castelo escocês de Eilean Donan, a Nova York de antes da queda das torres.

Mais do que os lugares, os sorrisos e a serenidade nos rostos de ambos me deixaram arrepiado. Minha mãe e Francis estavam apaixonados. Durante décadas, viveram uma história de amor total, mas clandestina. Uma relação inimaginável e duradoura, protegida dos olhos do mundo.

Mas por quê? Por que nunca oficializaram sua história juntos?

No fundo, sabia a resposta. Ou melhor, adivinhava. Era complexa e se devia às personalidades singulares dos dois. Annabelle e Francis eram pessoas duras e decididas que deviam ter encontrado conforto mútuo na construção de uma bolha da qual eram os únicos arquitetos. Duas individualidades fortes que desde sempre se constituíram *contra o mundo*. Contra sua mediocridade, contra o inferno dos outros, de quem estavam sempre se emancipando. A bela e a fera. Dois temperamentos incomuns que desprezavam as conveniências, as convenções, o casamento.

Percebi que estava chorando. Com certeza porque nas fotos em que minha mãe sorria reencontrei aquela que conhecera na infância, com a doçura que às vezes aparecia sob a máscara de gelo da austríaca. Não estava louco. Não havia sonhado aquilo. Aquela outra mulher de fato existia, e hoje eu tinha a prova disso.

Sequei as lágrimas, mas elas não paravam de escorrer. Fiquei comovido com aquela vida dupla, com aquela história de amor admirável que pertencia exclusivamente aos dois. O verdadeiro amor não estava, no fundo, livre de todas as convenções? Aquele amor quimicamente puro fora experimentado por Francis e por minha mãe, ao passo que eu me contentara em sonhar com ele ou fantasiá-lo por meio dos livros.

Uma última imagem chamou minha atenção. Era pequena e de cor sépia, uma fotografia muito antiga de uma turma de colégio na praça de um vilarejo. Uma legenda escrita à mão dizia: *Montaldicio, 12 de outubro de 1954*. Sentadas em três fileiras de bancos, as crianças pareciam ter por volta de dez anos. Todas tinham o cabelo preto como ébano. Com exceção de uma garotinha loira, de olhos claros, levemente afastada. Todas as crianças olhavam para a câmera, menos um garotinho de cara redonda, mas fechada. Na hora em que o fotógrafo apertou o botão, Francis virara o rosto e só tinha olhos para a austríaca. A mais bonita da escola. A história dos dois cabia por inteiro naquela foto. Tudo começara ali, na infância, no vilarejo italiano que os vira crescer.

4.

Uma escada suspensa, de madeira bruta, subia para os quartos. Logo entendi a distribuição do andar: uma imensa suíte principal com suas dependências, escritórios, closets, sauna. Ainda mais que no térreo, a onipresença das superfícies envidraçadas apagava as fronteiras entre dentro e fora. O ambiente era excepcional. Dava para sentir a floresta ao lado e o som do rio, que se misturava ao barulho da chuva. Um terraço envidraçado levava a uma piscina coberta que dava para o céu e para um jardim suspenso com glicínias, acácias e cerejeiras japonesas.

Por um instante, quase dei meia-volta, com medo do que poderia descobrir. Mas precisava encarar os fatos. Empurrei a porta do quarto e entrei num ambiente ainda mais íntimo. Mais fotos, dessa vez minhas. Em todas as etapas da infância. A mesma impressão que me acompanhava ao longo de todo o dia se tornava cada vez mais intensa à medida que avançava em minhas investigações: buscando Vinca, era a *mim mesmo* que eu encontrava.

A foto mais antiga era um retrato em preto e branco. *Maternidade Jeanne-d'Arc, 8 de outubro de 1974, nascimento de T.* Uma *selfie* antes do tempo. Francis é quem segura a câmera. Ele abraça minha mãe, que segura o bebê recém-nascido. E esse bebê sou eu.

Assombro e certeza. A verdade saltava aos olhos com violência. Uma onda de emoções me submergiu. Ao refluir, sua espuma catártica me deixou tonto. Tudo se esclarecia, tudo se encaixava, mas a dor era feroz. Meus olhos ficaram obstinadamente fixos naquela foto. Olhei para Francis e tive a impressão de me ver num espelho. Como pude ser tão cego por tanto tempo? Agora eu entendia tudo. Por que nunca me sentira filho de Richard, por que sempre considerara Maxime um irmão, por que um instinto animal me fazia brigar sempre que Francis era atacado.

Tomado por sentimentos contraditórios, sentei-me na beira da cama para secar as lágrimas. Saber que eu era filho de Francis me tirava um peso das costas, mas saber que nunca mais poderia falar com ele me deixava mil lamentos. Uma pergunta começou a me assombrar: Richard sabia desse segredo de família e da vida dupla da mulher? Provavelmente, mas talvez não. Talvez ele tivesse se feito de bobo por anos, sem entender de fato por que Annabelle tolerava suas inúmeras traições.

Levantei-me para sair do quarto, mas voltei com a intenção de levar comigo a fotografia da maternidade. Precisava pegá-la como uma prova de minhas origens. Erguendo a moldura, descobri um pequeno cofre na parede. Um teclado numérico convidava a digitar seis números. *Minha data de nascimento?* Não pensei que fosse dar certo, mas não pude deixar de tentar. Às vezes, o mais óbvio...

A porta do cofre se abriu com um clique. A caixa de metal não era muito profunda. Mergulhei a mão e encontrei uma arma. A famosa pistola que Francis não tivera tempo de usar quando foi atacado. Num saquinho de pano, também encontrei uma dezena de cartuchos de calibre 38. Nunca gostei de armas. Costumavam provocar repulsa em mim. Mas, por causa de meus romances, fui obrigado a me interessar por elas. Avaliei o peso do revólver. Compacto e pesado, lembrava um velho Smith & Wesson modelo 36. O famoso Chiefs Special, com coronha de madeira e corpo de aço.

Qual o sentido daquela arma atrás da fotografia? Que a felicidade e o amor verdadeiro precisavam ser protegidos de todas as maneiras? Que para tê-los era preciso pagar um preço que poderia ser de sangue e lágrimas?

Introduzi cinco cartuchos no tambor, para completá-lo, e coloquei a arma na cintura. Não sabia se saberia usá-la, mas tinha certeza de que o perigo rondava por todos os lados. Porque alguém havia posto na cabeça que eliminaria todos os que julgava responsáveis pela morte de Vinca. E porque eu com certeza seria o próximo da lista.

Cheguei ao pé da escada e meu celular começou a tocar. Hesitei. Nunca era bom sinal quando um número privado ligava às três horas da manhã. Decidi atender. Era a polícia. O comissário Vincent Debruyne me ligava do comissariado de Antibes para dizer que minha mãe fora encontrada morta e que meu pai confessara o assassinato.

Annabelle

Antibes.
Sábado, 13 de maio de 2017.

Meu nome é Annabelle Degalais. Nasci na Itália no final dos anos 1940, num pequeno vilarejo do Piemonte. Os próximos minutos podem ser os últimos de minha vida.

No último dia 25 de dezembro, Francis me telefonou no meio da noite, antes de morrer. Ele só conseguiu articular um pedaço de frase: *proteja Thomas e Maxime...*

Entendi que o passado havia retornado. Com seu cortejo de ameaças, perigos e mortes. Mais tarde, lendo os artigos dos jornais que contavam o sofrimento que Francis enfrentara antes de morrer, entendi que aquela velha história só poderia terminar do jeito que havia começado: com sangue e medo.

Por 25 anos, no entanto, conseguimos manter o passado à distância. Para proteger nossos filhos, giramos duas vezes a chave de todas as fechaduras, cuidando para não deixar nenhum vestígio. A vigilância se tornou nossa segunda natureza, embora com o tempo nossos cuidados tenham perdido o caráter doentio. Alguns dias, a aflição que me oprimia há tantos anos parecia evaporar. Baixei a guarda, naturalmente. Um erro.

A morte de Francis quase me matou. Meu coração se dilacerou. Pensei que não aguentaria. Quando fui levada ao hospital, na ambulância, uma parte de mim sentiu vontade de se deixar levar ao encontro de Francis, mas uma força maior me trouxe de volta à vida.

Precisava lutar para proteger meu filho. O retorno da ameaça me arrancara Francis, mas não me tiraria Thomas.

Meu último combate irá até o fim, ou seja, acabarei com a pessoa que coloca em risco o futuro de meu filho. E farei com que pague a morte do único homem que jamais amei.

Quando saí do hospital, voltei a mergulhar nas lembranças do passado e comecei minhas próprias investigações para descobrir quem, depois de tantos anos, poderia querer se vingar. Com violência, ódio e determinação assustadores. Não sou mais uma jovem, mas ainda tenho a mente ágil. Por mais que me dedicasse a procurar respostas para minhas perguntas, no entanto, não encontrei nenhuma pista. Todos os protagonistas que poderiam ter veleidades de vingança estavam mortos ou muito velhos. Algo que ignorávamos vinha travar o pacato mecanismo de nossa vida e ameaçava quebrá-lo. Vinca morrera carregando um segredo. Um segredo que nos escapara e que voltava à tona hoje, semeando a morte.

Procurei por toda parte, mas não encontrei nada. Até que, há pouco, Thomas trouxe coisas velhas do subsolo e espalhou-as sobre a mesa da cozinha. De repente, a resposta me saltou aos olhos. Tive vontade de chorar de raiva. A verdade estava ali, diante de nossos olhos há tanto tempo, oculta por um detalhe que nenhum de nós soube enxergar.

Um detalhe que mudava tudo.

*

Ainda estava claro quando cheguei ao Cabo de Antibes. Parei na frente de uma fachada branca que dava para o bulevar de Bacon, mas que não permitia enxergar muita coisa do tamanho e da extensão da casa. Deixei o carro em fila dupla e apertei no interfone. O jardineiro que cortava as sebes me disse que a pessoa que eu buscava fora passear os cães na trilha dos descabelados.

Dirigi por mais alguns quilômetros até o pequeno estacionamento da praça Keller, no cruzamento do Chemin de la Garoupe com a avenida André-Sella. O lugar estava deserto. Abri o porta-malas e peguei a espingarda de Richard.

Para me dar coragem, lembrei-me das caçadas de domingo de manhã na companhia de meu pai adotivo pelas zonas florestais. Eu adorava acompanhá-lo. Embora não falássemos muito, era um momento compartilhado com mais intimidade do que longas conversas. Lembrei com afeto de Butch, nosso *setter* irlandês. Sempre à espreita de perdizes, marrecos e lebres, era o melhor para localizar e apontar animais para que pudéssemos atirar.

Segurei a arma, acariciei a coronha de madeira brilhosa e me detive por um instante nas gravuras delicadas que a ornavam. Com um clique, abri o cano de aço e coloquei dois cartuchos. Depois, segui pela trilha estreita ao longo do mar.

Depois de cinquenta metros, uma barreira impedia a passagem. "Zona Perigosa – Acesso Proibido". Culpa da ressaca da última quarta-feira, que devia ter provocado desmoronamentos. Contornei o obstáculo saltando nas pedras.

O ar marinho me fez bem, e a vista deslumbrante que chegava até os Alpes me lembrou de onde eu vinha. Na curva de uma encosta escarpada, vi o vulto, alto e esguio, do assassino de Francis. Os três cachorrões que o cercavam avançaram na minha direção.

Botei a espingarda no ombro. Meu olhar encontrou meu alvo. Coloquei-o na linha de fogo. Sabia que não teria uma segunda chance.

Quando o tiro ecoou, claro, seco e rápido, tudo me voltou de uma só vez.

Montaldicio, as paisagens italianas, a escola, a praça do vilarejo, os insultos, a violência, o sangue, o orgulho de continuar em pé, o sorriso comovente de Thomas aos três anos, o amor duradouro de um homem diferente dos outros.

Tudo o que realmente contou em minha vida...

16

A Noite continua à espera

> *Comece a acreditar que a noite*
> *continua à sua espera.*
>
> René CHAR

1.

Naquela noite de tempestade, as ruas de Antibes pareciam revestidas de uma camada espessa e viscosa, derrubada por um pintor iniciante em sua tela.

Eram 4 horas da manhã. Eu perambulava de um lado para o outro sob a chuva, na frente do comissariado de polícia da avenida Frères-Olivier. Vestira meu impermeável, mas meus cabelos estavam encharcados e a água entrava pelo colarinho. Com o celular colado ao ouvido, tentava convencer um advogado, figurão de Nice, a auxiliar meu pai caso sua prisão se prolongasse.

Sentia-me sufocar sob a cascata de catástrofes que se encadeavam. Uma hora antes, ao deixar o Aurelia Park, fui parado pela polícia por excesso de velocidade. Perturbado pela emoção, havia acelerado o Roadster a mais de 180 quilômetros por hora. Fui obrigado a soprar um bafômetro e meus drinques e shots de vodca me valeram uma suspensão imediata da carteira de motorista. Para poder sair dali, não tive escolha e precisei ligar para Stéphane Pianelli. O jornalista já estava a par da morte de minha mãe e me garantiu que chegaria sem demora. Foi me buscar com seu SUV Dacia, com o pequeno Ernesto dormindo profundamente no banco de trás. O carro cheirava a pão de mel e nunca devia ter sido lavado. No caminho até o comissariado, ele me colocou a par de tudo, completando as informações que o comissário Debruyne me passara. O corpo de minha mãe fora encontrado no Cabo de Antibes, nas rochas da trilha do litoral. A polícia municipal, chamada ao local por moradores preocupados com um som de arma de fogo, foi a primeira a constatar sua morte.

– Sinto muito ter que dizer isso, Thomas, mas as circunstâncias em que ela foi morta são realmente terríveis. Nunca se viu nada igual em Antibes.

A luz interna do Dacia ficara ligada. Pianelli tremia. Estava lívido, muito abalado com o horror que penetrava em seus círculos de relações. Afinal, conhecia bem os meus pais. Eu estava anestesiado. Muito além do cansaço, da tristeza, da dor.

– Havia uma espingarda de caça perto da cena do crime, mas Annabelle não morreu por tiro de arma de fogo – declarou.

Ele teve dificuldade de contar o resto, precisei insistir para que me revelasse a verdade.

E era isso que estava tentando explicar ao advogado, pois acabara de sair do comissariado: o rosto de minha mãe se transformara numa pasta, resultado de uma avalanche de coronhadas. Meu pai não fizera aquilo, claro. Richard fora ao local porque eu lhe dissera para ir, e Annabelle já estava morta quando chegou. Ele desabou chorando nas pedras, e seu único erro foi ficar olhando para o cadáver da esposa aos soluços de "Eu que fiz isso!". Essa afirmação, expliquei ao advogado, sem dúvida não devia ser entendida literalmente. Obviamente demonstrava a culpa de não ter sido capaz de evitar o assassinato, e não uma confissão. O advogado concordou e me garantiu que nos ajudaria.

Quando desliguei, a chuva continuava. Abriguei-me sob uma parada de ônibus na praça General-de-Gaulle, de onde fiz duas ligações difíceis para Port-au-Prince e Paris, para avisar meu irmão e minha irmã da morte de nossa mãe. Jérôme, fiel a si mesmo, manteve a dignidade, ainda que profundamente chocado. A conversa com minha irmã foi surreal. Pensei que a encontraria dormindo em casa, no 17º *arrondissement*, mas ela estava em Estocolmo com o namorado. Eu não sabia nem que se divorciara no ano anterior. Ela me contou da separação e, desconversando sobre as circunstâncias que a causaram, comuniquei-lhe a tragédia que acabava de atingir nossa família. Ela teve uma crise de choro que fui incapaz de acalmar, tampouco o sujeito que dormia a seu lado.

Depois, fiquei um bom tempo na chuva, vagando como uma sombra pela praça. A esplanada estava inundada. Algum encanamento devia ter se rompido, carregando uma parte do asfalto. As fontes ainda iluminadas projetavam longos jatos de água dourada, que se misturavam à chuva para formar uma espécie de nevoeiro etéreo.

Encharcado, envolto pela bruma, eu tinha o coração carbonizado, os neurônios queimados, o corpo esmigalhado. A névoa vaporosa que afundava meus passos apagava os contornos da praça, os limites das calçadas, as marcações do chão. Tinha a impressão de que ela também submergia todos os meus valores e minhas referências. Não sabia mais qual fora meu papel numa história que me corroía havia tantos anos. Uma queda que parecia não ter fim. Um roteiro de filme *noir* do qual eu fora objeto, e não sujeito.

2.

De repente, dois faróis atravessaram o nevoeiro e avançaram na minha direção: o Dacia arredondado de Stéphane Pianelli estava de volta.

– Suba, Thomas! – falou, abaixando o vidro. – Achei mesmo que você não teria como voltar. Levo você para casa.

Completamente sem forças, aceitei a oferta. O assento do passageiro continuava entulhado de coisas. Como na vinda, sentei no banco de trás, ao lado do adormecido Ernesto.

Pianelli me explicou que estava voltando da sede do *Nice-Matin*. O jornal fechara cedo, não haveria nada sobre a morte de minha mãe na primeira edição do dia seguinte. Mesmo assim, o jornalista passara em seu escritório para escrever um artigo para o site do jornal.

– As fracas suspeitas que pesam sobre seu pai não serão mencionadas – me tranquilizou.

Enquanto acompanhávamos a costa rumo a La Fontonne, Pianelli me disse que havia cruzado com Fanny ao sair do hospital, onde mais cedo fora buscar informações sobre Maxime.

– Estava surtando. Nunca a vi daquele jeito.

Um alarme soou em minha mente cansada.

– O que ela disse?

Estávamos parados no cruzamento de La Siesta. O sinal vermelho mais demorado do mundo...

– Ela me contou *tudo*, Thomas. Disse que matou Vinca e que sua mãe e Francis a ajudaram a acobertar tudo.

Entendi melhor a perturbação de Pianelli mais cedo: além de impressionado com as circunstâncias da morte de minha mãe, descobrira toda uma história de assassinato.

– Ela disse o que aconteceu com Clément?

– Não – ele admitiu. – É a única peça do quebra-cabeça que está faltando.

O semáforo passou para o verde. O Dacia pegou a estrada e subiu até La Constance. Eu estava completamente acabado. Tinha a mente turva. Sentia que aquele dia nunca chegaria ao fim. Que uma onda carregaria tudo. Havia revelações demais, dramas demais, mortes demais, ameaças demais pairando sobre as pessoas por quem eu sentia afeto. Então, fiz o que nunca se deve fazer. Baixei a guarda. Transgredi 25 anos de silêncio porque quis acreditar no ser humano. Quis acreditar que Pianelli era um cara legal que colocaria nossa amizade acima da profissão de jornalista.

Coloquei tudo em cima da mesa: o assassinato de Clément e tudo o que eu descobrira sobre aquele dia. Ao chegar à casa de meus pais, Pianelli estacionou na frente do portão e deixou o motor ligado. Ficamos mais meia hora conversando dentro do velho SUV, para tentar entender melhor as coisas. Pacientemente, ele me ajudou a reconstituir o que havia acontecido mais cedo, no início da tarde. Minha mãe devia ter ouvido alguma coisa de minha conversa com Maxime. Como eu, ela devia ter notado as diferenças de caligrafia na dedicatória do livro e nos comentários escolares de Alexis Clément. Ao contrário de mim, ela conseguira identificar, graças a esse detalhe, o assassino de Francis. Ela devia ter marcado um encontro com ele ou o seguira até o Cabo de Antibes, para eliminá-lo. Enfim, ela havia vencido onde havíamos fracassado: desmascarar um monstro cujo furor assassino parecia não ter limites.

Uma perspicácia que lhe custara a vida.

– Tente descansar – disse Stéphane, me dando um abraço. – Ligo amanhã. Podemos ir juntos ao hospital, saber notícias de Maxime.

Apesar do caráter atipicamente caloroso de suas palavras, não tive forças para responder e bati a porta do carro. Como não estava com o controle, fui obrigado a escalar o portão. Lembrei que era possível entrar na casa pela garagem do subsolo, que meus pais nunca trancavam. Quando cheguei à sala, nem me dei ao trabalho de acender a luz. Coloquei a mochila em cima da mesa, junto com o revólver de Francis. Tirei as roupas encharcadas, atravessei o recinto como um sonâmbulo, e desabei no sofá. Ali, me encolhi como um novelo de lã e deixei o sono me levar.

Eu havia apostado e perdido todas as minhas fichas. Fora vencido pelas adversidades. Acabara de viver o pior dia de minha vida, completamente despreparado. Naquela manhã, desembarcara na Côte d'Azur com a consciência de que um terremoto poderia acontecer, mas não antecipara nem sua força nem seu caráter cruel e devastador.

17
O Jardim dos Anjos

*Talvez quando morrermos
a morte nos dê a chave e a
continuação dessa aventura frustrada.*
ALAIN-FOURNIER

Domingo, 14 de maio de 2017.

Quando abri os olhos, o sol do meio do dia reinava absoluto. Dormi de uma só vez até depois das 13 horas. Um sono pesado, profundo, que me desconectou totalmente da escuridão da realidade.

O toque do celular me acordou. Não fui rápido o suficiente para atender, mas ouvi a mensagem deixada. Do telefone de seu advogado, meu pai avisava que acabara de ser liberado e que estava indo para casa. Tentei retornar a ligação, mas a bateria de meu telefone morreu. Minha pasta continuava no carro alugado e procurei em vão por um carregador compatível, até que desisti. Do aparelho fixo, liguei para o Centro Hospitalar Universitário de Antibes, onde não consegui falar com ninguém que me desse notícias de Maxime.

Tomei uma ducha e coloquei umas roupas que encontrei no guarda-roupa de meu pai: uma camisa Charvet e um casaco de vicunha. Saí do banheiro e tomei três expressos olhando para o mar e seus reflexos monocromáticos. Na cozinha, meus pertences antigos continuavam no mesmo lugar da véspera. Em cima de um banquinho, a grande caixa de papelão e, em cima do balcão de madeira maciça, minhas antigas redações, meus boletins escolares, fitas K7, a coletânea de poemas de Tsvetáieva, que abri de novo para ler a bela dedicatória:

> *Para Vinca,*
> *Eu queria ser uma alma sem corpo*
> *para não te deixar jamais.*
> *Amar-te é viver.*
> *Alexis*

Folheei o livro, primeiro distraidamente, depois com mais atenção. Publicado pela Mercure de France, *Meu irmão feminino* não era, ao contrário do que eu sempre pensara, uma coletânea de poemas. Era um ensaio em prosa, que alguém – Vinca ou a pessoa que o dera de presente – havia sublinhado copiosamente. Detive-me numa das frases marcadas. "É [...] a única brecha nessa entidade perfeita que são duas mulheres que se amam. O impossível não é resistir à tentação do homem, mas à necessidade da criança."

A frase me tocou de alguma maneira: *essa entidade perfeita que são duas mulheres que se amam.* Sentei-me num dos bancos e continuei a leitura.

Duas mulheres que se amam... Maravilhosamente bem escrito, o texto – composto no início dos anos 1930 – era uma espécie de exaltação poética ao amor lésbico. Não um manifesto, mas uma reflexão ansiosa sobre a impossibilidade de duas mulheres darem à luz um filho biológico das duas amantes.

Foi então que entendi o que me escapara desde o primeiro dia. E que mudava tudo.

Vinca gostava de mulheres. Em todo caso, Vinca havia amado uma mulher. Alexis. Um nome misto. Quase exclusivamente masculino na França, mas majoritariamente feminino em países anglo-saxões. Fiquei transtornado com a descoberta, perguntando-me se mais uma vez não estaria seguindo uma pista falsa.

Alguém apertou a campainha. Convencido de que era meu pai, apertei o botão para abrir e saí para recebê-lo no terraço. Mas, em vez de Richard, vi-me diante de um jovem muito magro, de traços finos e olhar perturbadoramente claro.

– Sou Corentin Meirieu, o assistente do sr. Pianelli – ele se apresentou, tirando o capacete de ciclista e sacudindo os cabelos extremamente ruivos.

O aprendiz de jornalista encostou a bicicleta na parede: um estranho modelo de bambu com um selim de couro sobre molas.

– Meus pêsames – falou, com uma expressão desolada que desaparecia sob sua barba densa, que não combinava com seu rosto juvenil.

Convidei-o a entrar para tomar um café.

– Com prazer, se tiver algo que não seja em cápsulas.

Acompanhou-me à cozinha e, enquanto examinava o pacote de arábica perto da cafeteira, tamborilou os dedos numa pasta que mantinha contra o corpo.

– Tenho novidades para o senhor!

Enquanto eu preparava as bebidas, Corentin Meirieu sentou-se num dos banquinhos e pegou um maço de documentos cheios de anotações. Coloquei uma xícara à sua frente e vi a capa da segunda edição do *Nice-Matin* em sua bolsa. Uma fotografia da trilha do litoral com a legenda: MEDO NA CIDADE.

– Não foi fácil, mas consegui informações interessantes sobre o financiamento do liceu – declarou.

Sentei-me à frente dele e, com a cabeça, convidei-o a continuar.

– O senhor tinha razão: o financiamento das obras de Saint-Ex se baseia totalmente numa doação importante e inesperada que o estabelecimento recebeu há pouco tempo.

– Há pouco tempo quanto?

– No início do ano.

Alguns dias depois da morte de Francis.

– Da parte de quem? Da família de Vinca Rockwell?

Ocorreu-me que Alastair Rockwell, o avô de Vinca, nunca aceitara o desaparecimento da neta e poderia ter organizado uma espécie de vingança *post mortem*.

– Nem um pouco – respondeu Meirieu, colocando açúcar no café.

– De quem, então?

O *hipster* consultou suas anotações.

— Uma fundação cultural americana está por trás dessa doação: a fundação Hutchinson & DeVille.

O nome não me disse nada. Meirieu bebeu seu café de uma só vez.

— Como o nome indica, a fundação é mantida por duas famílias. Os Hutchinson e os DeVille, que fizeram fortuna na Califórnia depois da guerra, quando criaram uma corretora de valores que hoje tem centenas de agências em todo o continente americano.

O jornalista seguia decifrando suas anotações.

— A fundação tem um papel de mecenato na arte e na cultura. Financia sobretudo escolas, universidades e museus: St. Jean Baptiste High School, Berkeley, UCLA, MoMa de San Francisco, Museu de Arte do Condado de Los Angeles...

Meirieu dobrou as mangas da camisa jeans, que estava tão colada no corpo que parecia uma segunda pele.

— Durante a última reunião do conselho administrativo da fundação, uma proposta não usual foi votada: pela primeira vez, um dos membros apresentou a ideia de investir fora dos Estados Unidos.

— Para a expansão e renovação do liceu Saint-Exupéry?

— Exatamente. O debate foi acalorado. Em si, o projeto não era desinteressante, mas comportava coisas descabidas, como a criação, perto do lago, de um espaço chamado Jardim dos Anjos.

— Stéphane me falou que será um imenso roseiral.

— Sim, isso mesmo. A intenção é criar um espaço de recolhimento dedicado à memória de Vinca Rockwell.

— Que loucura, não? Como a fundação aceitou esse delírio?

— Grande parte do conselho administrativo foi contra, justamente, mas uma das duas famílias hoje é representada por uma única herdeira. Como esta sofre de certa fragilidade psiquiátrica, vários membros não confiavam nela. Mas a nível estatutário ela dispunha de um grande número de votos e conseguiu mais alguns para vencer com maioria estreita.

Massageei as pálpebras. Eu estava com a paradoxal impressão de não estar entendendo nada e, ao mesmo tempo, de nunca ter estado tão perto da verdade. Levantei-me para buscar minha mochila. Precisava verificar uma coisa. Dentro, encontrei o *yearbook* do ano escolar 1992-1993. Enquanto folheava as páginas, Meirieu encerrou sua fala:

– A herdeira que tem mão forte sobre a fundação Hutchinson & DeVille se chama Alexis Charlotte DeVille. Acho que o senhor a conhece. Ela deu aulas em Saint-Ex quando o senhor foi aluno.

Alexis DeVille... A carismática professora de literatura inglesa.

Fiquei siderado, os olhos fincados no retrato daquela que todos chamavam à época de srta. DeVille. No *yearbook*, seu nome desaparecia atrás das iniciais A.C. Finalmente encontrara Alexis. A assassina de minha mãe e de Francis. A pessoa que tentara matar Maxime. E aquela que, indiretamente, havia levado Vinca a seu destino funesto.

– Faz algum tempo que ela voltou a morar na Côte d'Azur, seis meses por ano – disse Meirieu. – Comprou a antiga Villa Fitzgerald, no Cabo de Antibes. Sabe onde fica?

Corri para a rua e percebi que estava sem carro. Pensei em roubar a bicicleta do jornalista, mas, em vez disso, desci ao subsolo pela garagem e levantei a lona de plástico que protegia minha velha mobilete. Sentei nela e, como na época de meus quinze anos, tentei ligar o motor com o pé.

Mas o subsolo era frio e úmido, e o motor afogava. Encontrei uma caixa de ferramentas e voltei. Tirei o tampo e afrouxei a vela com uma chave. Estava suja, imunda. Como eu já fizera centenas de vezes antes de ir para a escola, limpei-a com um pano velho e esfreguei-a numa lixa antes de colocá-la de volta. Os gestos voltavam naturalmente. Estavam gravados em algum lugar de minha mente, lembranças distantes de uma época nem tão distante assim, em que a vida parecia cheia de promessas.

Tentei mais uma vez dar a partida. Houve uma leve melhora, mas a mobilete não mantinha a marcha lenta. Tirei o cavalete, saltei no banco e me deixei deslizar pela encosta. O motor deu a impressão de falhar, mas acabou pegando. Peguei a estrada rezando para que a mobilete resistisse alguns quilômetros. Eu não precisava da marcha lenta.

Richard

As imagens martelam meu crânio. Intoleráveis e irreais. Mais insuportáveis que os piores pesadelos. O rosto de minha mulher arrebentado, afundado, esmigalhado. O belo rosto de Annabelle reduzido a uma máscara de carne sanguinolenta.

Meu nome é Richard Degalais e estou cansado de viver.

Se a vida é uma guerra, acabo de perder não apenas um combate. Nas trincheiras da vida, acabo de ter o ventre retalhado por uma baioneta. Obrigado a me render incondicionalmente, na mais dolorosa das batalhas.

Permaneço imóvel no meio das douradas partículas de luz da sala de estar. Minha casa está vazia e assim continuará para sempre. É difícil admitir a realidade dessa provação. Perdi Annabelle para sempre. Mas quando a perdi de fato? Há algumas horas, numa praia do Cabo de Antibes? Há alguns anos? Há várias décadas? O mais justo talvez seja reconhecer que nunca perdi Annabelle porque ela nunca foi minha...?

A arma em cima da mesa à minha frente me hipnotiza. Uma arma que não sei o que faz aqui. Uma Smith & Wesson com coronha de madeira, como nos filmes antigos. O tambor está cheio: cinco cartuchos calibre 38. Pego a arma, sinto o peso de sua carcaça de aço. A arma me chama. Uma solução fácil e rápida para todos os meus problemas. É verdade que, a curto prazo, a perspectiva da morte me alivia. Esqueço dos quarenta anos de um casamento estranho, em que vivi ao lado de uma mulher impenetrável que dizia me "amar à sua maneira", o que queria dizer que não me amava.

A verdade é que Annabelle me tolerava e, pensando bem, isso já era melhor do que nada. Viver com ela me fazia sofrer, mas viver sem ela teria me matado. Tínhamos nossos arranjos secretos que me faziam passar aos olhos do mundo como o marido volúvel – que eu era, sem dúvida... – e que a preservavam dos bisbilhoteiros e dos curiosos. Nada nem ninguém tinha poder sobre Annabelle. Ela escapava a todo tipo de classificação, a todas as normas, a todas as convenções. Era essa liberdade que me fascinava. Afinal, alguma vez amamos o outro por outra coisa que não o seu mistério? Eu a amava, mas seu coração não estava disponível. Eu a amava, mas não fui capaz de protegê-la.

Encosto o cano da Chiefs Special na têmpora e, de repente, respiro melhor. Gostaria de saber quem colocou essa arma em meu caminho. Thomas, talvez? Esse filho que não é meu filho. Esse filho que também nunca me amou. Fecho os olhos e vejo seu rosto, ao lado de dezenas de lembranças de quando ele era pequeno. Imagens tingidas de maravilhamento e dor. Maravilhamento diante desse filho inteligente, curioso e obediente demais; dor de saber que eu não era seu pai.

Aperte um pouco o gatilho, se for bem homem.

Não é o medo que me faz desistir. É Mozart. As três notas de harpa e oboé que me avisam quando Annabelle me envia um SMS. Levo um susto. Largo a arma e corro até o telefone. *Richard, você tem correspondência. A.*

A mensagem foi recém enviada, pelo telefone de Annabelle. Mas é impossível, pois ela está morta e seu celular está em casa. A única explicação é que ela programou o envio dessa mensagem de texto antes de morrer.

Richard, você tem correspondência. A.

Correspondência? Que correspondência? Consulto meus e-mails no celular, mas não encontro nada relevante. Saio da casa e desço o caminho até a caixa de correio. Ao lado de uma propaganda de tele-entrega de sushi, encontro um espesso envelope azul-celeste que me faz lembrar das cartas de amor que trocávamos muito tempo atrás. Abro o pacote, que não tem selo. Talvez Annabelle o tenha deixado aqui ontem à tarde, ou alguma transportadora privada o tenha trazido. Leio a primeira frase: *Richard, se receber essa carta é porque fui assassinada por Alexis DeVille.*

Levo um tempo infinito para ler as três páginas. O que descubro me desconcerta e transtorna. É uma confissão *post mortem*. E, à sua maneira, uma espécie de carta de amor, que termina da seguinte maneira: *Agora é você quem tem o destino de nossa família nas mãos. Você é o último com a força e a coragem de proteger e salvar nosso filho.*

18

A garota e a noite

> *No fim tínhamos peças do quebra-cabeça, mas, por mais que tentássemos montá-lo, os vazios permaneciam [...] como países que não conseguíamos identificar.*
>
> Jeffrey Eugenides

1.

A mobilete havia morrido. Atrás do guidom, eu pedalava como um louco. De pé, sem encostar no selim, como se estivesse subindo o monte Ventoux com cinquenta quilos nas costas.

Situada no bulevar Bacon, na ponta do Cabo de Antibes, a Villa Fitzgerald, vista da rua, parecia um bunker. Apesar do nome, nunca havia sido habitada pelo escritor americano, mas as lendas tinham vida longa na Côte d'Azur, como em qualquer outro lugar. Cinquenta metros antes de meu destino, abandonei o ciclomotor na calçada e passei por cima da balaustrada costeira. Naquele ponto do Cabo, as praias de areia se transformavam numa costa recortada e de difícil acesso. Massas rochosas escarpadas, esculpidas pelo vento, e despenhadeiros que mergulhavam no mar. Pulei sobre as rochas e, correndo o risco de quebrar o pescoço, escalei a encosta íngreme que levava aos fundos da Villa.

Dei alguns passos no piso de concreto encerado da piscina – um longo retângulo cerúleo acima do mar, prolongado por uma escada talhada na pedra que descia até um pequeno atracadouro. Incrustada na falésia, a propriedade Fitzgerald ficava literalmente na beira do mar. A casa tinha a típica arquitetura modernista dos Anos Loucos, com influências da *art déco* e do estilo mediterrâneo. Pintada de branco, a fachada geométrica era encimada por um telhado plano com um terraço protegido por uma pérgola. Naquela hora do dia, o céu e o mar se confundiam num mesmo azul esplendoroso: a cor do infinito.

Uma galeria com arcadas abrigava um terraço coberto. Segui a linha do pórtico até encontrar uma porta envidraçada semiaberta que me permitiu entrar na casa.

Tirando a vista para a imensidão azul em vez de sobre o Hudson, a peça principal lembrava meu loft de TriBeCa: um ambiente *clean*, onde cada detalhe fora escolhido a dedo. O tipo de lugar fotografado por revistas ou blogs de decoração. Na biblioteca, encontrei mais ou menos os mesmos livros de minha casa, refletindo a mesma cultura: clássica, literária, internacional.

Também reinava a limpeza suspeita dos interiores onde não há crianças. A frieza um pouco triste das casas que não são irrigadas pelo melhor da vida: risadas infantis, bichinhos de pelúcia e peças de Lego em todos os cantos, farelos de biscoito em cima e embaixo de todas as mesas...

– Sinceramente, atirar-se na boca do lobo está se tornando um hábito em sua família.

Dei meia-volta e me vi a dez metros de Alexis DeVille. Eu a avistara na véspera, durante a cerimônia dos cinquenta anos de Saint-Ex. Estava vestida com simplicidade – jeans, camisa listrada, blusão gola V, par de Converse –, mas era daquelas pessoas com porte distinto em todas as circunstâncias. Uma bela figura, reforçada pelos três cães que se agitavam a seu redor: um doberman de orelhas cortadas, um american terrier avermelhado e um rottweiler de cabeça chata.

Quando vi os cães, meu corpo inteiro se enrijeceu. Lamentei não ter levado algo para me defender. Saí da casa de meus pais num impulso, movido pela raiva. Além disso, sempre pensei que minha arma era meu cérebro. Uma lição que aprendi com meu professor, Jean-Christophe Graff. Naquele momento, porém, ao lembrar do que Alexis DeVille fizera com minha mãe, com Francis e com Maxime, percebi que havia errado ao ser tão impulsivo.

Agora que chegara à fonte da verdade, senti-me vulnerável. No fundo, não esperava ouvir nada de Alexis DeVille. Eu já não havia entendido tudo? Tanto quanto se pode entender em questões de amor... Mas conseguia imaginar o fascínio mútuo que aquelas duas mulheres inteligentes, livres e bonitas deviam ter sentido na época. A excitação da cumplicidade intelectual, a embriaguez dos corpos, a vertigem da transgressão. Embora aquilo me incomodasse, Alexis DeVille e eu não éramos tão diferentes. Amamos a mesma garota 25 anos atrás e nunca nos recuperamos desse amor.

Alta, esguia, com a pele perfeita e lisa que tornava impossível dizer sua idade, Alexis DeVille havia prendido os cabelos em coque. Parecia segura, no controle da situação. Seus cães não tiravam os olhos de mim, mas ela se dava o luxo de me dar as costas e contemplar as fotos penduradas em todas as paredes. As famosas fotos sensuais de Vinca de que Dalanegra me falara. Com uma modelo daquelas, o fotógrafo se superara. Ele havia capturado com perfeição a beleza perturbadora e inebriante da jovem. O aspecto efêmero de sua juventude. *O que vivem as rosas...*

2.

Decidi passar ao ataque.

– A senhora gosta de acreditar que ainda ama Vinca, mas não é verdade. Quem ama não mata.

DeVille arrancou-se da contemplação das fotografias para me medir com seu olhar gélido, cheio de desprezo.

– Eu poderia facilmente responder que matar pode ser o ato de amor mais absoluto. Mas essa não é a questão. Não fui eu quem matou Vinca, foi você.

– Eu?

– Você, sua mãe, Fanny, Francis Biancardini e o filho... Cada um a seu grau, vocês são todos responsáveis. Todos culpados.

– Foi Ahmed quem disse isso, não?

Ela avançou na minha direção, escoltada por seus cérberos. Pensei em Hécate, a deusa da sombra na mitologia grega, sempre acompanhada de uma matilha de cães que uivam à lua. Hécate reinava sobre os pesadelos, os desejos reprimidos, os territórios da mente em que homens e mulheres são impuros e frágeis.

– Apesar dos testemunhos, nunca acreditei que Vinca tivesse fugido com aquele sujeito – animou-se Alexis. – Por anos a fio busquei a verdade. E, por uma cruel ironia do destino, quando parei de achar que a encontraria, ela me foi servida de bandeja.

Os cães se agitavam e rosnavam na minha direção. Estava começando a entrar em pânico. Ver aqueles animais me deixava sem reação. Tentei não fixar seus olhos, mas eles percebiam meu mal-estar.

– Foi há sete meses, mais ou menos – informou Alexis. – No setor de frutas e legumes de um supermercado. Ahmed me reconheceu enquanto eu fazia compras. E pediu para falar comigo. Na noite da morte de Vinca, Francis o enviara ao quarto dela para buscar algumas coisas e limpar tudo de modo a apagar todos os vestígios que poderiam comprometê-los. Inspecionando os bolsos de um casaco, ele encontrou uma carta e uma fotografia. Logo entendeu que Alexis era eu. Um segredo que o imbecil guardou por 25 anos.

Por trás da calma aparente, eu adivinhava sua raiva e sua fúria.

– Ahmed precisava de dinheiro para voltar para casa, e eu queria o que ele sabia. Dei-lhe cinco mil euros e ele me contou tudo: os dois corpos emparedados no ginásio, o horror daquela noite de dezembro de 1992 que encheu Saint-Exupéry de sangue, a impunidade da gangue de vocês.

– Não basta repetir uma história para que ela se torne verdadeira. A única responsável pela morte de Vinca foi a senhora. O culpado de um crime nem sempre é aquele ou aquela que segura a arma, e a senhora sabe disso muito bem.

Pela primeira vez, o rosto de Alexis DeVille se contraiu. Como se respondessem a uma ordem interna de sua deusa, os três cães se aproximaram e me cercaram. Um suor frio me gelou as costas. Meu medo se tornava incontrolável. Em geral, eu conseguia não deixar a fobia se instalar, conseguia racionalizar e dizer para mim mesmo que meus temores eram irracionais e exagerados. Mas naquele caso específico os cães eram ferozes e treinados para atacar. Apesar do medo, continuei:

– Lembro-me da senhora à época. Do magnetismo e da aura que emanava. Todos os alunos a admiravam. Eu em primeiro lugar. Uma jovem professora de trinta anos, brilhante, bonita, que respeitava os alunos e sabia puxá-los para cima. Nas classes preparatórias, todas as garotas queriam ser como a senhora, símbolo de liberdade e de independência. Para mim, representava a vitória da inteligência sobre a mediocridade do mundo. O equivalente feminino de Jean--Christophe Graff e...

Ao ouvir o nome de meu antigo professor, ela estourou numa gargalhada zombeteira.

– Ah! O pobre Graff! Mais um imbecil, mas de outro tipo: um imbecil culto. Também não percebeu nada. Por anos, me perseguiu com suas atenções. Ele me escrevia versos e cartas inflamadas. Ele me idealizava, como você idealizava Vinca. É típico dos homens como vocês. Que afirmam amar as mulheres, mas não as conhecem e não tentam conhecê-las. Vocês não nos ouvem e não querem nos ouvir. Para vocês, não passamos de suportes para seus devaneios românticos!

Para dar força às suas palavras, ela citou Stendhal e seu processo de cristalização amorosa: "A partir do momento em que começamos a nos ocupar de uma mulher, já não a vemos *como ela realmente é*, mas como nos convém que ela seja".

Mas eu não a deixaria se safar com máximas intelectualoides. Ela havia destruído Vinca ao amá-la, e eu queria que admitisse isso.

– Ao contrário do que disse, eu conhecia Vinca. Em todo caso, antes de ela conhecer a senhora. E não lembro de uma garota que bebesse ou que se entupisse de remédios. A senhora fez de tudo para manter sua influência sobre ela, e conseguiu. Ela era uma presa fácil: uma jovem exaltada que descobria o prazer e a paixão.

— Eu a perverti, é isso?

— Não, acho que a empurrou para as drogas e para o álcool para alterar sua capacidade de julgamento e a tornar manipulável.

Com os dentes arreganhados, os cães passavam por mim e cheiravam minhas mãos. O doberman colou a cara no alto de minha coxa, obrigando-me a recuar até as costas de um sofá.

— Empurrei-a para os braços de seu pai porque era a única maneira de podermos ter um filho.

— A verdade é que a senhora é que queria essa criança. E *somente* a senhora!

— Não! Vinca também queria!

— Naquelas condições? Duvido.

Alexis DeVille se irritou:

— Você não pode nos julgar. Hoje, o desejo dos casais de mulheres de ter filhos é admitido, aceito, muitas vezes respeitado. As mentalidades mudaram, as leis evoluíram, a ciência progrediu. Mas no início dos anos 1990 tudo isso era negado, rejeitado.

— A senhora tinha dinheiro, poderia ter feito outra coisa.

Ela protestou:

— Eu não tinha nada, justamente! Os progressistas de verdade nunca são quem pensamos. A suposta tolerância dos DeVille da Califórnia é pura aparência. Os membros de minha família são todos hipócritas, covardes e cruéis. Eles desaprovavam minha maneira de viver e minha orientação sexual. Na época, tinham cortado minha mesada havia anos. Quando miramos em seu pai, matamos dois coelhos de uma cajadada só: dinheiro e filho.

Nossa discussão não prosperava. Cada um defendia seu ponto de vista. Talvez porque fosse inútil procurar um responsável. Talvez porque os dois fôssemos culpados e inocentes, vítimas e algozes. Talvez porque a única verdade fosse reconhecer que, em 1992, no liceu Saint-Exupéry de Sophia Antipolis, uma garota fascinante enlouquecia as pessoas que deixava entrar em sua vida. Porque, quando estávamos com ela, tínhamos a ilusão de que sua vida era uma resposta à pergunta que nos fazíamos: como atravessar a noite?

3.

O ar estava impregnado de uma tensão perniciosa. Os três cães me encurralavam contra a parede e não tinham dúvidas de que me mantinham sob controle. Eu sentia o perigo iminente, as batidas de meu coração, a camisa colada nas costas pela transpiração, o avanço inelutável da morte. Com um gesto, uma palavra, DeVille poderia acabar com minha vida. Agora que chegara ao fim de minha investigação, eu me dava conta de que tudo se resumia a uma escolha: matar ou ser morto. Apesar do medo, continuei:

— A senhora poderia ter dado um jeito de adotar uma criança ou de engravidar.

Invadida por um fanatismo destruidor e exaltado, ela chegou bem perto de mim e esticou um dedo ameaçador a poucos centímetros de meu rosto.

— Não! Eu queria um bebê *de* Vinca. Uma criança com seus genes, sua perfeição, sua graça, sua beleza. Um prolongamento de nosso amor.

— Estou a par das receitas de Rohypnol que a senhora lhe fornecia por intermédio do dr. Rubens. Estranho tipo de amor, esse, que para se realizar precisa manter o outro no vício, não acha?

— Seu grande...

DeVille perdia as palavras. Ela própria tinha cada vez mais dificuldade para conter a agressividade de seus cães. Senti o peito apertado, uma pontada no coração e comecei a ficar tonto. Tentei ignorá-la e enfiei o dedo na ferida:

— Sabe qual foi a última coisa que Vinca disse antes de morrer? Ela me confessou: *Alexis me forçou, eu não queria dormir com ele.* Por 25 anos, enganei-me sobre o sentido dessa frase, e isso custou a vida de um homem. Mas hoje sei o que ela significava: "Alexis DeVille me forçou a dormir com seu pai, mas eu não queria".

Eu não conseguia respirar direito. Meu corpo inteiro tremia. Para fugir daquele pesadelo, a única saída parecia ser me desdobrar em dois.

— Vinca morreu sabendo muito bem o tipo de lixo que a senhora era. E, por mais que mande construir mil Jardins dos Anjos, nunca conseguirá reescrever a história.

Furiosa, Alexis DeVille deu o sinal para o ataque.

O american terrier foi o primeiro a avançar. A força explosiva do cão me fez perder o equilíbrio. Quando caí, minha cabeça bateu no chão e, depois, na quina de uma cadeira de metal. Senti dentes entrando em meu pescoço, procurando a carótida. Tentei empurrar a fera, mas não consegui.

Ouvi três tiros. O primeiro acertou o cachorro que rasgava a minha nuca e fez os dois outros fugirem. O segundo e o terceiro tiros foram disparados enquanto eu ainda estava no chão. Quando voltei a mim, o corpo de Alexis DeVille estava caído perto da lareira, no meio de uma poça de sangue. Virei a cabeça na direção da porta de vidro. O vulto de Richard se delineava à contraluz.

– Está tudo bem, Thomas – ele me disse, numa voz reconfortante.

A mesma que ele usava quando, aos seis anos, eu tinha pesadelos. Sua mão não tremera. Segurava com firmeza a coronha de madeira da Smith & Wesson de Francis Biancardini.

Meu pai me ajudou a levantar, atento caso um dos cérberos voltasse para nos atacar. Quando pousou a mão em meu ombro, voltei a ser o garoto de seis anos por alguns instantes. E pensei naquela espécie em vias de extinção, os homens da geração anterior, como Francis e Richard. Homens ásperos, duros, com um sistema de valores de outra época. Homens sobre quem todos cuspiam ultimamente, porque sua virilidade era considerada vergonhosa e ultrapassada. Mas homens com quem por duas vezes eu tivera a sorte de cruzar em meu caminho. Pois não haviam hesitado em sujar as mãos para salvar minha vida.

Mergulhando-as num grande mar de sangue.

Epílogo(s)

Depois da Noite

A maldição dos fracos

Os dias que se seguiram à morte de Alexis DeVille e à prisão de meu pai constam entre os mais estranhos de minha vida. Todas as manhãs, eu me convencia de que as investigações da polícia levariam à reabertura do caso sobre o desaparecimento de Vinca e Clément. De sua cela, porém, meu pai conseguiu circunscrever o perigo com maestria. Afirmou ter mantido uma relação amorosa com Alexis DeVille por vários meses. Sua mulher, ele explicou, havia descoberto tudo e fora até a casa de sua amante com uma espingarda. Sentindo-se em perigo, Alexis se defendera e eliminara minha mãe, antes de ser morta por meu pai. A história se sustentava. Fornecia motivos claros e verossímeis a todos os protagonistas. Seu grande mérito era restringir os assassinatos à esfera "passional". O advogado de meu pai mal podia esperar o julgamento. A violência do assassinato de minha mãe por Alexis DeVille – bem como seus antecedentes psiquiátricos e o episódio dos cães que me atacaram – quase fazia o ato de meu pai parecer uma vingança legítima e abria a porta não para sua absolvição, mas para uma pena reduzida. Acima de tudo, a hipótese do crime passional tinha a vantagem de não ligar o episódio nem a Vinca nem a Clément.

Mas aquele encadeamento de fatos me pareceu bom demais para ser verdade.

*

Por algumas semanas, porém, acreditei que a sorte continuaria sorrindo para nós. Maxime havia saído do coma e seu estado de saúde melhorava de maneira espetacular. Em junho, foi eleito deputado e seu nome mencionado algumas vezes na imprensa para um cargo de secretário de Estado. A investigação sobre a agressão à sua pessoa havia interditado a região dos arredores do ginásio, que se tornara uma cena de crime. A demolição não começou na data prevista, portanto. Depois, quando o *board* da fundação Hutchinson & DeVille decidiu, dadas as circunstâncias, retirar sua doação ao liceu Saint-Exupéry, as obras foram adiadas para o dia de São Nunca, e a direção começou a pregar um discurso oposto ao que havia mantido até então. Com argumentos ecológicos e culturais, os representantes de Saint-Ex insistiram nos perigos causados pela modificação da paisagem natural, que perderia uma parte de sua alma, à qual todos os atores educacionais estavam afeiçoados. *Quod erat demonstrandum.**

*

Fanny havia retomado o contato comigo depois do anúncio da prisão de meu pai. No hospital, passamos uma noite inteira no quarto de Maxime ainda inconsciente contando toda a verdade sobre a noite de 1992. Descobrir que não era responsável pela morte de Vinca lhe permitiu recuperar o controle sobre a própria vida. Pouco depois, separou-se de Thierry Sénéca e entrou em contato com uma clínica de fertilidade em Barcelona para tentar uma fertilização *in vitro*. Depois que Maxime melhorou, nos víamos com frequência em torno dele, no hospital.

Por alguns dias, realmente acreditei que nós três escaparíamos do destino trágico ao qual a presença dos dois cadáveres emparedados nos condenava. Por alguns dias, realmente acreditei que conseguiríamos vencer a maldição dos fracos.

Mas não contava com a traição daquele em quem eu cometera o erro de confiar: Stéphane Pianelli.

*

---

* O que havia de ser demonstrado. (N.E.)

– Você não vai gostar, mas vou publicar um livro com a verdade sobre a morte de Vinca Rockwell – o jornalista me anunciou tranquilamente, numa noite de fim de junho, quando estávamos sentados ao balcão de um pub da velha Antibes, para o qual ele me convidara para um drink.

– Que verdade?

– A única – respondeu Pianelli, imperturbável. – Nossos concidadãos têm o direito de saber o que aconteceu com Vinca Rockwell e Alexis Clément. Os pais dos alunos de Saint-Ex têm o direito de saber que estão inscrevendo seus filhos num estabelecimento com dois corpos emparedados há 25 anos.

– Se fizer isso, Stéphane, vai mandar Fanny, Maxime e eu para a prisão.

– A verdade precisa aparecer – ele disse, tamborilando os dedos no balcão.

Depois, mudando de assunto, começou um longo discurso sobre uma caixa de supermercado que havia perdido o emprego por causa de um erro de alguns euros e por causa da permissividade que, segundo ele, os tribunais demonstravam para com políticos e empresários. E emendou com sua eterna cantilena – a mesma desde o fim do liceu – sobre a luta de classes e o sistema capitalista, *instrumento de sujeição a serviço dos acionistas*.

– Enfim, Stéphane, o que isso tem a ver com a gente?

Ele me olhou com uma mistura de seriedade e júbilo. Como se, desde o primeiro dia, esperasse estar naquela posição de superioridade. Percebi, talvez pela primeira vez, a que ponto Pianelli sentia um ódio visceral por tudo o que representávamos.

– Vocês mataram duas pessoas. Precisam pagar por isso.

Bebi um gole de minha cerveja e tentei afetar indiferença.

– Não acredito em você. Nunca vai escrever esse livro.

Ele tirou do bolso um envelope polpudo, que me estendeu. O contrato que acabara de assinar com uma editora parisiense para a publicação iminente de um texto inédito: *Um estranho caso. A verdade sobre Vinca Rockwell*.

– Você não tem prova de nada, meu caro. Vai acabar com sua credibilidade de jornalista com esse livro.

– As provas estão no ginásio – ele disse, zombeteiro. – Quando o livro for lançado, conte comigo para reunir os pais dos alunos. A pressão será tão grande que a direção se verá obrigada a derrubar a parede.

– Os assassinatos de Vinca e Alexis Clément prescreveram.

– Talvez, embora isso seja muito discutível, mas os assassinatos de sua mãe e de Alexis DeVille, não. A justiça vai fazer a ligação entre todos esses crimes.

Eu conhecia a editora. Não era uma casa muito prestigiosa ou muito rigorosa, mas tinha meios para garantir grande publicidade ao lançamento. Se Pianelli realmente lançasse o livro, teria um efeito devastador.

– Não entendo por que faz isso, Stéphane. Para ter seu pequeno momento de glória, é isso? Não parece você.

– Estou fazendo meu trabalho, só isso.

– Seu trabalho é trair os amigos?

– Pare com isso, meu trabalho é ser jornalista, e nunca fomos amigos.

Lembrei da fábula do escorpião e do sapo. "Por que me picou?, perguntou o sapo ao escorpião no meio do rio. Por sua culpa nós dois morreremos. Porque é da minha natureza, respondeu o escorpião."

O jornalista pediu mais um chope e enfiou sua faca um pouco mais fundo.

– A história é fascinante! Os Bórgia versão moderna! Aposta quanto que vai virar uma série na Netflix?

Vi aquele canalha se regozijando com a destruição de minha família e senti vontade de matá-lo.

– Agora entendo por que Céline o deixou – eu disse. – Porque você é um pobre coitado, um grande merda...

Pianelli tentou jogar o chope em meu rosto, mas fui mais rápido do que ele. Dei um passo para trás e acertei um direto em seu rosto e um uppercut no fígado que o fez cair de joelhos.

Quando saí do bar, meu adversário estava no chão, mas eu é que havia perdido. E dessa vez não tinha mais ninguém para me proteger.

Jean-Christophe

Antibes, 18 de setembro de 2002.

Meu querido Thomas,
Após longos meses de silêncio, escrevo para me despedir. Quando essas linhas tiverem cruzado o Atlântico, terei encerrado minha existência terrestre.
Antes de ir, quis cumprimentá-lo uma última vez. E reafirmar como fui feliz por ter sido seu professor e como lembro-me com alegria de nossas conversas e de todos os momentos que passamos juntos. Você foi o melhor aluno que tive em toda a minha carreira de professor, Thomas. Não o mais brilhante, não o que tirava as melhores notas, mas com certeza o mais generoso, o mais sensível, o mais humano, o mais atento aos outros.
Acima de tudo, não fique triste! Despeço-me porque não tenho mais forças para continuar. Tenha certeza de que não é por falta de coragem, mas porque a vida me enviou uma provação que não posso suportar. E porque a morte se impôs como a única saída honrosa para o inferno em que caí. Nem mesmo os livros, meus fiéis companheiros, conseguem me manter com a cabeça para fora da água.
Meu drama é terrivelmente banal, mas sua insignificância não atenua a dor que provoca. Por anos a fio, amei secretamente uma mulher

sem ousar me revelar a ela por medo de ser rejeitado. Por muito tempo, meu oxigênio foi vê-la viver, sorrir, falar. Nossa cumplicidade intelectual me parecia sem igual, e a impressão que eu às vezes tinha de que nossos sentimentos eram recíprocos me manteve vivo mesmo quando eu estava mal.

Confesso ter algumas vezes voltado a pensar em sua teoria sobre a maldição dos fracos e ingenuamente ter esperado desmenti-la, mas a vida não me ajudou.

Infelizmente, nas últimas semanas compreendi que esse amor nunca será recíproco e que essa pessoa com certeza não é quem eu pensava ser. Decididamente, não serei daqueles que conseguem forçar o destino.

Cuide-se, meu querido Thomas, e, acima de tudo, não fique triste por mim! Eu não saberia deixar-lhe algum conselho, mas escolha bem suas batalhas. Nem todas merecem ser travadas. Saiba por vezes agarrar-se aos outros e triunfe onde fracassei, Thomas. Envolva-se com a vida porque a solidão mata.

Gostaria de desejar-lhe boa sorte para o futuro. Não tenho a menor dúvida de que você conseguirá vencer onde fracassei: a busca por uma alma gêmea para enfrentar as turbulências da vida. Como escreveu um de nossos escritores preferidos, "não há nada pior do que estar sozinho entre os homens".

Preserve sua exigência. Preserve o que fez de você um garoto diferente dos outros. E proteja-se dos imbecis. A exemplo dos estoicos, não esqueça que a melhor maneira de se proteger deles é evitar parecer-se com eles.

Ainda que meu destino pareça atestar o contrário, estou convencido de que nossas fraquezas são nossas maiores forças.

Um abraço.

JEAN-CHRISTOPHE GRAFF

A maternidade

Antibes, clínica Jeanne-d'Arc.
9 de outubro de 1974.

Francis Biancardini empurrou delicadamente a porta do quarto. Os raios alaranjados do sol outonal entravam pelas portas que davam para a sacada. Naquele final de tarde, a tranquilidade da maternidade só era perturbada pelo rumor longínquo da saída das escolas.

Francis entrou no quarto. Seus braços estavam cheios de presentes: um urso de pelúcia para o filho Thomas, uma pulseira para Annabelle, dois pacotes de biscoito *cantucci* e um pote de cerejas Amarena para as enfermeiras, que cuidavam deles tão bem. Colocou os presentes na bandeja de rodinhas tentando fazer o menor barulho possível para não acordar Annabelle.

Quando debruçou-se sobre o berço, o recém-nascido o encarou com seu olhar curioso.

– E você, como está?

Pegou o bebê no colo e sentou-se numa cadeira para aproveitar aquele momento mágico e solene que se segue ao nascimento de um filho.

Sentia uma alegria profunda mesclada de pesar e impotência. Quando Annabelle saísse da clínica, não voltaria para casa com ele. Voltaria para junto de seu marido, Richard, que seria o pai legal de Thomas. Uma situação incômoda, à qual ele seria obrigado a se adaptar. Annabelle era a mulher de sua vida, mas também uma pessoa fora do comum. Uma mulher apaixonada com uma visão muito pessoal do compromisso entre duas pessoas e que colocava o amor acima de tudo.

Francis acabara sendo convencido a não revelar a relação entre eles. "A clandestinidade de nosso amor também o torna mais valioso", ela dizia. "Expor esse amor aos olhos do mundo o torna comum e faz com que perca seu mistério." Ele via nisso outra vantagem: ocultar de seus potenciais inimigos o que tinha de mais precioso. Melhor não mostrar ao mundo o que realmente prezava, para não se tornar vulnerável demais.

*

Francis suspirou. O personagem bronco que representava era uma fachada. Com exceção de Annabelle, ninguém o conhecia de fato. Ninguém sabia da violência e da pulsão de morte que ele carregava. Aquele furor se desencadeara pela primeira vez em 1961, em Montaldicio, quando tinha quinze anos, numa noite de verão, perto da fonte da praça. Os jovens do vilarejo estavam alcoolizados. Um deles se aproximara demais de Annabelle. Ela o havia repelido várias vezes, mas o sujeito continuara a tocá-la. Francis se mantivera afastado. Os rapazes eram mais velhos que ele. Eram pintores e vidreiros de Turim que estavam ali para construir e consertar as estufas de uma propriedade do vilarejo. Quando entendeu que ninguém interviria, aproximou-se do grupo e pediu ao sujeito que desse o fora. Na época, não era muito alto e podia até dar a impressão de ser um pouco desajeitado. Quando riram da cara dele, ele agarrou o agressor pela garganta e lhe deu um soco no rosto. Apesar de seu físico, tinha uma força de touro e estava tomado de raiva. Depois de começar, continuou batendo no jovem trabalhador sem que ninguém conseguisse fazer com que o soltasse. Desde bem pequeno, tinha problemas de fala que sempre o haviam dissuadido de conversar com Annabelle. As palavras ficavam presas em sua garganta. Naquela noite, portanto, ele falou com os punhos. Quebrando a cabeça daquele sujeito, enviava uma mensagem a Annabelle: *comigo, ninguém nunca fará mal a você.*

Quando acabou, o rapaz estava inconsciente, com o rosto todo ensanguentado e a boca com vários dentes a menos.

O acontecimento causou grande comoção na região. Nos dias que se seguiram, os carabineiros procuraram Francis para interrogá-lo, mas ele havia trocado a Itália pela França.

Quando reencontrou Annabelle, anos mais tarde, ela lhe agradeceu por tê-la defendido, mas confessou que ele a assustava um pouco. Aproximaram-se mesmo assim e, graças a ela, ele conseguiu domesticar sua violência.

Enquanto embalava o filho, Francis percebeu que o bebê havia adormecido. Ousou depositar um beijo na testa de Thomas. Doce e agradável, o cheiro do bebê o deixou encantado, lembrando-lhe ao mesmo tempo do aroma do pão doce e da flor de laranjeira. Em seus braços, Thomas era minúsculo. A serenidade que emanava de seu lindo rosto carregava muitas promessas de futuro. Mas aquela pequena maravilha parecia muito frágil.

Francis percebeu que chorava. Não por estar triste, mas porque aquela fragilidade o aterrorizava. Secou as lágrimas e, com toda a delicadeza de que era capaz, recolocou Thomas no berço sem acordá-lo.

*

Abriu a porta de correr e saiu para a sacada do quarto de hospital. Tirou o maço de Gauloises do bolso da jaqueta, acendeu um cigarro e, de repente, decidiu que aquele seria o último. Agora que era responsável por uma família, precisava se cuidar. Por quanto tempo os filhos precisam dos pais? Quinze anos? Vinte anos? A vida toda? Enquanto aspirava a fumaça acre do tabaco, fechou os olhos para aproveitar os últimos raios de sol que abriam caminho pela folhagem de uma grande tília.

O nascimento de Thomas o investia de uma grande responsabilidade, que estava pronto a exercer.

Criar um filho e protegê-lo era uma luta de longuíssimo prazo que exigia vigilância constante. O pior poderia surpreendê-lo sem mais nem menos. A atenção precisava ser constante. Francis não se esquivaria de suas obrigações. Era casca grossa.

O barulho da porta se abrindo tirou Francis de seus pensamentos. Ele virou-se e viu Annabelle caminhando em sua direção, com um sorriso nos lábios. Quando ela se refugiou em seus braços, ele sentiu todos os seus temores se dissiparem. Enquanto a brisa quente os envolvia, Francis entendeu que, enquanto Annabelle estivesse a seu lado, poderia enfrentar qualquer coisa. A força bruta não é nada sem a inteligência. Juntos, sempre estariam um passo à frente do perigo.

Um passo à frente do perigo

Apesar da ameaça que o livro de Pianelli fazia pairar sobre nossas cabeças, Maxime, Fanny e eu continuamos a viver como se ela não existisse. Tínhamos passado da fase de viver com medo. Da fase de querer convencer os outros ou nos justificar. Nós nos prometemos uma única coisa: enfrentaríamos juntos o que quer que acontecesse.

No dia a dia, aproveitávamos uns aos outros à espreita de uma tempestade que eu secretamente esperava que nunca chegasse.

Alguma coisa havia mudado em mim e me dava um novo tipo de confiança. A preocupação que aos poucos me corroía havia desaparecido. A descoberta de minhas novas raízes faziam de mim um outro homem. Lamentava certas coisas, claro: só ter me reconciliado com minha mãe por meio da morte dela, ter esperado que Richard fosse para a cadeia para me sentir próximo a ele. Também lamentava nunca ter conversado com Francis sabendo quem ele realmente era.

As trajetórias de meus três "pais" me davam o que pensar.

Eram percursos singulares, cheios de sofrimentos, arrebatamentos, contradições. Eles perderam a coragem algumas vezes, mas também demonstraram um respeitável senso de sacrifício. Tinham vivido, amado, matado. Perderam-se em suas paixões, mas sem dúvida tentaram fazer o melhor que podiam. O melhor que podiam para não ter um destino comum. O melhor que podiam para conciliar uma aventura pessoal ao senso de responsabilidade. O melhor que podiam para conjugar a palavra família segundo uma gramática própria.

Ter vindo dessa linhagem me forçava não a imitá-los, mas a defender essa herança e a aceitar algumas de suas lições.

Era inútil negar a complexidade das emoções e dos seres humanos. Nossas vidas eram múltiplas, às vezes indecifráveis, cheias de aspirações contraditórias. Nossas vidas eram frágeis, ao mesmo tempo preciosas e insignificantes, impregnadas ora das águas gélidas da solidão, ora da corrente tépida de uma Fonte da Juventude. Acima de tudo, nossas vidas nunca estavam sob controle. Uma ninharia podia alterá-las. Uma palavra que geme, um olhar que brilha ou um sorriso que se demora podiam nos elevar ou precipitar no vazio. E, apesar dessa incerteza, não tínhamos escolha, precisávamos fingir estar no comando do caos, à espera de que as inflexões de nossos corações encontrassem lugar nos desígnios secretos da Providência.

*

Na noite de 14 de julho, para festejar a saída de Maxime do hospital, nos reunimos na casa de meus pais. Olivier, Maxime, as filhas deles, Fanny e Pauline Delatour, que se revelara uma garota inteligente e engraçada, com quem eu me reconciliara. Fiz uns filés na churrasqueira e preparei hot dogs para agradar às meninas. Abrimos uma garrafa de Nuits-Saint-Georges, pois nos instaláramos no terraço para ver os fogos de artifício da baía de Antibes. O espetáculo havia acabado de começar quando ouvi o toque da campainha.

Deixei meus convidados e liguei a luz da rua antes de descer até o portão de entrada. Stéphane Pianelli me esperava atrás da grade. Não parecia nada bem: cabelos compridos, barba fornida, olhos vermelhos e com olheiras.

– O que quer, Stéphane?
– Oi, Thomas.

Seu hálito fedia a álcool.

– Pode me deixar entrar? – perguntou, segurando as barras da grade.

A grade que eu não abrira simbolizava a barreira que sempre existiria entre nós. Pianelli era um traidor. Nunca seria um dos nossos.

– Vá se foder, Stéphane.

– Tenho uma boa notícia, artista. Não vou fazer concorrência a você com meu livro!

Ele tirou do bolso uma folha dobrada em quatro e a passou por entre as grades.

– Sua mãe e Francis eram realmente doidos! – disse o jornalista. – Uma sorte eu ter encontrado esse artigo antes do livro ser lançado. Eu teria passado por idiota!

Desdobrei o papel enquanto os fogos e rojões explodiam no céu. Era uma fotocópia de um velho artigo do *Nice-Matin*, datado de 28 de dezembro de 1997. Cinco anos depois do drama.

Vandalismo e depredações no liceu Saint-Exupéry

O estabelecimento de ensino da tecnópole de Sophia Antipolis foi alvo de atos de vandalismo na noite de Natal. Os estragos mais significativos ocorreram no ginásio do liceu internacional.

Na manhã de 25 de dezembro, os danos foram descobertos pela diretora das classes preparatórias, sra. Annabelle Degalais. Vários desenhos e pichações injuriosas se espalhavam pelas paredes da sala esportiva. Os vândalos também quebraram muitas vidraças, esvaziaram os extintores e quebraram as portas dos vestiários.

Para a diretora – que prestou queixa –, não resta dúvida de que os culpados são de fora da escola.

A polícia abriu um inquérito e fez as verificações de praxe. À espera da conclusão das investigações, a direção do centro escolar deu início à limpeza e à necessária obra de recuperação do ginásio, para que este esteja pronto antes do reinício das aulas, no próximo dia 5 de janeiro.

Claude Angevin.

O artigo era acompanhado de duas fotos. Na primeira, constatava-se a extensão do vandalismo no ginásio: paredes pichadas, extintores no chão, vidros quebrados.

– Nunca encontraremos os corpos de Vinca e Clément – bradou Pianelli. – É óbvio, não é mesmo? Sua mãe e Francis eram inteligentes e maquiavélicos demais para não pensar em tudo. Vou dizer uma coisa, artista. Você e seus amigos podem agradecer a seus pais por terem livrado vocês de uma grande merda.

Na segunda foto, minha mãe estava de pé, braços cruzados, tailleur, coque apertado e rosto impassível. Atrás dela, o vulto largo de Francis Biancardini, com sua eterna jaqueta de couro. Ele posava para a foto com uma espátula numa mão e um formão na outra.

As evidências saltavam aos olhos. Em 1997, cinco anos depois dos assassinatos e alguns meses antes de minha mãe sair do cargo, ela decidira, junto com seu amante, tirar os corpos da parede do ginásio. Nunca viveriam com aquela espada de Dâmocles sobre a cabeça. Para justificar a intervenção de Francis, haviam simulado um ataque de vandalismo. As obras de reconstrução aconteceram durante o recesso de Natal. O único momento do ano em que o liceu ficava quase deserto. Ou seja, um parque de diversões para Francis – dessa vez, sem a ajuda de Ahmed – tirar os corpos dali e se livrar deles de uma vez por todas.

Temermos tanto a descoberta dos cadáveres, mas fazia vinte anos que eles não estavam mais no liceu!

Um pouco tonto, voltei ao rosto de Francis. Seu olhar agudo parecia atravessar o fotógrafo e chegar a todos aqueles que um dia se colocassem em seu caminho. Um olhar duro, um tanto altivo, que dizia: não tenho medo de ninguém, porque sempre estarei um passo à frente do perigo.

Pianelli foi embora sem se despedir. Sem pressa, voltei para junto de meus amigos. Levei um bom tempo para tomar plena consciência de que não precisaríamos temer mais nada. Quando cheguei na casa, li mais uma vez o artigo de jornal. Examinando atentamente minha mãe na foto, percebi que ela segurava um molho de chaves na mão. Com certeza as chaves do maldito ginásio. As chaves do passado, que também me abriam as portas do futuro.

O privilégio do romancista

> *Não é para nos tornarmos escritores que escrevemos. É para alcançarmos em silêncio o amor que falta a todo amor.*
>
> Christian Bobin

À minha frente, tenho uma caneta Bic de trinta centavos e um bloco de notas quadriculado. Minhas únicas armas desde sempre.

Estou sentado na biblioteca do liceu, em meu lugar na pequena reentrância com vista para o pátio de paralelepípedos e a fonte coberta de hera. A sala de estudos cheira a cera e vela derretida. Os velhos manuais de literatura pegam pó nas prateleiras atrás de mim.

Depois que Zélie se aposentou, a direção do liceu decidiu dar meu nome ao prédio que abriga o clube de teatro. Declinei da oferta e sugeri o nome de Jean-Christophe Graff. Mas aceitei escrever e ler um pequeno discurso de inauguração para os estudantes.

Tiro a tampa da caneta e começo a tomar notas. A vida inteira, nunca fiz outra coisa. Escrever. Em duas direções contrárias: construir paredes e abrir portas. Paredes para conter a devastadora crueldade da realidade, portas para fugir a um mundo paralelo – a realidade não como ela é, mas como deveria ser.

Nem sempre funciona, mas, às vezes, por algumas horas, a ficção realmente se torna mais forte que a realidade. Esse talvez seja o privilégio dos artistas em geral e dos romancistas em particular: às vezes ser capaz de ganhar a luta contra a realidade.

Escrevo, corrijo, reescrevo. As páginas se acumulam. Pouco a pouco, a história toma corpo. Uma história alternativa para explicar o que realmente aconteceu na fatídica noite de 1992, na madrugada de 19 para 20 de dezembro.

Imagine... A neve, o frio, a escuridão. Imagine o exato momento em que Francis voltou ao quarto de Vinca com a intenção de emparedá-la. Ele se aproximou do corpo deitado no calor da cama. Ele levantou a jovem e, com sua força de touro, carregou-a como uma princesa. Mas não para levá-la para um castelo maravilhoso. Ele a carregou até um canteiro de obras escuro e gelado com cheiro de concreto e umidade. Ele estava sozinho. Escoltado apenas por seus demônios e fantasmas. Enviara Ahmed para casa. Colocou o corpo de Vinca sobre uma lona no chão e ligou todas as luzes do local. Estava hipnotizado pelo corpo da jovem e não conseguia se decidir a concretá-la. Algumas horas antes, livrara-se do corpo de Alexis Clément sem maiores questionamentos internos. Mas agora era diferente. Era mais difícil. Olhou para ela por um bom tempo. Depois, aproximou-se para cobrir seu corpo com algo, como se ela ainda pudesse sentir frio. E por um momento, enquanto as lágrimas escorriam por seu rosto, imaginou que ela poderia estar viva. A ilusão era tão forte que ele parecia ver seu peito se erguer levemente.

Até que ele compreendeu que Vinca respirava *de verdade*.

Puta que o pariu. Como era possível? Annabelle a acertara na cabeça com uma estatueta de ferro. A jovem estava com a barriga cheia de álcool e remédios. Os ansiolíticos reduziam o ritmo cardíaco, mas ele mesmo, há pouco tempo, não sentira nenhum pulso ao examiná-la. Ele colou o ouvido no peito da jovem e ouviu seu coração bater. E foi a música mais linda que jamais ouviu.

Francis não hesitou. Não usaria a pá na garota para acabar com aquilo. Não conseguiria. Levou Vinca até seu 4x4 e a deitou no banco de trás. Depois, dirigiu na direção do maciço de Mercantour, onde tinha uma cabana de caça. Um pequeno chalé no qual às vezes passava a noite quando caçava camurças perto de Entraunes. Normalmente, levava duas horas para chegar lá, mas, devido às condições meteorológicas, o trajeto levou o dobro do tempo. O dia raiava quando chegou à fronteira dos Alpes da Alta Provença. Deitou Vinca no sofá da cabana de caça, fez um fogo na lareira, buscou um grande estoque de lenha e colocou água para ferver.

Pensou muito enquanto dirigia e tomou uma decisão. Se a garota acordasse, ele a ajudaria a desaparecer e começar tudo do zero. Em outro país, com outra identidade, com outra vida. Como num programa de proteção à testemunha. Sem a ajuda de uma agência governamental. Decidiu que bateria à porta da 'Ndrangheta. Fazia algum tempo que os mafiosos calabreses o abordavam para lavar dinheiro. Pediria que tomassem conta de Vinca. Sabia que estaria dando partida numa engrenagem demoníaca, mas gostava da ideia de que a vida só nos envia as provações que podemos suportar. *O bem traz o mal, o mal traz o bem.* A história de sua vida.

Francis se serviu de uma grande xícara de café, sentou-se numa cadeira e esperou. E Vinca acordou.

E os dias, os meses e os anos se passaram. Em algum lugar, uma jovem que havia deixado atrás de si um rastro de destruição voltara à vida, como se nascesse pela segunda vez.

*

Em algum lugar, portanto, Vinca estava viva.

*

Esta é a minha versão da história. Baseia-se em todos os elementos e indícios que consegui coletar durante minhas buscas: os supostos laços de Francis com a máfia, os depósitos de dinheiro para Nova York, meu encontro fortuito com Vinca em Manhattan.

Gosto de pensar que essa história é verdadeira. Embora haja uma chance em mil de que as coisas tenham ocorrido assim. No atual ponto da investigação, ninguém poderia refutar totalmente essa versão. É minha contribuição de romancista para o caso Vinca Rockwell.

Concluo meu texto, guardo minhas coisas e saio da biblioteca. Na rua, levadas pelo mistral, folhas amareladas rodopiam ao sol de outono. Sinto-me bem. A vida me assusta menos. Posso ser atacado, posso ser julgado, posso ser arruinado. Sempre terei à mão uma velha caneta Bic mordiscada e um bloco de notas amassado. Minhas únicas armas. Ínfimas e ao mesmo tempo poderosas.

As únicas em que sempre pude contar para me ajudar a atravessar a Noite.

O verdadeiro do falso

Porque Nova York foi para mim uma verdadeira história de amor, as intrigas de meus romances primeiro se passaram na América do Norte. Aos poucos, começaram a migrar para a França. Fazia anos que queria escrever uma história que se passasse na Côte d'Azur, região de minha infância. E, principalmente, em torno da cidade de Antibes, de onde tenho tantas lembranças.

Mas querer não é poder, a escrita de um romance é um processo frágil, complexo e incerto. Quando comecei a escrever sobre esse campus preso no meio da neve, sobre esses adultos presos aos jovens que haviam sido, soube que o momento havia chegado. E por isso *A garota e a noite* tem como cenário o sul da França. Foi um grande prazer evocar esse lugar em duas épocas distintas.

No entanto, o romance não é a realidade, o narrador não se confunde com seu criador: o que Thomas viveu nessas páginas cabe somente a ele. O Chemin de La Suquette, o *Nice-Matin*, o café Les Arcades, o hospital de La Fontonne existem, mas passaram por uma transformação romanesca. O colégio de Thomas, seu liceu, seus professores, colegas e amigos são totalmente inventados, e muito distintos de minhas memórias de juventude. Enfim, juro que nunca emparedei ninguém num ginásio...

Referências

Página 17: Transcrição musical dos versos de Matthias Claudius ("Der Tod und das Mädchen") no segundo movimento do quarteto de cordas no 14 em ré menor D. 810, *A morte e a donzela*, de Franz Schubert, in *40 Mélodies choisies avec accompagnement au piano*, tradução francesa por Émile Deschamps, Brandus et al., 1851; página 27: Bernhard Lloyd, Marian Gold e Frank Mertens, título do álbum *Forever Young*, da banda Alphaville, WEA – Warner Music Group, 1984; página 29: Haruki Murakami, *1Q84, Livre I: avril-juin*, tradução francesa de Hélène Morita, Belfond, 2011; página 35: George Orwell, *1984*, tradução francesa de Amélie Audiberti, Gallimard, 1950; página 38: réplica do personagem Anton Ego no filme *Ratatouille*, de Brad Bird, produção Pixar Animations Studio (© Disney), 2007; página 43: Jean-Jacques Goldman, "Puisque tu pars", EPIC – Sony Music Entertainment, 1988; página 43: Mylène Farmer, "Pourvu qu'elles soient douces", Polygram Music, 1988; página 46: "Living is easy with eyes closed", John Lennon e Paul McCartney, "Strawberry Fields Forever", do álbum *Magical Mystery Tour*, The Beatles, EMI, 1967; página 55: P.D. James, *La Prise de l'ombre*, tradução francesa de Lisa Rosenbaum, Fayard, 2004; página 63: Albert Camus, *L'Étranger*, Gallimard, 1972; página 64: Exercício: © Jean-Louis Rouget, 2014, maths-france.fr; página 79: Vladimir Nabokov, *Machenka*, tradução francesa de Marcelle Sibon, Gallimard, 1993; página 91: Françoise Sagan, *Des bleus à l'âme*, Flammarion, 1972; página 103: Jesse Kellerman, *The Genius*, tradução francesa de Julie Sibony, Sonatine, 2009; página 107: Henri Cartier-Bresson, *Images à la sauvette*, Verve, 1952; página 113: Tennessee Williams, *Le train de l'aube ne s'arrête pas ici*, in *Théâtre*, vol. IV, tradução francesa de Michel Arnaud e Matthieu Galey, Robert Laffont, 1972; página 127: Hervé Bazin, por ocasião do lançamento de *Vipère au poing*; página 128: http://quartiermauresconstance.weebly.com/la-suquette.html; página 133: Les "coulisses de la vie", Antoine de Saint-Exupéry, *Courrier Sud*, Gallimard, 1929; página 134: carta de Juliette Drouet para Victor Hugo, 30 de junho de 1837; François de Malherbe, "Consolation à M. Du Périer sur la mort de sa fille" (1607), in Œuvres poétiques de Malherbe, texto estabelecido por Prosper Blanchemain, Flammarion, 1897; página 137: Roger Martin du Gard, Jean Barois, Gallimard, 1913; página 139: Patricia Highsmith, *L'Inconnu du Nord-Express*, tradução francesa de Jean Rosenthal, Calmann-Lévy, 1950; página 144: Sean Lorenz, "Dig Up the Hatchet", personagem de *Un appartement à Paris* [Um apartamento em Paris, L&PM, 2019]; página 155: Richard Avedon, fonte desconhecida; página 169: Patrick Süskind, *Parfum: Histoire d'un meurtrier*, tradução francesa de Bernard Lortholary, Fayard, 1986; página 172: Sigmund Freud, *L'Interprétation des rêves* [A interpretação dos sonhos, L&PM, 2016], tradução francesa de Ignace Meyerson, Éditions F. Alcan, 1926; página 187: Anthony Burgess, *Les Puissances des ténèbres*, tradução francesa de Georges Belmont e Hortense Chabrier, Acropole, 1981; página 209: Jack London, *Martin Eden*, tradução francesa de Claude Cendrée, Georges Crès e Cia, 1926; página 212: Friedrich Nietzsche, in Stéphane Zagdanski, *Chaos brûlant*, Le Seuil, 2012; página 227: Marco Aurélio, *Pensées pour moi-même*, tradução francesa de A.-I. Trannoy, Les Belles Lettres, 2015; página 241: René Char, "Moulin premier", in *Le Marteau sans Maître suivi de Moulin premier*, Gallimard, 2002; página 247: Alain-Fournier, *Le Grand Meaulnes*, Fayard, 1913; página 248: Marina Tsvetáieva, *Mon frère féminin. Lettre à l'Amazone*, coleção "Le Petit Mercure", Gallimard, 1979; página 257: Jeffrey Eugenides, *Virgin Suicides*, tradução francesa de Marc Cholodenko, Plon, 1995; página 261: Stendhal, *De l'amour* [Do amor, L&PM, 2007], Pierre Mongie, 1822; página 277: Stefan Zweig, *Lettre d'une inconnue*, tradução francesa de Alzir Hella e Olivier Bournac, Stock, 2002; página 283: Christian Bobin, *La Part manquante*, Gallimard, 1989; página 285: Denis Diderot, *Jacques le fataliste et son maître*, Buisson, 1796.

Ilustrações no início e ao fim do livro: © Matthieu Forichon.

ST EXUPERY COLLEGE

CLASS OF
-1992-

25 YEARS REUNION

Celebrate the good old days

MAY 13 SATURDAY

lepmeditores

www.lpm.com.br
o site que conta tudo

IMPRESSÃO:

PALLOTTI
GRÁFICA

Santa Maria - RS | Fone: (55) 3220.4500
www.graficapallotti.com.br